Helen Paris

Lynnwood Falls - Mein Weg zu dir

W0384150

Weitere Titel der Autorin

Lynnwood Falls – Sommer der Liebe
Lynnwood Falls – Und dann kamst du

Über die Autorin

Helen Paris liebt das Abtauchen in fremde Welten, ob virtuell in Geschichten oder auf ihren Reisen rund um den Globus. Seit knapp zwanzig Jahren lebt sie mit ihrem Mann zeitweise auf ihrem Segelkatamaran und ist auf allen Weltmeeren unterwegs. Eine halbjährige Reise quer durch Nordamerika mit Schiff und Wohnmobil hat ihre Liebe zu diesem vielseitigen Kontinent geweckt.

Helen Paris

Lynnwood Falls – Mein Weg zu dir

lübbe

Dieser Titel ist auch als E-Book erschienen

MIX
Papier aus verantwortungsvollen Quellen
FSC® C014496

Vollständige Taschenbuchausgabe
der bei Bastei Lübbe erschienenen E-Book-Ausgabe

Copyright © 2022 by Bastei Lübbe AG, Köln
Einband-/Umschlagmotive: © shutterstock: NDAB Creativity | Tanya Sun | tomertu; © iStockphoto: KenWiedemann
Umschlaggestaltung: Sandra Taufer, München
Satz: 3w+p GmbH, Rimpar (www.3wplusp.de)
Gesetzt aus der Palatino
Druck und Verarbeitung: GGP Media GmbH, Pößneck
Printed in Germany

ISBN 978-3-404-18525-2

5 4 3 2 1

Sie finden uns im Internet unter luebbe.de
Bitte beachten Sie auch: lesejury.de

Für Mama,
die mich die Liebe
zu Büchern und dem Meer
gelehrt hat

„Und wenn wir die ganze Welt durchreisen,
um das Schöne zu finden,
wir müssen es in uns tragen,
sonst finden wir es nicht."
Ralph Waldo Emerson

Kapitel 1

Melanie

Lynnwood Falls

Unwillkürlich schloss Melanie die Augen, als sie die vergilbten Buchseiten glatt strich. Sie konnte nicht widerstehen, auch mit den Fingern über das Buchcover zu fahren, die Unebenheiten des Goldkäfers darauf zu erfühlen. Bücher übten eine unwiderstehliche Faszination auf sie aus. Schnell öffnete sie die Lider, als die ersten Stühle gerückt wurden und die Mitglieder des »Lynnwood Falls Buchklubs« in ihre Jacken schlüpften. Die monatlichen Treffen in der *Carly Martin Memorial Library* waren immer ein Highlight – Mel mochte die bunt gemischte Runde, die einen Querschnitt der Bevölkerung von Lynnwood Falls bildete. Die Männer waren jedoch deutlich in der Unterzahl bei den etwa zwölf Büchereulen, die sich einmal im Monat um den ovalen Holztisch versammelten, deren Zahl gelegentlich wechselte.

»Oh, bevor alle weglaufen: Das nächste Buch ist klar, aber wie wäre es, wenn wir danach, wenn wieder ein Klassiker an der Reihe ist, *Moby Dick* lesen?« Will, der das örtliche Rechtsanwaltsbüro leitete und auch einen Bio-Bauernhof mit Schweinen besaß, blickte in die Runde. »Wir haben Herman Melvilles Geschichte sicherlich alle bereits gelesen oder als Film gesehen, aber zumindest bei mir liegt die Lektüre viele Jahre zurück. Ich denke, die Story bietet viel Potenzial und interessante Charaktere, um darüber zu sprechen. Und das Buch läge gerade auf meinem Bücherstapel. Ich wollte nur wissen, ob ihr Lust dazu hättet. Dann spare ich mir das Buch für euch auf.« Das Schmunzeln des jüngsten der McGinty-Brüder war so sympathisch, dass man es unwillkürlich erwidern musste. Es brachte ihm nun ein verliebtes Lächeln seiner Freundin Annabella ein.

Ein zustimmendes Gemurmel ertönte.

»Okay, prima, dann ist das geklärt. Wir nehmen uns *Moby Dick* sehr gern als nächsten Klassiker vor.« Mel überlegte kurz. »Da hätte ich auch einen Vorschlag für danach – von meinem Bücherstapel –, falls wir bei den Meeressäugern bleiben wollen: Wie wäre es mit *Der Wal und das Ende der Welt?* Es ist zwar auch schon ein paar Jahre alt, aber topaktuell. Und es passt gut zu unserer Kleinstadt: Es geht unter anderem um den Zusammenhalt in einer Dorfgemeinschaft.«

»Das klingt toll.« Annabella nickte, auch der alte Farmer Wes Tucker brummte zustimmend.

»Und welche Rolle spielt der Wal?«, wollte Hope, ganz die Tierärztin, wissen, während sie sich den Schal um den Hals wickelte.

»Ohne allzu viel zu verraten: Im Grunde dient er als Symbol. Das ganze Dorf lernt bei seiner Rettung Zusammenhalt, als der Wal dort strandet …« Mel hielt inne, als sich die Miene von einigen verdunkelte und sich Bestürzung auf ihren Gesichtern abmalte. »Was ist?«

Normalerweise war Elly Johnson, Wills Assistentin in der Kanzlei, ein äußerst positiver Mensch, hatte für jedermann ein Strahlen übrig und immer einen guten Rat auf den Lippen. Nun wirkte sie irgendwie bedrückt.

»Ellys Bruder Jesse ist doch Walforscher«, erläuterte ihre Freundin Hope. »Du hast vielleicht von dem Unglück gehört …« Sie verstummte.

»Mhm.« Mel biss sich auf die Lippen. Die Tragödie der Familie Johnson hatte sich wenige Monate nach ihrer Ankunft in Lynnwood Falls ereignet, vor gut eineinhalb Jahren. Ellys

Schwägerin Beth, Jesses Frau, war hochschwanger nachts beim Fahren auf rutschigem Herbstlaub von der Straße abgekommen und mit dem Wagen den Hang hinuntergestürzt. Die dreijährige Tochter hatte mit im Auto gesessen. Weder sie noch ihre Mutter hatten überlebt.

Mel schluckte trocken. Den Schmerz der Angehörigen konnte sie förmlich fühlen. Ein dumpfer Druck bildete sich in ihrem Brustraum.

»Jesse saß nicht mit im Wagen, weil an dem Tag drüben bei Rockland ein Wal gestrandet ist und er vor Ort blieb, um bei der Rettung zu helfen. Er macht sich Vorwürfe, dass er seine Familie allein hat fahren lassen«, erklärte Hope mit belegter Stimme. »Deshalb … Wenn es um Walstrandungen geht …«

»Natürlich lesen wir etwas anderes«, erwiderte Mel sofort, wobei sie sich um eine einigermaßen ruhige Stimmlage bemühte. Dieses Schicksal hatte sie damals – frisch in Lynnwood Falls angekommen und so gut von der Gemeinde aufgenommen – schon schwer getroffen, auch wenn sie Beth kaum gekannt hatte. Sie war ihr vielleicht zwei-, dreimal in der Bibliothek oder im Ort begegnet. Ellys Bruder Jesse war mit noch nicht einmal Mitte dreißig seither ein gebrochener Mann – und Mel konnte das sehr gut nachvollziehen.

Der Verlust eines Kindes … Kälte kroch in Melanies Glieder, die sie lähmte. Und der arme Jesse hatte gleich drei geliebte Menschen verloren. Seit einem guten halben Jahr war er auf einem Forschungsschiff auf dem Atlantik unterwegs, um den Zug der Wale zu verfolgen – der Abstand tat ihm sicherlich gut. Mel hatte auch ihn nur wenige Male getroffen, aber die Begegnungen hatten sie jedes Mal seltsam aufgewühlt.

Elly, die auf ihrem Handy herumgetippt hatte, winkte resolut ab. »Nein, es …«, sie räusperte sich, »ist nur immer die Erinnerung. Aber natürlich lesen wir das Buch. Das klingt toll, ich habe mir soeben die Beschreibung durchgelesen. Solch hintergründige Geschichten sind ganz mein Ding. Ich bin dafür.«

Will warf seiner Assistentin einen nachdenklichen Blick zu. Als Elly herausfordernd das Kinn hob, stimmte er zu. Auch vom Rest der Truppe kam ein bejahendes Gemurmel.

»In Ordnung, dann merken wir uns das vor. Ich schreibe euch nachher die Details in unsere Messenger-Gruppe. Und wir sehen uns spätestens Anfang März wieder hier in diesen heiligen Hallen.« Mel machte eine weitschweifende Handbewegung durch die Bibliothek.

Einer nach dem anderen verabschiedete sich, nur Elly blieb zurück.

»Es tut mir wirklich leid, dass ich die Erinnerung habe aufleben lassen …«, begann Mel zerknirscht, doch Elly, die in ihrer großen Umhängetasche gekramt hatte, schüttelte abwehrend den Kopf und schwenkte einen Umschlag.

»Lass gut sein! Das Leben muss weitergehen! Ich wollte wegen etwas anderem mit dir sprechen.« Nun erhellte ein inneres Leuchten ihre Züge. »Brandon und ich beenden unsere Verlobungszeit.«

»Beenden?« Mel lachte. »Ich gehe davon aus, ihr habt einen Termin gefunden? Denn solche tragenden Ereignisse wie eine Trennung wären in unserer Kleinstadt nicht verborgen geblieben. Und du würdest nicht so strahlen und hättest vermutlich den Ring abgelegt.« Sie deutete auf den schmalen Goldreif mit dem schillernden Diamanten an Ellys Finger.

»Stimmt!« Elly drückte ihr kichernd den Umschlag in die Hand. »Brandon und ich würden uns freuen, wenn du zu unserer Hochzeit kommst. Am Samstag, den siebzehnten April. Der Montag danach ist ein Feiertag, der Tag der Patrioten. Da kann man sich hinterher ausgiebig von der Feier erholen.«

Mel blinzelte gerührt. Sie hatten zwar in letzter Zeit viel zusammen unternommen und Freundschaft geschlossen, trotzdem fühlte sie sich überwältigt. »Danke! Ich … freue mich wahnsinnig!«

»Oh, wie schön!« Elly umarmte sie. »Dann freue ich mich ebenso! Ich weiß, der Termin in zehn Wochen ist etwas kurzfristig, doch wir haben gerade erfahren, dass Brandon im Mai nochmals unters Messer muss …«

»Oh, hoffentlich nichts Schlimmes?«

»Nein, er bekommt einen Nagel am Knie herausoperiert. Aber warum auch so lange warten? Jetzt sind wir so viele Jahre zusammen …«, sie lächelte verschämt, »und zudem kann ich es kaum erwarten, endlich Mrs Brandon Simmons zu sein.«

»Da habt ihr völlig recht.«

»Danke!« Elly nahm ihre Hand, die Geste hatte etwas Feierliches. »Möchtest du auch eine meiner Brautjungfern sein?«

»Was, ich?« Vor Rührung musste Mel schlucken.

Elly blickte sich übertrieben in der Bibliothek um und grinste breit. »Ich sehe zwischen diesen Bücherschätzen hier niemanden außer uns beiden.«

»Oh, ich … freue mich total!«

Trotz ihrer manchmal etwas burschikosen Art – und der meist ungeschminkten Wahrheit, mit der sie nicht hinter dem Berg hielt – war Elly äußerst feinfühlig. Offenbar ahnte sie, was in Mel vorging, auch wenn sie nicht alles wissen konnte. »Du gehörst zu uns, Mel«, betonte sie.

»Danke!« Die spontane Freude, die Mel anfangs bei den Worten empfunden hatte, verschwand abrupt, als ihr rationales Denken wieder einsetzte. Sie erstarrte. Und hörte nur mit halbem Ohr zu, während Elly weitersprach.

»Wenn du magst, könnte Jack Fuller dein Begleiter sein, er ist auch einer von Brandons *›Groomsmen‹ – oder auch ›Leibwächtern‹*, wie ich seine Jungs, die ihn zum Altar begleiten, gern nenne. Er würde sich freuen.«

Mel presste die Lippen zusammen.

Elly zwirbelte an einer Haarsträhne. »Oh, ich bestimme so einfach über dich! Würdest du lieber mit jemand anders gehen? Mit deinem Bruder vielleicht?«

»Nein, nein, das ist es nicht!« Mark besuchte sie zwar gelegentlich hier, aber er hatte keinen Kontakt zu den anderen im Ort, das würde also nicht passen. Ihr lag etwas anderes wie ein Stein im Magen. Kaum jemand hier in Lynnwood Falls wusste etwas von ihrer Vergangenheit. Als sie hierhergekommen war, hatte sie damit für immer abgeschlossen – zumindest hoffte sie das. Sie fühlte sich geborgen in dem zauberhaften Örtchen. In Sicherheit. »Ich … würde wirklich gern. Aber ich … weiß nicht …«

Elly verbarg ihr Erstaunen nicht. »Ist es wegen Jack?«

»Was? Nein! Ich mag Jack. Sehr sogar, er ist ein lustiger Kerl. Mit den Fuller-Zwillingen ist es immer witzig. Ich … kann wohl nicht! Es …« Mel zögerte. Einen Grund musste sie nennen, um Elly nicht vor den Kopf zu stoßen, und sie wollte ihre Freundin auch nicht anlügen. »Ich … bin keine ›Jungfrau‹, ich meine …«

»Ach, das ist keine von den Mädels!«, unterbrach Elly sie amüsiert.

Mel lachte auf, bevor sie wieder ernst wurde. »Ich meinte, ich … bin nicht mehr … unverheiratet.«

»Was? Ich hatte ja keine Ahnung!« Elly riss die grünen Augen auf.

»Kaum jemand weiß das, nur Doris. Und ich hatte einmal Hope davon erzählt, als wir uns über unsere Leben in einer Großstadt unterhalten hatten. Außerdem wissen es der Bürgermeister und seine Assistentin Hilary Higgins, wegen meiner Anmeldung im Ort.« Mel stieß die Luft aus und löste die Hand, die sich unwillkürlich zur Faust geballt hatte.

»Bist du … auch Witwe?« Elly wirkte besorgt.

Mel schluckte. »Nein, er … lebt noch. Doch ich … spreche nicht gern darüber, wenn das okay ist? Es war nicht so …« Sie verstummte. Unwillkürlich lief ihr eine Gänsehaut über die Arme.

»Natürlich!« Elly hatte viele großartige Eigenschaften, aber ein Pokerface aufsetzen konnte sie nicht. Die kaum zügelbare Neugierde war ihr auf die Stirn geschrieben. Mel rechnete ihr hoch an, dass sie dennoch nicht nachhakte. Bedingungslose Toleranz war nur eine von Ellys guten Seiten.

Verschämt zog Mel die Unterlippe durch die Zähne. »Ich hoffe, du nimmst es nicht persönlich, dass ich nicht darüber reden möchte? Aber manche Dinge lässt man besser in der Vergessenheit ruhen …«

Und schon fand sie sich in Ellys Umarmung wieder. »Logisch bin ich nicht böse, und ich behalte es für mich. Eine Brautjungfer muss nicht ledig sein. Becky ist auch dabei, und die ist immerhin schon Mutter. Ich würde mich freuen, wenn du trotzdem zusagst.«

»Oh, dann klar, sehr gern!« Freude löste die unguten Erinnerungen ab.

»Super! Hope ist meine Trauzeugin, sie übernimmt die Leitung der Organisation – zusammen mit Ryan, der Brandons Trauzeuge ist. Wir würden uns dann gern am Samstagabend zusammensetzen, bei Hope und Ryan auf der Cooper-Farm. Könntest du da?«

»Ja, klar! Egal, was ich vorgehabt hätte, dafür *nehme* ich mir Zeit!« Mel lächelte. »Sehr gern sogar!«

Nachdem Elly sich mit einer erneuten stürmischen Umarmung verabschiedet hatte, schaltete Melanie die Lichter aus. Sie liebte ihren Job als Bibliothekarin; das kam ihrem früheren Traum sehr nahe. Normalerweise fühlte sie sich in diesen Räumen, inmitten der Bücher, wohl und geborgen.

Doch plötzlich schienen zwischen den deckenhohen Regalen aus hellem Ahornholz dunkle Schatten zu lauern. Ihr lief ein kalter Schauder über den Rücken. Was war nur los? Sie sollte sich auf Ellys Hochzeit freuen, anstatt sich in den unguten Erinnerungen zu verlieren, die zum Glück mit den Jahren zunehmend verblassten. Trotzdem fiel das Verriegeln der Tür etwas hektisch aus, und sie floh fast über die Straße in Richtung ihres Apartments, das – nicht weit entfernt am Marktplatz – über dem *Lynnwood Falls Grocery & Deli* lag, den ihre Vermieterin Doris Pearson betrieb.

Du bist ja albern, sagte sich Mel, doch ihr Atem beruhigte sich erst wieder, als sie die Haustür hinter sich geschlossen hatte und Doris' Stimme hörte.

»Mel, Kind, bist du das?«

Sie lächelte. Zwar könnte sie mit ihren achtundzwanzig Jahren biologisch gesehen durchaus die Tochter der siebenundsechzigjährigen Doris sein, aber trotz der Fürsorge, für die ihre Vermieterin hier im Ort bekannt war, war sie eher der kumpelhafte als der mütterliche Typ.

»Ja, ich bin's! Hi!« Mel steckte den Kopf in Doris' Wohnzimmer. Diese saß auf ihrem Lieblingssessel aus grünem Samt mit dem ausklappbaren Fußteil; das kastanienbraun gefärbte Haar wurde von der Stehlampe in einen leuchtenden Schein gehüllt. Die Stricknadeln klapperten emsig, während im Fernsehen eine Krimi-Serie lief.

Doris liebte alles, was mit Kriminalfällen zu tun hatte, von *Rizzoli & Isles*, über *Bones*, *The Mentalist* bis hin zu *Monk* und sämtlichen *CSI*-Serien. Auch die alten englischen Klassiker sah sie gern. An Doris war eine Privatdetektivin verloren gegangen; sie lebte in den jeweiligen Ermittlern regelrecht auf.

»Ich glaube, der Barkeeper war es«, murmelte sie nun.

Mel schmunzelte. »Du solltest unbedingt bei Sheriff Thomson anheuern.«

Lachfältchen bildeten sich um Doris' Augen. »Dazu ist Lynnwood Falls ein zu friedlicher Ort. Hier gibt es zu wenig zu ermitteln. Da würde ich ja vor Langweile sterben.«

»Zum Glück! Langweile ist genau das Richtige für mich.«

Mel hob grüßend die Hand. »Hab noch einen schönen Abend.«

»Du auch, Darling.«

Mel ließ sich ein Bad ein und zwang sich, darüber nachzudenken, was sie Elly und Brandon zur Hochzeit schenken und was sie, als frisch gebackene Brautjungfer, zur Planung beitragen konnte.

Langsam ließ sie sich durch die Schaumberge ins warme Wasser gleiten, sog den Duft nach Lavendel und Rosmarin ein und versuchte, die unguten Erinnerungen zu vertreiben, die sich immer wieder in ihre Gedanken drängten. Sie hatte jetzt ein Zuhause gefunden. Hier, in der Geborgenheit von Lynnwood Falls.

Jesse

An Bord des Forschungsschiffes *Cetus*, Atlantik, Turks- und Caicosinseln

Jesse starrte grübelnd auf den Bildschirm des Laptops, auf dem sich Elly gerade die blonden Haarspitzen um den Zeigefinger wickelte. Das hatte sie schon als kleines Mädchen getan, wenn sie etwas ausgefressen und versucht hatte, irgendwie aus dieser Nummer rauszukommen.

»Natürlich komme ich zu deiner Hochzeit! Das habe ich dir doch gestern Abend gleich schriftlich zugesagt.«

»Ich habe dich gestern auch angerufen, aber nicht erreicht. Eigentlich wollte ich das nicht per E-Mail …«

»Das sollte kein Vorwurf sein«, unterbrach er sie lachend. »Wir waren nachttauchen, es ist spät geworden. Was ich sagen wollte: Du bist meine kleine Schwester. Was ist denn das für eine Frage, *ob* ich komme? Ich bin doch kein Gefangener auf dem Forschungsschiff. Für solch ein wichtiges Event kann ich mir freinehmen!« Auch wenn es ihn sonst momentan selten nach Hause zog … Schnell sprach er weiter:

»Der siebzehnte April ist schon fix im Kalender eingetragen. Sobald ich weiß, wo wir genau sein werden, buche ich den Flug.« Er versuchte, den Plauderton beizubehalten, obwohl es innerlich in ihm zu brodeln begann. Er liebte seine Schwester über alles, doch es war nicht zu übersehen, dass sie sich Sorgen um ihn machte. Dass sie fürchtete, ihn könnte eine Hochzeit zu sehr belasten. Er hasste es, wenn er wegen seines Schicksalsschlags wie ein rohes Ei behandelt wurde. »Ich freue mich riesig für euch!« Doch unwillkürlich fragte er sich, ob hinter Ellys Zögern noch mehr als Mitleid steckte.

»Es gibt da etwas …«, setzte sie da auch schon an – die Haarsträhne zog sich immer enger um die Fingerspitze.

»Was führst du im Schilde?«, erwiderte er in ruhiger Tonlage, doch vermutlich kannte auch seine kleine Schwester ihn gut genug, um zu wissen, dass das die Ruhe vor dem Sturm war. Zumindest wirkte sein Konterfei, das er in der oberen Ecke des Monitors sehen konnte, bereits leicht grimmig. Die Augen, die normalerweise braungrün schimmerten, schimmerten nun so zusammengekniffen fast dunkelbraun, und zwischen den Augenbrauen bildeten sich Falten.

»Gar nichts, ehrlich!«, beteuerte sie. »Es gibt etwas, das ich beziehungsweise Brandon dich fragen wollte.«

»Erst mal schön, dass du dir freinehmen kannst!«, ertönte eine dunkle Stimme.

Sein Schwager in spe erschien neben Elly auf dem Bildschirm. Neben ihrem großen, breitschultrigen Verlobten verschwand sie beinahe, obwohl sie mit ihren ein Meter siebzig nicht gerade winzig war. Jesse mochte und schätzte Brandon, der mit seiner besonnenen Art genau der Richtige war, um seine manchmal etwas aufgedrehte Schwester zu erden. »Ich wollte dich fragen, ob du auch mein *Groomsman* sein und mich zum Altar begleiten möchtest?« Brandon grinste. »So als seelischer und moralischer Beistand?«

»He! Was soll das heißen? Hast du das nötig?«, empörte sich Elly und stieß Brandon in die Rippen.

»Du meinst wohl, als Fluchthelfer«, warf Jesse lachend ein. Er war ja weit genug entfernt, um von seiner Schwester gestoßen zu werden.

Elly stemmte die Hände in die Hüften. »Euch erzähle ich was!« Doch er sah ihr an, dass sie froh war, dass er nicht glattweg ablehnte. Hatte sie gedacht, er fürchte sich davor, vor einem Altar zu stehen?

Natürlich weckte das Erinnerungen. Aber die begleiteten ihn so oder so. Er würde sich doch nicht drücken. Er liebte seine kleine Schwester, und sie standen sich nahe! Es war einer der wichtigsten Tage in *ihrem* Leben, da spielten seine eigenen Befindlichkeiten keine Rolle.

Also lächelte er. »Ich begleite dich gern zum Altar, Brandon. Ich freue mich, danke.«

»Klasse, danke!« Brandon sah ehrlich erfreut aus.

»Gibt es eine Hochzeitsplanerin?«

Elly hob nur spöttisch die Augenbrauen. »Kannst du dir vorstellen, dass ich ...«

»Nein, schon gut!«, unterbrach Jesse sie lachend. Elly würde sich die Organisation nicht aus den Händen nehmen lassen, dazu machte ihr das zu viel Freude. Zudem oblag es traditionsgemäß auch den Trauzeugen sowie Brandons besten Freunden und den Brautjungfern, die Planung der Hochzeit zu übernehmen oder – wie in Ellys Fall – das Hochzeitspaar zumindest dabei zu unterstützen. »Sind Hope und Ryan die Trauzeugen?«

Elly und Brandon nickten gleichzeitig.

»Dann werde ich sie anmailen und mit ihnen abklären, was ich aus der Ferne zur Organisation beitragen kann.«

Seine Schwester verfiel sogleich in den Planungsmodus.

»Du musst uns auf jeden Fall deine Maße durchgeben, wegen der Anzüge. Wir lassen sie in Portland schneidern, Wetherby's ist der beste Schneider in ganz Neuengland. Dann können sie deinen schon vorbereiten und nur kurzfristig die letzten Details anpassen. Wir nehmen anthrazitfarbene Schurwolle. Leicht glänzend. Ihr werdet …« *Oh, nein!* Diese Pause sagte Jesse schon, dass Elly gleich ihr Lieblingswort benutzen würde, »… *fesch* darin aussehen, ich freue mich schon!«

Nachdenklich fuhr er sich durch die schulterlangen hellbraunen Wellen, in denen einzelne Strähnen von der Sonne ausgebleicht waren. Er hatte sie aus Bequemlichkeit an Bord wachsen lassen. »Dann werde ich wohl auch mal wieder zum Friseur müssen.«

Elly lachte auf. »Das musst du nicht. Du bist so oder so der Schönste im ganzen Land. Direkt nach Brandon.«

»Da hast du ja gerade noch die Kurve gekriegt, Weib«, brummte der. Die beiden konnten es einfach nicht lassen, sich ständig liebevoll zu necken.

Sie wurde wieder ernst, und abermals musste die Haarsträhne herhalten. »Kann ich Manja als deine Begleiterin einplanen?«

Jesse nickte und bemühte sich, sich die Erleichterung, die ihn durchflutete, nicht allzu sehr anmerken zu lassen. Zum Glück versuchte Elly nicht, ihn mit irgendeiner ihrer Freundinnen zusammenzubringen – sie kuppelte für ihr Leben gern. Er hatte insgeheim etwas in der Richtung befürchtet. Seine Cousine Manja mochte er sehr – dank ihrer manchmal etwas verrückten Art wurde es nie langweilig mit ihr. »Klar, gern.«

In dem Moment erschallte ein Ruf von draußen. »Zwergwal, auf vier Uhr.«

»Ein Wal! Ich muss raus, wir hören uns wieder. Schönen Tag noch euch beiden! Ich freue mich auf die Hochzeit!«

Ohne den Abschiedsgruß abzuwarten, beendete er die Videokonferenz, indem er den Laptop zuklappte.

Er eilte an Deck – eine warme Windböe verwirbelte ihm die Haare. Also würde er wieder vor einem Altar stehen. Doch für seine kleine Schwester konnte er die emotionale Achterbahnfahrt überstehen.

Dann wurden seine Gedanken von dem rund sechs Meter langen Zwergwal in Anspruch genommen, der zielsicher auf sie zu schwamm. Diese Art war neugierig und näherte sich – ähnlich wie Delfine – den kleineren Schiffen, um sie zu inspizieren.

Jesses Herzschlag beschleunigte sich. Seit er als kleiner Junge vor dem Ferienhaus seiner Eltern am Strand vor Cumbers Landing zum ersten Mal einen Wal hatte vorbeischwimmen sehen, der beim Abtauchen stolz seine Fluke präsentiert hatte – ein Buckelwal, wie er im Nachhinein erfahren hatte –, faszinierten ihn Meeressäuger. Diese Tiere hatten bis heute nichts von ihrem Zauber für ihn verloren.

Auch wenn sein Traum von einer Familie so jäh zerstört worden war, so hatte sich zumindest dieser Lebenstraum erfüllt: Meeresbiologe mit der Fachrichtung Cetaceen, also Waltiere, zu werden. Normalerweise forschte er von zu Hause aus, in der Gegend von Portland, und unterrichtete am *Oceanographic Institute* – er liebte seine Arbeit und auch das Leben in seiner Heimat Lynnwood Falls. Doch die Auszeit von gut einem halben Jahr, die er sich genommen hatte, um für eine Saison den Zug der Buckelwale von den kalten, nahrungsreichen Gewässern im Norden zu ihren Paarungs- und Brutstätten in die tropischen Gewässer im Süden zu begleiten, gefiel ihm ebenfalls ausnehmend gut und lenkte ihn vor allem hervorragend ab.

Der Zwergwal kam immer näher.

»Geschwindigkeit drosseln«, rief Jesse dem Kapitän Steven zu, während er schon nach seinem Neoprenanzug griff und die Haare mit einem Zopfgummi zusammenfasste. Normalerweise waren es eher Delfine, die Spielfreude zeigten – gelegentlich duldeten auch Buckelwale Schwimmer in ihrer Nähe –, aber er wollte bereit sein, falls der Zwergwal Lust auf Gesellschaft hatte. Auch seine Kollegin Mary Lou schnappte sich ihren Tauchanzug, während ihr Ehemann Robin, der Kameramann der Expedition, schon eifrig Fotos schoss und filmte.

Der Wal holte einige Male Luft, wobei er jedes Mal den langen, schlanken Kopf weit aus dem Wasser hob, was charakteristisch für diese Art war. Dies wirkte immer, als würde er ihnen einen Blick zuwerfen. Der Wal kreuzte einige Male vor dem Bug der *Cetus*, bevor er kurz darauf wieder abtauchte.

»Schade!«, stieß Mary Lou in einem Stoßseufzer hervor. »Ich habe kürzlich einen Bericht aus Kanada gesehen, wo ein Zwergwal direkt zu einem Boot geschwommen ist und sich hat kraulen lassen!« Ihre Augen leuchteten.

»Ich wäre dabei!« Jesse grinste. In dem Moment tauchte die lange spitze Finne des Wals wieder auf, bevor er den kaum wahrnehmbaren Blas registrierte. »Da, auf zwei Uhr«, rief er.

Zum Glück war die rund dreißig Meter lange *Cetus* groß genug und mit Stabilisatoren ausgerüstet. Nachdem nun die ganze Mannschaft nach Steuerbord rannte, um nach dem Wal Ausschau zu halten, wäre eine kleine Nussschale bei der einseitigen Last sicherlich gekentert. Jesse schmunzelte in sich hinein. Immerhin war die Größe ihres Forschungsschiffes spannend genug für den Wal, um es erneut zu umkreisen.

Jesse wies den Kapitän an auszukuppeln. Doch ohne Geschwindigkeit war es ihrem Besucher anscheinend zu langweilig, er tauchte abermals ab. Enttäuscht legte Jesse seinen Neoprenanzug weg. »Schade, dann wird wohl nichts aus einem gemeinsamen Bad.«

Immerhin tauchte der Zwergwal noch gelegentlich auf,

präsentierte ihnen sogar einen Sprung, bevor er sich irgendwann auf der Höhe von Caicos wieder davonmachte.

Nur widerwillig zog sich Jesse wieder in den Arbeitsraum zurück. Am liebsten verweilte er draußen an Deck, schaute über das endlos blaue Meer, ließ sich die salzhaltige laue Luft um die Nase wehen und die Sonne ins Gesicht scheinen – zum Glück war er gut gebräunt, sodass er nicht mehr verbrannte. Doch sie hatten noch einiges an Forschungsergebnissen der letzten Tage aufzuarbeiten und Daten einzugeben, sonst würde ihnen diese Arbeit später über den Kopf wachsen. Notgedrungen setzte er sich an den Schreibtisch.

So sehr ihn das Lauschen der Walgesänge faszinierte und er die hypnotische Wirkung genoss, schweiften seine Gedanken dennoch immer wieder zu Ellys Hochzeit zurück.

Kapitel 2

Melanie

Lynnwood Falls

Mel liebte es, auf die Cooper-Farm zu kommen. Sie lag etwas erhöht am Ortsrand von Lynnwood Falls, umgeben von Wiesen und Wäldern. Ryan, der zusammen mit Hope die örtliche Tierarzt-Praxis von deren Eltern übernommen hatte, hatte hier mit der Zeit einen Gnadenhof eingerichtet für Tiere, die anderweitig kein Unterkommen fanden. Eine Quarter-Horse-Stute, ein Maultier, eine Kuh mit Kalb, ein Schaf und allerlei Kleintiere tummelten sich an diesem eher verregneten Samstag allesamt im Stall.

Vor dem mit blauen Holzlatten verzierten Hauptgebäude parkten schon einige Fahrzeuge. Es fing gerade wieder an zu nieseln. Mel zog die Kapuze über den Kopf und sprintete über den Hof. In großen Sprüngen setzte sie über die Pfützen hinweg, trotzdem spritzte es. Es roch nach feuchter Erde.

Hope öffnete sofort die Haustür, vermutlich hatten die Hunde Mel schon angekündigt. Das Bellen verstummte, und sie wurde schwanzwedelnd von Ryans Bobtail Chief, Hopes Labradorhündin Miss Sophie und Wills Golden Retriever Zeus empfangen. Sie beugte sich nach unten, um die Hunde zu kraulen. »Na, ihr drei Hübschen, das ist ja eine tolle Begrüßung!«

Hope zuckte lachend mit den Schultern und drängte sich durch die Hundemeute. »Da hat man keine Chance, die Erste zu sein.« Ungeachtet von Mels Protest, dass sie doch nass sei, umarmte die stets unkomplizierte Hope sie, bevor sie auf die Naturholz-Garderobe zeigte. »Leg ab! Und dann komm rein!«

Lautes Stimmengewirr drang aus dem Raum. Mel stieß die Wohnzimmertür auf. Wohlige Wärme schlug ihr entgegen – im Kamin loderte ein Feuer. Auch von innen heraus wurde es ihr warm, als sie förmlich in die nette Runde aufgesaugt wurde. Neben den je sechs Brautjungfern und Begleitern des Bräutigams waren auch Brandons und Ellys Eltern in die Planung involviert. Der große, mit viel Naturholz gemütlich eingerichtete Raum war von Stimmengewirr und Gelächter erfüllt.

Mel wanderte von Umarmung zu Umarmung und landete schließlich auf dem gemütlichen blauen Stoffsofa neben Annabella. Diese war mit ihrer milchkaffeebraunen Haut und den blonden Haaren schon immer anziehend gewesen, aber seit sie mit Will zusammen war, leuchtete sie richtiggehend von innen heraus. Es war nicht zu übersehen, wie verliebt sie ineinander waren. Mel freute sich darüber. Sie mochte Will sehr, der ihr manchmal in der Bibliothek dabei half, den Kindern vorzulesen, und genauso gern hatte sie Annabella.

Als Nächstes trafen die Fuller-Zwillinge Jim und Jack ein, die sich mit den schwarzen Haaren und saphirblauen Augen wie ein Ei dem anderen glichen.

Jim ging sofort zu seiner Freundin Lizzy, um sie zu küssen. Deshalb konnte Mel davon ausgehen, dass derjenige, der zu ihr kam und ihr ein Küsschen auf die Wange drückte, Jack war. Sie musste unbedingt lernen, die beiden auseinanderzuhalten, aber das war wirklich schwierig.

Er grinste schelmisch, als er sich neben ihr auf die Sofalehne sinken ließ. »Ich habe also die riesengroße Ehre, die Hochzeit an deiner Seite verbringen zu dürfen. Was bin ich nur für ein Glückspilz!«

Mel lachte. Jack hatte so eine ganz spezielle Art, mit einer Frau zu scherzen, die es einem unmöglich machte, ihn nicht gern zu haben. Es war nicht platt oder aufdringlich. Jack, durch und durch Charmeur, hatte sein Glück kurz bei ihr versucht, nachdem sie nach Lynnwood Falls gekommen war. Glücklicherweise hatte er es ihr nicht übel genommen, dass sie kein Interesse an einer Beziehung hatte.

»Ich freue mich auch, dass du mein *Begleiter bei der Hochzeit* bist«, betonte sie scherzhaft.

Gespielt betrübt legte er die Hand auf die linke Brusthälfte. »Autsch! Da wurde ich rüde in meine Schranken gewiesen. Dein spitzer Pfeil hat soeben mein Herz getroffen. Vermutlich verblute ich.«

»Im Nebengebäude gibt es doch einen OP für Großtiere. Hope und Ryan haben dort bestimmt Verbandsmaterial«, flachste sie.

Jack brach in fröhliches Gelächter aus. Dann legte er ihr den Arm um die Schulter, küsste sie auf die Schläfe und stand auf, um den Rest zu begrüßen. »Ganz im Ernst – ich freue mich wirklich sehr, dass wir beide ein Team sind.«

»Dito«, stimmte sie ihm lächelnd zu.

Hope hatte gerade ein Whiteboard aufgebaut, als der letzte Gast hereinschneite: Ellys und Jesses Cousine Manja. Da sie aus dem übernächsten Ort kam, hatte sie die längste Anfahrt von allen.

Der Regen musste stärker geworden sein – sie wischte sich Tropfen von der rotbraun geränderten Brille und schüttelte die rot gefärbten Haare. Ihr Lachen war ansteckend, als sie ausgiebig die drei Hunde kraulte, und dann in die Runde winkte. Sie begrüßte Elly und deren Eltern, Maggy und Clint, bevor sie den anderen vorgestellt wurde.

Vor den Fuller-Zwillingen blieb sie stehen, zog die Brille ab, polierte sie und musterte die beiden. »Also Jim kenne ich ja von Tante Maggys sechzigstem Geburtstag, zu dem Lizzy ihn mitgebracht hat. Aber schiele ich, oder gibt's ihn tatsächlich doppelt?«

Jack seufzte theatralisch. »Ich bin nur der unerwähnte Bruder. Aber wieso hat Elly uns die ganze Zeit verschwiegen, welch eine bezaubernde Cousine sie hat?«, beschwerte er sich und hauchte galant einen Kuss auf Manjas Handrücken.

»Zu ihrem Schutz, du alter Schwerenöter«, gab Elly lachend zurück und stieß ihn vor die Brust.

»Danke!« Manja zog schmunzelnd die Augenbrauen in die Höhe und sah dann von einem zum anderen. »Du lieber Himmel, wie soll ich euch nur auseinanderhalten?«

Jack grinste verschmitzt. »Am besten, du küsst uns. Wenn sie«, er deutete auf Lizzy, »dich schlägt, dann war es Jim. Wenn dein Kuss erwidert wird, bist du bei mir gelandet: Jack.«

Manja warf lachend den Kopf in den Nacken. »Ein kleiner Schelm dieser Kerl scheint zu sein.«

»War das gerade Yoda? Bist du *Star Wars*-Fan?«, wollte Jack begeistert wissen. Und schon waren die beiden in die Welt der Jedi-Ritter abgetaucht.

Wie sie so nebeneinanderstanden, war die schlanke Manja beinahe genauso groß wie der weit über ein Meter achtzig große Jack. Beide trugen Jeans, dunkle T-Shirts und Kapuzenjacken und sahen einfach beeindruckend zusammen aus.

Hope klatschte in die Hände. »So, Leute, genug gequatscht. Alle mal herhören! Jetzt geht es an die Planung.« Sie notierte alle wichtigen Punkte auf einer Liste am Whiteboard. Praktischerweise befanden sich viele »Fachleute« in ihrer Mitte.

Als Lokalität wurde der Festsaal des *All about Meat* ausgesucht, dem örtlichen Speiserestaurant. Es lag direkt am Marktplatz, unweit der Kirche, in der die Trauung stattfinden sollte.

»Den Empfang vor der Hochzeitsmesse könnten wir bei

uns im Café stattfinden lassen«, schlug Annabella vor und sah ihren Geschäftspartner Jay, Wills Bruder, fragend an.

»Gute Idee! Wir werden dann ein paar Häppchen dazu vorbereiten. Außerdem könnt ihr mich für die Hochzeitstorte einplanen.«

Hope, die Süßes liebte, grinste. »Darauf habe ich spekuliert.« Sie wandte sich an Jays Freund Mitch. »Wenn wir schon dabei sind, euch zu verplanen …« Sie zwinkerte ihm zu. »Hättest du …«

Mitch, der Fotograf, hob lachend die Hände. Seine leuchtend blauen Augen funkelten so sehr, dass sie beinahe türkisfarben schimmerten. »Du brauchst nicht zu fragen: Natürlich werde ich die Fotos machen. Das ist mein Hochzeitsgeschenk.«

Elly, die heute sehr aufgedreht wirkte, drückte ihm einen Kuss auf die Wange. »Danke! Du bist ein Schatz!«

Brandon zog Mitch zum Dank in eine freundschaftliche Umarmung.

Auch für alle anderen anstehenden Aufgaben wie Dekoration, Musik und vieles andere mehr fanden sich gleich »Experten« in ihrer Mitte.

Je weiter der Abend und die Planung fortschritten und je mehr Alkohol floss, desto lauter wurde es – und desto skurriler wurden die Ideen, was beigesteuert werden könnte.

Ellys Bruder Jesse wurde per Videokonferenz über Hopes Laptop hinzugeschaltet. Man sah ihm die Zeit in den Tropen an. Die schulterlangen braunen Haare waren von der Sonne gebleicht. Er trug ein smaragdgrünes T-Shirt mit einem stilisierten Wal, das seine Bräune hervorhob. Um seine Mundwinkel zuckte es, und die braungrünen Augen funkelten amüsiert, als er in die Runde schaute.

Für einen Moment hatte Mel den Eindruck, er sähe ihr direkt in die Augen. *Unsinn*, sagte sie sich sogleich. Er blickte natürlich in die Kamera. Trotzdem fing ihr Herz unwillkürlich an, heftiger zu pochen, Mitgefühl überflutete sie. Jesse wusste, was es bedeutete, das zu verlieren, was man am meisten liebte. Auf einmal fühlte sie sich auf eigentümliche Weise mit ihm verbunden.

Er hielt sich schmunzelnd die Ohren zu, als die Anwesenden ihn unter Gelächter im Chor begrüßten. »Ich muss mal meinen Lautsprecher leiser stellen. Euch auch ein fröhliches ›Hallo‹.«

Manja winkte in Richtung Laptop-Kamera. »Hi, Partner!«

Jesse grinste. »Hey, da ist ja meine bezaubernde Begleiterin! Schön, dich mal wiederzusehen, Cousine!«

Die beiden flachsten noch etwas herum, bevor Hope ihn kurz und knapp in den aktuellen Planungsstand einweihte.

»Da wart ihr ja schon fleißig«, lobte er. »Und was habt ihr mir übrig gelassen?«

Ryan schaltete sich ein. »Du darfst die Gäste von eurer Seite der Familie auf ihre Plätze einweisen. Zum Junggesellenabschied kontaktiere ich dich noch separat.« Ryans Grinsen war immer spitzbübisch, aber nun wirkte es richtiggehend frech.

Brandon stöhnte auf. »Können wir diesen Teil nicht ausfallen lassen? Mir schwant Übles. Ich wage mir gar nicht vorzustellen, was ihr mit mir vorhabt!«

Jack klopfte ihm auf die Schulter. »Kommt gar nicht infrage, Buddy. Auf diesen Teil freue *ich* mich schließlich am meisten.«

Brandon kratzte sich den kurzen, blonden Bart. »Ihr werdet mir eine Stripperin organisieren, ich weiß es.«

Elly zuckte kichernd mit den Schultern. »Meinen Segen hat er. Solange du nur mit den Augen und nicht mit den Händen guckst.«

Jim seufzte. »Oh, ich liebe so tolerante Frauen.«

Seine Freundin Lizzy stemmte die Hände in die Hüften. »Willst du dich etwa beschweren? Dann bring es gleich hinter dich.«

Bevor sich Jim verteidigen konnte, legte Elly ihr den Arm um die Schultern. »Jim denkt, ich wäre tolerant. Er weiß noch nicht, dass Hope für uns die *California Dream Boys* engagiert hat.«

Mel lehnte sich zurück und sah in die Runde, in der die Neckereien nur so hin und her flogen. Wieder einmal erfüllte sie Dankbarkeit, dass es sie ausgerechnet hierher, nach Lynnwood Falls, verschlagen hatte. Abermals schweifte ihr Blick zum Laptop. Auch Jesse folgte dem Geschehen mit einem Lächeln, das sie eigentümlich berührte.

In der darauffolgenden Zeit kam es Mel so vor, als gäbe es nur noch die Vorbereitungen zu Ellys Hochzeit. Die Outfits mussten bestellt werden – die Brautjungfern bekamen einheitlich bodenlange, ärmellose Kleider in einem zarten Lindgrün, Ellys Lieblingsfarbe, mit einer passenden Spitzen-Stola, da es im April noch frisch sein konnte.

Manja kam immer häufiger nach Lynnwood Falls, und es war nicht zu übersehen, dass Jack und sie sich definitiv zueinander hingezogen fühlten. Manchmal steckten sie bei der Planung der Musik die Köpfe zusammen, um gemeinsam ein Lied über ein Headset zu hören, und sahen sich dann verliebt in die Augen.

Manja, die anfangs abends immer den weiten Heimweg auf sich genommen hatte, schloss sich ihnen an, als sie am darauffolgenden Samstagabend alle gemeinsam ins *The Eighties* zogen, die In-Kneipe von Lynnwood Falls. Mel mochte die Location, die ganz im Stil der Achtzigerjahre eingerichtet war. Auch die Musik dieser Zeit, die an diesem Abend von einer Live-Cover-Band gespielt wurde, gefiel ihr.

Jack legte Mel den Arm um die Schultern und brüllte ihr gegen den Musiklärm ins Ohr: »Willst du tanzen?«

Sie lächelte. »Du brauchst dich mir nicht verpflichtet zu

fühlen, nur weil du mein Begleiter bei der Hochzeit bist«, rief sie zurück. »Du kannst ruhig mit Manja tanzen.«

Jack wirkte schuldbewusst. »Bist du dir sicher?«

Sie versetzte ihm einen liebevollen Stoß. »Logisch! Geh schon!«

Als die Band direkt nach dem Lied auf Kuschelsongs umschwenkte, Manja sich hingebungsvoll in Jacks Arme schmiegte und er dabei selbstvergessen die Augen schloss, war sich Mel sicher, die richtige Entscheidung getroffen zu haben.

Als die beiden am nächsten Morgen gemeinsam zum Brunch in *Annabella's Café* eintrafen und es ganz offensichtlich wurde, dass sie die Nacht zusammen verbracht hatten, hagelte es Glückwünsche und den gutmütigen Spott der Clique. Doch Mel blieben auch Ellys und Wills nachdenkliche Blicke nicht verborgen, die sie ihr zuwarfen. Sie ahnte, was sie bedeuteten. Aber sie hätte sich lieber die Zunge abgebissen, als von sich aus vorzuschlagen, die Begleiter zu tauschen. Irgendetwas in ihrem Unterbewusstsein sagte ihr, dass es Jesse ganz und gar nicht recht sein würde, wenn er statt seiner Cousine mit einer ihm fast fremden Person vorliebnehmen musste. Zudem löste der Gedanke, mit Jesse als Partner zur Hochzeit zu gehen, Gefühle in ihr aus, die sie verwirrten.

Jesse

An Bord des Forschungsschiffes *Cetus*, Atlantik, Turks- & Caicosinseln

Jesse starrte fassungslos auf den Bildschirm des Laptops, auf dem sich seine Schwester Elly gerade mal wieder die blonden Haarspitzen um den Zeigefinger wickelte.

»Was soll das heißen, ich werde nicht mit unserer Cousine zu eurer Hochzeit gehen? Es war doch so mit Manja verabredet!« Er versuchte, den Plauderton beizubehalten, obwohl es in seinem Inneren zu brodeln begann.

»Jack und sie sind jetzt ein Paar. Es wäre irgendwie doof, wenn sie nicht zusammen hingingen«, erklärte Elly, ohne dabei in die Kamera zu sehen.

Obwohl Jesse schon ahnte, worauf das hinauslief, lenkte er ab: »Ich dachte, Manja geht demnächst zum Studieren nach Deutschland?«

»Ja, das stimmt auch, aber wo die Liebe so hinfällt, genießen die beiden eben die Zeit, die sie hier noch zusammen verbringen können. Ich wollte erst mit dir reden, bevor ich Manja und Jack anbiete, dass sie zusammen gehen können …«

»Kein Problem! Ich gebe Manja natürlich frei!« Er konnte es nicht lassen, seine Schwester zu necken. »Dann komme ich eben allein. Ich setze mich auch gern an den Kindertisch.« Er zwinkerte ihr zu.

»Das ist lieb, aber …« Die Haarsträhne spannte sich immer enger um Ellys Fingerspitze, während sie die Worte in die Länge zog.

Jesse hob die Augenbrauen. »Ja?« Zu leicht würde er es ihr nicht machen.

»Jack wäre ja mit Mel gegangen, Melanie Rowling, der Bibliothekarin von Lynnwood Falls.«

»Und jetzt soll ich stattdessen ihr Begleiter sein?«, schlussfolgerte er. Von Anfang an hatte er ein ungutes Gefühl bei der Sache gehabt. Wurde er gerade ausmanövriert? *Komm, jetzt bist du aber albern!* Dafür, dass Jack und Manja zusammengekommen waren, konnte Elly nun wirklich nichts. Dennoch konnte er die Frage nicht zurückhalten: »Führst du etwas im Schilde?«

»Nein, gar nichts, ehrlich!«, beteuerte sie. »Ich will diesmal auch nicht kuppeln!«

»Ach, ausnahmsweise?«

Seinen ironischen Einwurf ignorierte sie und fuhr fort:

»Mel ist definitiv nicht auf der Suche. Oder hast du Angst, dass sie beim Anblick eines so …« – *Oh, nein!*, durchfuhr es Jesse, doch da war es schon – »… *feschen* Meeresbiologen sofort schwach wird und über dich herfällt?«

Alles war ihm lieber als Mitleid, und so zwang er sich zu einem Grinsen. »Die Gefahr besteht!«

Elly lachte befreit auf. »Auf jeden Fall!« Sie wurde wieder ernst, und abermals musste die Haarsträhne herhalten. »Kann ich sie als deine Begleiterin einplanen? Manja und die anderen aus der Clique sitzen ja auch bei euch, es sind runde Tische. Ich kann unsere Cousine auf deine andere Seite setzen. Du musst dich Mel nicht zwingend die ganze Zeit widmen, es wäre nur beim Verlassen der Kirche wichtig. Sie ist auch eher der ruhige Typ, gar nicht anstrengend. Ganz bestimmt schnattert sie dir nicht den ganzen Abend die Ohren voll. Und sie ist auch nicht der Typ, der sich dir an den Hals werfen wird.« Elly hatte zunehmend schneller gesprochen, was ihm verriet, wie angespannt sie war.

Für einen Moment schob sich das Gesicht der Bibliothekarin in Jesses Erinnerung. Wie sie bei dem Treffen bei Hope und Ryan in der Runde der Freunde gesessen hatte, mit diesem zufriedenen Lächeln, bei dem sich zauberhafte Grübchen gebildet hatten. Zwischen all den lärmenden Menschen bei der Videokonferenz war sie ihm seltsamerweise am deutlichsten in Erinnerung geblieben.

Jesse zwang seine Konzentration wieder auf seine Schwester. An ihrem siegessicheren Gesichtsausdruck konnte er erkennen, dass sie genau wusste, dass er sie nicht hängen lassen würde. »Ich habe ja schließlich keine Wahl, nicht wahr?« Er zwinkerte ihr zu. Es war albern, aber in ihm stieg bei dem Gedanken an eine fremde Frau an seiner Seite Unwohlsein auf. Es erschien ihm wie ein Verrat an Beth.

»Es tut mir echt leid …«, fing Elly zerknirscht an, doch er

unterbrach sie ungehalten. Mitleid war ihm genauso zuwider wie das Gefühl, manipuliert zu werden.

»Lass es gut sein! Gibt es sonst noch etwas?« Er merkte selbst, dass er ungerecht war.

Elly wirkte ungewöhnlich kleinlaut. »Nein. Ich danke dir.«

Auf einmal tat sie ihm leid. Sie konnte dieses Mal wirklich nichts dafür. Er spürte die Zuneigung zu seiner Schwester plötzlich fast schmerzlich, und er lächelte milde. »Schon gut! Das kriegen wir hin.«

Sie tauschten sich noch kurz über die weitere Planung aus, bevor er das Gespräch beendete und sich mit einem Stoßseufzer in seinen Schreibtischstuhl zurücksinken ließ.

»Hoffentlich hast du recht, und diese Mel hegt keine Erwartungen«, murmelte er vor sich hin. Auf einmal wurde ihm die Luft im Arbeitsraum zu dünn. Er eilte an Deck, um sich die unguten Gedanken von dem lauen, salzhaltigen Wind aus dem Kopf blasen zu lassen. Das endlos weite, tiefblaue Meer und das Rauschen der Wellen hatten immer eine beruhigende Wirkung auf ihn, doch heute versagte diese irgendwie. Hochzeiten stimmten nun mal viele Menschen sentimental, da bildete er keine Ausnahme, und Hochzeitsfeiern waren gemeinhin dafür bekannt, dass selbst Fremde sich dort näherkamen.

So sehr er sich von Herzen für Elly freute, sehnte er jetzt schon das Ende der Feierlichkeiten herbei. Ganz bestimmt hatte er keine Lust, ein nettes Mädchen vor den Kopf zu stoßen – und Mel sah mit ihren Grübchen sympathisch aus. Mit den hellblonden Haaren und der zarten Figur wirkte sie eher mädchenhaft, war also zum Glück nicht sein Typ. Er mochte es lieber naturverbunden und robust.

Wieder musste Jesse sich selbst zur Vernunft rufen. Wie kam er eigentlich darauf, dass diese Mel Interesse an ihm haben könnte? Er rieb sich nachdenklich übers Kinn. *Weil du die Erfahrung gemacht hast, dass dein Schicksal die Frauenherzen weich werden lässt*, antwortete er sich selbst.

Resolut stieß er sich von der Reling ab. Dann würde er die Fronten eben gleich von Anfang an klären müssen. Er war momentan nicht an einer neuen Beziehung interessiert. Definitiv nicht.

Melanie

Lynnwood Falls

Mel verrenkte sich beinahe die Schulter bei dem Versuch, ihr lindgrünes Kleid, das mit eingestickten Blüten verziert war, selbst zu schließen. Es war für Ellys und Brandons Hochzeit wirklich wundervoll, dass heute solch ein ungewöhnlich warmer Tag für Mitte April war. Am Morgen waren es schon über zwölf Grad gewesen, und das Thermometer würde laut Vorhersage noch auf mindestens siebzehn klettern. Doch dafür kam Mel gerade beim Ankleiden ins Schwitzen. Schließlich gab sie auf, raffte das Kleid und eilte auf Strümpfen nach unten.

Sie klopfte an der Wohnungstür. »Doris?«

»Es ist offen.« Ein unterdrückter Fluch ertönte. »Du kommst wie gerufen, Darling! Ich kriege mein Kleid nicht allein zu.« Doris kam – mit Lockenwicklern im Haar – in den Flur geeilt.

Lachend schloss Mel das dunkelgrüne Taftkleid, unter dem eine hautfarbene Miederhose hervorblitzte, bevor sie sich umdrehte und Doris ihren eigenen Reißverschluss hinhielt. »Deshalb komme ich auch.«

»Kind, du siehst bezaubernd aus. Wie eine Prinzessin!«

»Du übertreibst schamlos.« Doris' Protest ignorierend, deutete Mel auf die Lockenwickler. »Soll ich dir helfen?«

»Hast du denn noch Zeit?«

Mels Blick suchte die altmodische Standuhr, die sie so liebte. »Ja, Jesse kommt mich erst in einer halben Stunde abholen.«

»Du bist ein Engel. Wie immer habe ich mich in der Zeit verschätzt.« Doris stöhnte.

»Wie immer« stimmt genau! Mel unterdrückte ein Grinsen und dirigierte ihre Vermieterin auf den Wäschekorb im Bad. Doris war zwar stets pünktlich, aber es war auch tatsächlich meist eine Punktlandung auf den letzten Drücker, mit viel Stress im Vorfeld.

Mit geübten Griffen entfernte Mel die Lockenwickler; sie hatte ihrer Vermieterin bereits bei diversen Events beim Frisieren geholfen. So waren die kurzen Haare auch zügig in Form gebracht und mit Haarspray fixiert. »Brauchst du sonst noch was?«

»Nein, danke, Darling! Schau, dass du selbst fertig wirst, damit Jesse nicht warten muss. Francy holt mich zusammen mit Mary und Glenn etwas später ab.«

Es beruhigte sie, dass Doris mit Francine Ross, der Inhaberin des Tierbedarfshandels, und Hopes Eltern eine gute Mitfahrgelegenheit gefunden hatte.

Mel eilte wieder nach oben. Eigentlich war sie so weit. Sie musste nur noch den mit weißen Blüten verzierten Kranz aufsetzen. Die hellblonden Haare fielen ihr in weichen Wellen leicht abgestuft auf die Schultern, ohne dass sie noch viel Aufwand benötigten. Zum Glück hatte sie sie schon vergangene Woche schneiden lassen. Im Friseursalon war in den letzten Tagen die Hölle los gewesen. Da gefühlt halb Lynnwood Falls auf der Hochzeit von Brandon Simmons und Elly Johnson sein würde, die beide hier aufgewachsen waren, hatten die Friseurin und ihre Angestellten alle Hände voll zu tun gehabt.

Nun musste Mel nur noch das Make-up vervollständigen. Zur Feier des Tages trug sie auch einen hellgrauen Lidschatten auf – ein Kompromiss zum lindgrünen Kleid und ihren blauen Augen. Während sie sich die Wimpern tuschte und Mühe hatte, die Hand ruhig zu halten, gestand sie sich zum ersten Mal ein, dass sie aufgeregt war. Für einen Moment wünschte sie sich, sie hätte mit Jack zur Hochzeit gehen können. Das wäre sicherlich lustig geworden. Nicht, dass es mit Jesse nicht vielleicht auch schön, vielleicht sogar witzig werden würde. Aber er war beim gestrigen Probedinner sehr reserviert gewesen. Fast schon abweisend. Und hatte sich mit ihr nur so viel unterhalten, dass es nicht unhöflich wirkte.

Instinktiv spürte sie natürlich, dass ihm der heutige Tag – auch unabhängig von ihr als seiner Begleitung – schwer im Magen lag. Wer konnte es ihm verdenken? Sicherlich würde er wie sie selbst an seine eigene Hochzeit erinnert werden.

Unwillkürlich wurden die Erinnerungen wach. Bei ihrer Hochzeit war es recht schlicht zugegangen, neben dem Friedensrichter waren nur sie und ihr zukünftiger Mann anwesend gewesen, außerdem zwei zufällige Passanten. Weil ihr damaliger Bräutigam sie ganz für sich allein hatte haben wollen. Und zur Feier des Tages, an dem sie Mrs Arthur P. Highsmith geworden war, hatten sie nach der Trauzeremonie elegant diniert. In Zweisamkeit. Im *Gary Danko*, einem der edelsten Restaurants in San Francisco.

Ihr heutiges Outfit erinnerte sie an die Zeiten inmitten der Schickeria in der »Golden Gate City«. Sie erschauderte. Wie jung und naiv war sie damals gewesen! Gerade frisch vom College. In einem winzigen Fischerdorf an der Westküste aufgewachsen, hatte das Interesse des zehn Jahre älteren, im wahrsten Sinne des Wortes blendend aussehenden und erfolgreichen Unternehmensberaters aus der Großstadt ihr geschmeichelt. Seinen Besitzanspruch hatte sie für Liebe gehalten.

Schnell verdrängte Mel die unguten Gedanken. Die Zukunft lag im Hier und Jetzt. Und sie war glücklich in Lynnwood Falls. Zufrieden damit, allein zu sein. Das Zusammenleben mit Doris Pearson funktionierte hervorragend. Diese war früh Witwe geworden und ebenfalls froh, einen Menschen in der Nähe zu haben, der sie gelegentlich unterstützte – ohne dass sie einander auf die Pelle rückten. Wobei man hier im Ort niemals ohne Hilfe war, wenn man Unterstützung bedurfte.

Mel schlüpfte gerade in ihre weißen Pumps, als sie ein Auto vorfahren hörte. Sie spähte aus dem Fenster. Es war Jesses dunkelgrüner Defender. Schnell überprüfte sie, ob sie auch genügend Taschentücher eingesteckt hatte, bevor sie nach der Handtasche und der Stola griff, den Mantel überzog und nach unten eilte. Eine milde Brise empfing sie, die nach Frühling roch. Genießerisch sog sie die Luft ein.

Jesse war soeben ausgestiegen und sah sie überrascht an. Er hatte sich die hellbraunen Haare auf Nackenlänge schneiden lassen. Sein gebräuntes Gesicht war glatt rasiert, was ihm – ebenso wie der anthrazitfarbene Anzug – hervorragend stand.

»Hi! Hast du schon gewartet?« Es klang aus Jesses Mund beinahe wie ein Vorwurf. Der Händedruck war unpersönlich, und das Lächeln wirkte bemüht.

»Hallo! Nein, gar nicht, du bist doch pünktlich. Ich wollte *dich* nicht warten lassen.« Mel merkte, wie ihre Wangen sich röteten. Sie klang atemlos, als hätte sie nicht nur ein Stockwerk überwinden, sondern einen Hundert-Meter-Lauf hinter sich bringen müssen. Ihr Herz schlug so heftig, dass Jesse es vermutlich hören musste, als er ihr zuvorkommend die Tür öffnete. In dem schon etwas in die Jahre gekommenen Wagen roch es angenehm nach Jesses Rasierwasser, das gut zu ihm passte. Wie eine frische Meeresbrise.

Als er wieder einstieg, wurde ihr seine Nähe mit aller Deutlichkeit bewusst, obwohl der Defender wirklich kein Kleinwagen war. Sie konnte Jesses Ablehnung körperlich spüren. *Er will nicht mit dir zur Hochzeit seiner Schwester gehen!*, schoss es ihr durch den Kopf, und absurderweise brannte es plötzlich hinter ihren Lidern. Dabei war ihr im Grunde klar, dass es nicht an ihr persönlich lag, dazu kannten sie sich nicht gut genug. Hätte sie doch bloß sofort Ellys Angebot ausgeschlagen, ihre Brautjungfer zu werden! Wieso hatte sie nur zugestimmt, als Elly ihr den Vorschlag zum Tauschen der Begleiter gemacht hatte? Aber die Bitte auszuschlagen wäre natürlich Jack und Manja gegenüber unfair gewesen.

Mel räusperte sich. »Du hättest mich nicht unbedingt abholen müssen, es ist ja nicht weit …«

»Das gehört sich so!«, unterbrach er sie. »Meine Mutter und meine Schwester würden mir die Hölle heißmachen, wenn ich mich nicht um meine *Tischdame* kümmern würde.«

Auch wenn er vermutlich nur hatte scherzen wollen, war die Betonung auf der »Tischdame« überdeutlich gewesen. Er hatte sie damit ganz klar an den ihr angestammten Platz verwiesen. Seine Tischdame war sie, mehr nicht! Sie war ihm aufgenötigt worden, das konnte sie nur zu deutlich spüren, ohne dass er es sagte oder offen zeigte. Sein Tonfall war höflich. Er lächelte sogar bei den Worten. Zumindest hoben sich die Mundwinkel, die melancholischen braungrünen Augen erreichte das Lächeln jedoch nicht. Aber manche Dinge mussten auch nicht ausgesprochen werden.

Sie wusste nicht, was sie erwidern sollte. »Dann … danke!«, stieß sie schließlich nicht weniger steif hervor.

Dann hatte sie sich also am Vorabend nicht getäuscht. Zuvorkommend war Jesse gewesen, darüber hatte Mel sich nicht beschweren können. Er hatte bemerkt, wenn ihr Glas leer war, und ihr nachgeschenkt. Wenn sie aufstand, erhob er sich ebenfalls – auf eine süße, altmodische Art. Das hatte er vermutlich von seinem Vater gelernt, der es genauso hielt. Als ihre Serviette auf den Boden fiel, bückte er sich sofort danach. Aber das waren nur anerzogene Gesten. Sie bedeuteten nicht, dass sie ihm wichtig war.

Die restliche Fahrt legten sie in ungemütlichem Schweigen

zurück, und ihr fiel partout nichts ein, was nicht nach erzwungener Konversation geklungen hätte. So konzentrierte sie sich darauf, den Blick nach draußen zu richten, wo in Mrs Delawares Vorgarten die ersten Narzissen die Köpfe in die Morgensonne streckten.

Mel war heilfroh, als sie Becky mit dem Zwillingskinderwagen auf dem Parkplatz neben der Kirche entdeckte, einem schlichten weißen Holzbau mit einem verwitterten Kirchturm, und fiel ihr beinahe überschwänglich um den Hals.

Becky, der das lindgrüne Kleid und der Blütenkranz zu den dunklen Locken ebenfalls hervorragend standen, tätschelte ihr lächelnd den Rücken. Ihr Amüsement über Mels ungewöhnlich stürmische Begrüßung verbarg sie nicht. »Solche Hochzeiten sind immer emotionale Momente.«

Mel nickte, auch wenn ihre Freundin es missinterpretiert hatte.

Becky wandte sich ab, um Jesse zu umarmen, der Verwandte oder Freunde willkommen geheißen hatte, die Mel nicht kannte. Dabei hatte er wesentlich entspannter gewirkt als ihr gegenüber.

»Dann lasst uns mal zu *Annabella's Café* gehen, damit wir die Gäste dort in Empfang nehmen können«, schlug er schließlich vor.

Mit einem deutlichen Zögern bot er ihr ritterlich den Arm, und sie schob die Hand in die Beuge, spürte den glatten Stoff des Anzugs an ihren Fingern, während sie versuchte, den größtmöglichen Abstand zu wahren, obwohl diese Distanz sie seltsamerweise schmerzte.

Mel war froh, als Jay und Mitch sie vor dem Café empfingen und sie die Hand zu deren Begrüßung von Jesses Arm nehmen konnte. Die beiden Männer gaben in den eleganten schwarzen Anzügen ein wirklich schönes Paar ab. Beide wirkten nicht nur attraktiv, sondern auch einfach äußerst sympathisch.

Jay schob sie nach der Umarmung von sich, um sie zu mustern. »Du siehst super aus. Die Männer werden dir alle zu Füßen liegen.«

Mel wehrte verlegen lächelnd ab. »Aber ich bin doch gar nicht an Männern interessiert.«

Im selben Moment ging ihr auf, wie das klingen musste. Sie hatte doch sonst keine Mühe, sich vernünftig zu artikulieren. Das war peinlich für eine Literaturwissenschaftlerin! Die angespannte Situation zerrte an ihren Nerven. Eigentlich hatte sie damit ausdrücken wollen, dass sie nicht auf der Suche war und ganz gern im Hintergrund blieb.

Aber dann bemerkte sie das Erstaunen, gefolgt von einem Ausdruck grenzenloser Erleichterung auf Jesses Zügen. Die ihr eigenartigerweise ein wenig wehtat.

Ich sollte die Aussage richtigstellen, dachte sie, als Mitch sie auf die Wange küsste und murmelte: »Das wusste ich ja gar nicht. Willkommen im Klub, Schwester.«

Spätestens jetzt war der Zeitpunkt gekommen. Doch aus irgendeinem unerfindlichen Grund schwieg sie.

Vielleicht ist das überhaupt die *Lösung*, flüsterte ihr eine kleine, heimtückische innere Stimme zu. So einige Mütter lediger Söhne in Lynnwood Falls waren schon in die Bibliothek gekommen. Sie hatten kein Buch ausgeliehen, sondern hatten stattdessen ihre Söhne in den höchsten Tönen angepriesen. Auch der ein oder andere Single hatte es bereits bei ihr versucht. Wenn sich jedoch das Gerücht verbreitete, dass sie am eigenen Geschlecht interessiert war …

Doch sie wollte nicht lügen. Nicht noch mehr, als sie es ohnehin gezwungenermaßen getan hatte. Bevor Mel jedoch die Chance hatte, alles aufzuklären, trafen die nächsten Gäste ein, und sie musste alle mit einem Getränk versorgen.

Bei der Dekoration im Café hatten Jay und Annabella sich

wirklich selbst übertroffen. Überall standen Gestecke aus rosa Rosen und weißen Lilien – Ellys Lieblingsblumen, die auch die gesamte Hochzeitsdekoration dominierten. Und die Kanapees waren beinahe zu schade zum Essen, so bezaubernd waren sie hergerichtet.

Als alle Gäste eingetroffen und versorgt waren, legten sie die wenigen Meter zur Kirche gemeinsam zu Fuß zurück.

In dem Moment traf auch der Wagen mit dem Bräutigam ein. Schon allein die Stretch-Limousine war ein echter Hingucker – eine pinkfarbene Chrysler 300C, die mit ihren etwa acht Metern Länge und dem aufwendig rosa-weißen Blumenarrangement geradewegs aus Hollywood angerollt sein könnte. Sie passte zu der quirligen Elly.

Mit einer angedeuteten Verbeugung öffnete der Chauffeur die Tür, und dem Wagen entstiegen wirklich coole Jungs. Brandon, der seine blonden Haare heute streng zurückgegelt und den Bart auf wenige Millimeter gekürzt hatte, sah mit einer kräftigen Statur in dem Frack umwerfend aus. Auch Ryan hatte die sonst etwas zerzausten Haare heute glatt gekämmt, der Dreitagebart war sorgfältig gestutzt.

Die beiden Männer zogen sich nach einem kurzen Winken in die Menge, die bei ihrem Anblick begeistert zu klatschen begonnen hatte, direkt in die Sakristei der Kirche zurück. Brandon wirkte sichtlich nervös.

Mel lächelte verständnisvoll.

Mitch, der eifrig Fotos geschossen hatte, legte ihr den Arm um die Schultern und tippte ihr auf die Wange. »Ich mag deine süßen Grübchen.«

Unwillkürlich schmunzelte sie noch breiter. »Danke!«

Als Jesse ihm ganz unbefangen und mit einem offenen Lächeln, das ihren Herzschlag beschleunigte, zustimmte, war die Entscheidung gefallen: Sie würde das Missverständnis keinesfalls korrigieren. Nicht heute. Niemand sollte sich ihretwegen unwohl fühlen. Und sie konnte die Feier selbst viel mehr genießen, wenn sie einfach als Mensch respektiert wurde.

Nun hatte sie jedoch glücklicherweise keine Zeit mehr zum Grübeln, denn Reverend Pickert, der die Trauung vollziehen würde, öffnete die Kirchenpforten. Der eher klein gewachsene Reverend keuchte unter der Last seiner sicherlich zweieinhalb Zentner, sein Gesicht war gerötet. Sein junger Nachfolger Daniel Owens, der momentan sukzessive die Amtsgeschäfte übernahm, ging ihm zur Hand. Dieser bildete nicht nur wegen seiner Jugend und der schlanken, dynamisch wirkenden Gestalt, sondern auch wegen des verschmitzten Lächelns optisch einen krassen Gegensatz zu dem altgedienten Reverend.

Der Vorplatz füllte sich zusehends, Stimmengewirr hallte durch die klare Frühlingsluft. Die zweihundertfünfzig Personen fassende Kirche würde bis auf den letzten Platz besetzt sein.

Nachdem Jesse, der noch zwei Nachzügler seiner Verwandtschaft begrüßt hatte, wieder neben ihr auftauchte, sah Mel fragend zu ihm auf. Ihnen beiden fiel die Aufgabe zu, die Sitzplätze im Gotteshaus zu koordinieren. »Die Menge wird langsam unruhig. Sollen wir?«

Ein Schmunzeln ließ seine Augen voller Wärme leuchten. »Gute Idee!« Er beugte sich näher, sodass ihr wieder sein frischer Duft in die Nase stieg. »Bevor meine Tante Roberta noch ihren ersten Sonnenstich des Jahres bekommt.« Verstohlen deutete er auf eine weißhaarige Dame in einem lilafarbenen, mit Rüschen besetzten Kleid, die auf einen Stock gestützt dastand und eine zittrige, blau geäderte Hand schützend über die Augen hob.

Mel musste ein Kichern unterdrücken, als sie gemäßigten Schrittes die Kirchentreppe hinaufging, sich umdrehte und in die Hände klatschte. Unter den Klängen der Orgel zog die Gesellschaft in die Kirche ein.

Kaum saßen alle Gäste, begaben sich die Bräutigamsführer zu ihren Plätzen am Altar. Die Limousine fuhr vor.

Obwohl sie Elly schon in dem Hochzeitskleid gesehen hatte, wurde Mel nun von dem Anblick überwältigt. Nie zuvor hatte sie eine schönere Braut gesehen als Elly. Ihr Gesicht wurde von einem inneren Leuchten erhellt, das zu Herzen ging.

Mit vereinten Kräften halfen sie ihr, den mehrere Meter langen Schleier aus der Limousine zu wuchten und hübsch zu drapieren. Was Brandon nicht wusste: Die gesamte Jugend-Football-Mannschaft von Lynnwood Falls, die *Beavers*, die er trainierte, waren in ihren grünen Trikots als Ellys Schleierträger eingeteilt.

Ellys Vater Clint schnäuzte sich gerührt, als er seine wunderschöne Tochter in Empfang nahm, um sie zum Altar zu führen. Das Zeichen für die Organistin, mit dem Hochzeitsmarsch zu beginnen.

In drei Zweierreihen – Hope und Lizzy, Mel und Annabella sowie Manja und Becky – schritten sie den Mittelgang der im Halbdunkel liegenden Kirche entlang. Mel wusste selbst nicht, warum ihr das Herz bis zum Hals schlug, als sie in die erwartungsvoll blickenden Gesichter der vorn stehenden Männer sah. Für einen verrückten Moment stellte sie sich vor, sie selbst wäre es, die dort von einem liebenden Mann erwartet würde.

Schnell wandte sie den Blick von Jesse ab und konzentrierte sich darauf, die Blütenblätter zu streuen.

Brandons Züge wurden von einem glücklichen Schein erhellt, als er seine wunderschöne Braut sah. Und ein stolzes Lächeln zog beim Anblick »seiner« Football-Jungs über sein Gesicht.

Die Brautjungfern platzierten sich auf der Seite der Braut. Wärme breitete sich in Mels Bauch aus, als Jesse ihr ein melancholisches Lächeln schenkte.

Die einleitenden Worte von Reverend Pickert zogen an Mels Ohren vorbei. Die Beklemmung, die die Erinnerung verursachte, streifte sie nur mühsam ab. Erst beim Eheversprechen schaffte sie es, sich auf die Gegenwart zu konzentrieren.

Der kräftige Brandon hob Ellys Schleier mit einer solch zarten Geste an, dass Mel nicht die Einzige war, der unwillkürlich ein Seufzer entglitt. Er nahm die Hände seiner Braut, sie verschwanden fast in seinen großen.

»Liebe Elly!«, sagte er mit rauer Stimme. »Du siehst so wunderschön aus, dass mir geradewegs die Stimme versagt.« Er räusperte sich. »Mir ist, als wäre es erst neulich gewesen, dieser Abend, als ich kurz nach meinem Unfall nach Lynnwood Falls zurückkehrte und du im *The Eighties* zu mir an die Theke kamst.« Brandon lächelte versonnen. »Wir haben geredet, stundenlang. Und auf einmal hatte ich alles vergessen, was geschehen war. Hatte vergessen, dass Krücken neben mir standen, dass meine Football-Karriere zu Ende war. Es war, als gäbe es nichts mehr außer uns beiden. Nur du und dein unbeschreibliches Lächeln.« Er zog eine verschmitzte Grimasse. »Du hast mich völlig ausgeknockt … Ich hätte nie gedacht, dass ein so cooles Mädchen wie du meine Gefühle erwidert. Vermutlich wäre ich auf der Stelle an einem gebrochenen Herzen gestorben, wenn du mich abgewiesen hättest.«

Da Elly mit dem Rücken zu ihnen stand, konnte Mel ihr Gesicht nicht sehen, doch das Schniefen klang, als lachte und weinte sie gleichzeitig.

Bevor Mel reagieren konnte, hatte schon Hope, die Elly am nächsten stand, der Braut ein Taschentuch gereicht. Auch Hope tupfte sich die Augen.

Brandons Stimme klang rau: »Es gab Zeiten, in denen ich gehadert habe. Frustriert war. Aber da warst du, mit deiner grenzenlosen Liebe und Geduld, und hast mich aufgefangen.« Wieder schnitt er eine Grimasse. »Und das ist bei einem so großen Brocken wir mir echt eine Kunst. Du hast mir gezeigt, was das Leben wirklich lebenswert macht. Ich hatte diesen Unfall anfangs für einen üblen Schicksalsschlag gehalten. Bis mir plötzlich klar wurde, dass er zwar mein Schicksal beeinflusst hatte, aber im positiven Sinne.« Wieder musste er sich räuspern. »Das Einzige, was in meinem Leben eine wirkliche Rolle spielt, bist du. Du hast so ein großes Herz! Ich danke dir innig, dass ich darin wohnen darf.«

Er schluckte hörbar, während Elly schluchzend den Kopf schüttelte. Nun wurde seine Stimme leidenschaftlicher. »Ich möchte nirgendwo anders leben, nicht rastlos von Football-Game zu Football-Game ziehen. Ich brauche keinen Ruhm, ich brauche dich! Hier in Lynnwood Falls ist mein Zuhause, und zwar genau an deiner Seite. Du bist die Frau meines Lebens, ich möchte jeden Morgen neben dir aufwachen. Mit dir will ich eine Familie gründen. Du bist die Kameradin, die mit mir durch Dick und Dünn geht. Mit dir kann man Pferde stehlen.« An die örtlichen Farmer gewandt, fügte er hinzu: »Natürlich nicht eure.«

Die Menge johlte. Doch als Brandon fortfuhr, wurde es wieder still, nur unterbrochen von vereinzeltem Schniefen.

»Ich verspreche dir, immer für dich da zu sein, Elly. An deiner Seite möchte ich alt werden. Ich verspreche dir, alles zu geben, um dir ein guter Ehemann und unseren Kindern ein guter Vater zu sein. Ich liebe dich, Elly. Und zwar von ganzem Herzen, mit meiner Seele und all meinem Verstand. Für immer.« Seine Stimme brach, er zog Elly an sich und küsste sie.

»He, der Part mit ›Du darfst die Braut jetzt küssen‹ kommt erst noch«, feixte Jim, doch Brandon scherte sich nicht darum.

Während sich die Frauen schnäuzten und auch der ein oder andere Mann feuchte Augen hatte, schweifte Mels Blick, wie schon öfter heute, zu ihrem Begleiter. Jesse. Er sah in die Ferne. Ein wehmütiger Zug lag auf seinem Gesicht. Auch in seinen Augen schimmerte es.

Bis Brandons Vater Rob enthusiastisch anfing zu klatschen. Jesses liebevolles Lächeln richtete sich auf seine Schwester, und er und die restlichen Gäste stimmten in den Applaus ein.

Elly legte die Hand auf Brandons Brust, in der Höhe seines Herzens. Ihre Stimme klang ungewohnt hoch, als sie zu sprechen anfing: »*Mein* Brandon! Herrje, war ich während unserer Jugend in dich verschossen! Ich hätte niemals gedacht, dass ich irgendwann einmal mit dir hier stehen würde.« Sie schluchzte auf, und Brandon bedeckte ihre Hand mit seiner. Sein schüchternes Lächeln und diese innige Geste verursachten eine Wärme in Mel, die sie selbst unwillkürlich lächeln ließ. Für einen Moment kreuzten sich ihre Blicke mit denen von Jesse und das Verständnis in seinen Augen verstärkte das wohlige Gefühl in ihrem Bauch.

Elly sprach weiter: »Meine jugendlichen Schwärmereien werden von der Wirklichkeit vollkommen übertroffen – so schön, wie es im wahren Leben ist, hätte ich es mir nicht mal erträumen können. Ich liebe meine Arbeit in der Anwaltskanzlei. Und doch kann ich es manchmal kaum aushalten, bis ich abends nach Hause komme. Weil ich es nicht erwarten kann, mich endlich in deine Arme zu kuscheln und in deiner Geborgenheit zu versinken. Dann erst bin ich zu Hause, richtig, vollständig.« Sie schniefte unisono mit einigen der Zuhörerinnen. »Durch dich habe ich erst erfahren, was es heißt, glücklich zu sein.«

Elly schluchzte abermals. »Du bist und bleibst ein Team-Player, und ich bin unendlich dankbar, dass ich in deinem Team sein darf. Ich danke dir dafür, dass du mir deine Stärke gibst, ohne mir meine zu nehmen. Ich danke dir dafür, dass du mir und meinem Herzen ein Zuhause gibst. Dass du mein Held bist und ich auch deine Heldin sein darf.«

Elly entzog ihm die Hand, um sie auf seine Wange zu legen. Sie hielt einen Augenblick inne, bevor sie die Hand wieder unter seine auf sein Herz schob. »Ich verspreche dir, dass ich dafür sorgen werde, dass unser Leben nicht langweilig wird.« Ein wohlwollendes Lachen ertönte im Kirchenraum. »Ich verspreche dir, dass ich dich immer und ewig lieben werde, von ganzem Herzen, bis wir alt und zahnlos sind. Ich werde unsere Kinder ganz besonders lieben, weil sie ein Teil von dir und mir sein werden.« Ihre Stimme erstickte, sie musste abermals um Luft ringen. »Ich verspreche dir, dass wir gemeinsam alles meistern, weil wir beide ein unschlagbares Team sind.« Ihr »Ich liebe dich über alles, Brandon« kam nur noch erstickt heraus, bevor sie an seine Brust sank.

»Und schon wieder küssen sie sich vorzeitig«, kommentierte Jim, wobei er seine Rührung nur schlecht verbergen konnte.

Applaus setzte ein.

Auch das darauffolgende Eheversprechen und der Austausch der Ringe waren nochmals sehr emotionale Momente, doch das Ehegelübde hatte Mel am meisten aufgewühlt.

Niemals hatte sie seit ihrer Flucht mit dem Gedanken gespielt, sich wieder zu binden. Doch auf einmal fragte sie sich, ob es auch für sie solch einen Menschen geben könnte. Existierte er tatsächlich, dieser »andere Teil«, mit dem man erst vollständig wurde?

Ein seltsames Gefühl regte sich in ihr – war es Sehnsucht? Unwillkürlich sah sie abermals zu Jesse. Ihr Mund wurde trocken, als ihre Blicke sich für einen Moment trafen und seine Augen sich verdunkelten. Was er wohl gerade dachte?

Mel zuckte zusammen, als die Organistin Mendelssohn Bartholdy anstimmte, Elly sich bei Brandon einhakte und alle zu klatschen anfingen. Unter tosendem Applaus schritten die beiden aus der Kirche, begleitet von den Schleier-Trägern.

Als Erstes folgten Hope und Ryan, danach Lizzy und Jim, und dann reichte Jesse ihr den Arm, dieses Mal, ohne zu zögern. Und sie war froh, dass sie nun keinen Abstand mehr einhalten musste. Ihre Knie fühlten sich weich an – wahrscheinlich von der bewegenden Zeremonie, es lag sicherlich nicht an ihm. Sie musste sich fest bei ihm einhängen, und nun schien es Jesse nicht zu stören. Auch er wirkte emotional berührt und dankbar für einen Menschen an seiner Seite.

Einen Menschen, der seinem Seelenfrieden vermeintlich nicht gefährlich werden kann, schoss es ihr durch den Kopf, doch zum Glück blieb ihr keine Zeit zu grübeln.

Nun war Mitch, der die Zeremonie auf Video gebannt hatte, ganz in seinem Element. Er schoss Foto um Foto. Jeder sollte mit jedem aufs Bild, vor der in der strahlenden Sonne leuchtenden weißen Holzkirche mit dem steinernen Turm, auf dem Marktplatz und im zauberhaft geschmückten Hinterhof des *All about Meat.*

Der rustikale Festsaal erstrahlte in vollem Glanz. Nachdem alle Gäste auf ihre Plätze dirigiert worden waren, bot Jesse ihr wieder den Arm, um sie zu ihrem Tisch zu geleiten. Doch im Gedränge wurde Mel aufgehalten, ihre Hand rutschte vom glatten Anzugstoff aus seiner Armbeuge. Reflexartig griff Jesse nach ihr, seine warmen Finger umschlossen ihre.

Mels Hals wurde trocken, doch sie hütete sich, den wohligen Zustand zu ändern. Sie bedauerte es, als er ihre Hand wieder losließ, um ihr zuvorkommend den Stuhl zurechtzurücken. Heute schenkte er ihr auch ein Lächeln, als er ihr Wein nachschenkte.

Das Brautpaar hatte sich entschieden, erst am Montag in die Flitterwochen zu fahren. Sie wollten das Fest selbst in vollen Zügen auskosten.

Typisch Elly, hatte diese gesagt: »Die glauben doch nicht, dass die beste Party des Jahres ohne mich stattfindet!«

So gab es nach dem reichhaltigen Buffet und den Reden der Väter und Trauzeugen noch so einige Programmpunkte.

Beim Hochzeitstanz sah Elly in Brandons Armen bezaubernd aus. Selten hatte Mel so viel Glück strahlen sehen, ihr wurde ganz warm ums Herz. Auch Jesse schien sich sehr für seine Schwester zu freuen.

Elly holte ihren Vater Clint, Brandon seine Mutter Caroline, und danach tanzten sie mit Schwiegervater beziehungsweise Schwiegermutter, bevor die Geschwister an die Reihe kamen. Unerwartet verspürte Mel Neid auf Elly, als die sich in Jesses Arme schmiegte. Er lächelte seine Schwester sanft an, während sie tanzten.

Mels Herzschlag beschleunigte sich, als Elly und Brandon ihre Trauzeugen Ryan und Hope aufforderten und Lizzy und Jesse an den Tisch zurückkamen. Brandons Schwester schnappte sich sofort Jim, während man Jesse das Unwohlsein, das er empfand, deutlich ansah. Am liebsten wäre sie aufgesprungen und davongelaufen, um ihn aus diesem Dilemma zu erlösen, aber sie war auf ihrem Stuhl wie festgenagelt.

Schließlich siegte wohl Jesses gute Erziehung. Oder die Argusaugen seiner Mutter, die ihn beobachtete. Er verbeugte sich steif vor Mel. »Möchtest du tanzen?«

Sie hätte ablehnen können, um es ihm leichter zu machen, aber sie *wollte* mit ihm tanzen. Sie wollte unbedingt wissen, wie es sich anfühlte, wenn er sie in den Armen hielt. So nickte sie nur stumm, da sie ihrer Stimme nicht traute.

Seine Hand legte sich auf ihr Schulterblatt. Obwohl seine Finger kalt waren, brannten sie sich in ihre Haut. Und trotz des deutlichen Abstandes zwischen ihnen wurde ihr warm, und ihre Magennerven kribbelten.

Jesse war kein so versierter Tänzer wie Will, der mit Annabella neben ihnen über die Tanzfläche schwebte. Aber er hatte ein gutes Rhythmusgefühl. Die Steifheit rührte vielleicht auch daher, dass er sich unwohl fühlte.

Auf einmal überkam Mel ein schlechtes Gewissen. Sie war egoistisch. Er fühlte sich nicht wohl dabei. »Möchtest du lieber wieder zurück an den Platz?«, fragte sie.

Jesse wirkte schuldbewusst. »Nein, es ist … okay.« Kurz

blitzte Erstaunen in seinen Augen auf. Als realisierte er soeben, dass es wirklich okay für ihn war. Ein Lächeln erhellte seine Züge, das ihre Magennerven zum Vibrieren brachten. Er zog sie etwas enger an sich und drehte sie zu den Klängen von *You light up my life* im Kreis.

Mel konnte nicht sagen, wie lange das Lied dauerte, aber es waren Momente, die sie in ihr Herz einschließen würde. Es hatte Zeiten gegeben, da hätte sie selbst zufällige Berührungen von einem Mann nicht ertragen. Sie hatte sich nicht vorstellen können, dass sie jemals wieder Vertrauen fassen könnte. Doch irgendwie war es, als wäre Lynnwood Falls ein ganz spezieller Kosmos. Hier lebten viele Menschen, zu denen sie ein Urvertrauen verspürte. Mel vertraute auch Jesse ganz instinktiv.

Erst als das Lied endete, merkte sie, dass sie die Augen geschlossen hatte. Sie hatte Mühe, in die Realität zurückzufinden. Für den Augenblick war da nur Jesse, der sie verwirrt anblinzelte. Sie war dankbar, dass er ihr seinen Arm reichte, um sie zum Tisch zurückzuführen.

Mel tanzte noch viele Male – in der großen Runde oder mit Jay, Mitch, Will oder auch Jack –, aber keiner der folgenden Tänze stürzte sie auch nur in ein ähnlich großes Gefühlschaos. Jesse war aufmerksam. Er schenkte ihr Wein oder Wasser nach und brachte ihr später auch ein Stück der Hochzeitstorte mit, die Brandon und Elly unter großem Gelächter anschnitten.

Sein Stück aß Jesse mit sichtlichem Genuss und als er sah, dass Mel mit ihrem Stück kämpfte, grinste er. »Brauchst du Hilfe?«

Auch ihren Rest verspeiste er genießerisch, er schien auf Süßes zu stehen.

Aber zum Tanz bat er sie nicht mehr.

Stattdessen zog er sich zu seiner Verwandtschaft zurück, als Mel in ein Gespräch mit Hope vertieft war.

Irgendwann beschloss Mel, ein wenig frische Luft zu schnappen.

Sie legte sich die Stola um die Schultern und ging in den Hinterhof, der verlassen dalag. Sie setzte sich auf die niedrige Mauer, die den Garten umzäunte.

Obwohl es schon dunkel war, war es noch nicht richtig kalt, aber man merkte doch deutlich, dass die Frühjahrs-Sonne noch nicht die Kraft besaß, dass ihre Wärme lange anhielt. Irgendwo im Gebüsch raschelte es. Mel beugte sich nach vorn, um nachzusehen.

Sie schrak zusammen, als eine tiefe Stimme hinter ihr ertönte: »Hast du was verloren?«

Jesse lehnte an der Gartenlaterne, die Arme vor der Brust verschränkt. Die Haltung wirkte ziemlich sexy. Hatte er eben auch schon da gestanden?

Mel lachte auf. »Nein, ich dachte nur, da wäre eine Maus gewesen.«

»Und du springst nicht kreischend auf?« Es klang irgendwie herausfordernd.

Sie schürzte die Lippen. »Sehe ich aus wie jemand, der bei einer Maus kreischend aufspringt?«

Nachdenklichkeit trat in Jesses Augen. Zum ersten Mal schien er sie richtig anzusehen, und unter dem intensiven Blick wurde ihr unwillkürlich warm. Langsam schüttelte er den Kopf. »Nein, tust du nicht.«

Sie fragte sich, was er wohl anfangs von ihr gedacht hatte. Herausfordernd hob sie das Kinn. »Ich hätte dich nicht für einen Mann gehalten, der derartige Vorurteile hat, dass Frauen bei Mäusen kreischen.«

»So bin ich eigentlich auch nicht. Keine Ahnung, warum ich das gerade gesagt habe.« Er wirkte verlegen.

Ging es ihm vielleicht auch so, dass er sich in ihrer Gegenwart irgendwie befangen fühlte?

Jesse schlenderte langsam näher, ein Grinsen überzog sein Gesicht. »Manchmal redet man schon Schwachsinn.«

»*Mann redet Schwachsinn*, du sagst es«, stimmt sie ihm zu und lachte.

»Und ich hätte *dich* nicht so eingeschätzt, dass du generell Vorurteile gegen Männer hast«, konterte er.

Jetzt wäre ein guter Zeitpunkt, dieses Missverständnis aufzuklären. Aber sie wusste genau, wie das enden würde. Jesse würde sich wieder in sein Schneckenhaus zurückziehen. Und sie fand es schön, dass er sich endlich ein bisschen öffnete.

So lächelte sie nur. »Habe ich auch nicht.« *Zumindest nicht mehr!* Zum Glück fing sie sich langsam wieder.

Er musterte sie nachdenklich. »Was hat dich eigentlich an die Ostküste verschlagen? Und auch noch ausgerechnet nach Lynnwood Falls? Du kommst doch aus San Francisco, oder?«

Mel zögerte. Sie wollte nicht noch mehr lügen. »Eigentlich komme ich aus einem kleinen Fischerdorf an der Westküste. Ich habe aber ein paar Jahre in San Fran gewohnt. Ich wollte so viel räumlichen Abstand wie möglich zwischen mich und eine Beziehung bringen«, erklärte sie schließlich wahrheitsgemäß. »Und Maine hat viele Gemeinsamkeiten mit Washington State. Die endlosen Nadelwälder. Die Seen. Es liegt an der Küste. Da ist das Heimweh nicht ganz so groß. Und schließlich hat Lynnwood Falls echtes Heimatpotenzial.« Sie grinste.

An seinem erfreuten Lächeln sah sie, wie stolz er auf sein Zuhause war, wie sehr er mit dem Ort verwachsen war. »Da hast du recht.«

Nachdem er sie gefragt hatte, durfte sie es wohl auch wagen. »Und du? Du bist doch sehr heimatverbunden. Was hat dich dazu getrieben, Meeresbiologe statt Agrarwissenschaftler zu werden?«

Jesses kehliges Lachen ging ihr unter die Haut. »Tatsächlich hatte ich als kleiner Junge mit dem Gedanken gespielt, Tierarzt zu werden. Damals war Hopes Vater Glenn Archer mein Vorbild. Aber ich denke, ein Ereignis hat mich geprägt. Wir haben viel Zeit am Meer verbracht. Im Ferienhaus meiner Eltern, bei Cumbers Landing. Das liegt direkt am Atlantik, ein Stück nordöstlich von hier. Es ist traumhaft dort, du musst Elly mal sagen, dass sie dich mitnehmen soll.«

Warum Elly und nicht du?, lag ihr auf der Zunge zu erwidern, doch er sprach schon weiter:

»Vor der Küste sieht man öfter Delfine, gelegentlich auch einen Wal. Als ich zum ersten Mal in meinem Leben einen Wal gesehen hatte, war ich vielleicht zehn.« Sein Blick wurde schwärmerisch. »Es hat so etwas Elegantes, wenn zum Beispiel Buckelwale vor dem Abtauchen ihre Fluke in die Luft strecken. Es fasziniert mich immer wieder, wie so riesige Kolosse es schaffen, beim Springen ihren Körper in die Luft zu katapultieren. Um die dreißig Tonnen! Das kostet sie unglaublich viel Energie.« Er schmunzelte. »Außerdem wollte ich immer wissen, was die dort unten sehen. Wir Menschen waren im Weltraum, dort kennen wir uns besser aus als mit dem, was auf unserem eigenen Planeten unter der Wasseroberfläche verborgen liegt. Es gibt da unten noch so viel zu entdecken.«

Sein verschämtes Grinsen ließ ihren Herzschlag holpern.

»Das ist vermutlich der Forscherdrang in mir, dass es mich in die Meerestiefen zieht – die Agrarwissenschaft wäre mir zu offensichtlich, wobei es da sicherlich ebenso spannende Projekte gibt.«

»Ich finde das Meer auch faszinierend. Warum springen die Wale eigentlich? Bei uns hat man sich erzählt, sie würden damit die kleinen Krebse und Parasiten auf ihrer Haut loswerden, aber ich weiß nicht …?«

»Das ist *eine* Theorie. Vielleicht steckt auch ein Spieltrieb dahinter.« Jesse ließ sich neben ihr auf der Mauer nieder. »Wir vermuten, es dient der Kommunikation mit anderen Walen. Es gibt dazu Langzeitstudien von Kollegen aus Australien. Die Wale springen zum Beispiel, wenn ihre Artgenossen über vier Kilometer entfernt sind. Wenn sie näher sind, schlagen sie mit dem Flipper, also der Brustflosse, oder mit der Fluke auf die Wasseroberfläche. Was sie genau ihren Artgenossen mitteilen, haben wir allerdings noch nicht herausgefunden. Vielleicht haben sie aber auch einfach nur Spaß dabei.«

In seine Augen war ein Funkeln getreten, das ihn für Mel noch anziehender machte. Sie konnte direkt sehen, wie sehr er seinen Beruf liebte. Er war sicherlich ein guter Professor, der es verstand, die eigene Begeisterung an seine Studenten weiterzugeben.

»Was hat dich dann dazu gebracht, am *Oceanographic Institute* in Portland zu unterrichten, anstatt direkt auf hoher See zu forschen?« Kaum war die Frage über ihre Lippen gekommen, hätte Mel sich am liebsten auf die Zunge gebissen. Er hatte Familie gehabt, das war der Grund!

Über sein Gesicht fiel ein Schatten, als wäre jemand vor die schmiedeeiserne Laterne getreten. Sein Lächeln wirkte wehmütig. »Zum einen bin ich mit meiner Heimat verbunden, ich möchte nicht aus Lynnwood Falls weg. Portland bietet die ideale Entfernung und den perfekten Job für mich. Wir forschen und lehren zu gleichen Teilen. Ich liebe es zu unterrichten; das erlangte Wissen weiterzugeben macht mir Spaß. Es ist schön, die Begeisterung der Studierenden zu sehen. Wir unternehmen viele Exkursionen mit ihnen und werten unsere Forschungsergebnisse und die der Forschungsschiffe gemeinsam am Institut aus.«

»Und im nächsten Semester unterrichtest du dann wieder dort?«

Der Schatten auf seinen Zügen verdunkelte sich, als er stumm nickte.

Unwillkürlich fröstelte sie. Sie hätte nicht fragen, die schlechten Erinnerungen nicht wieder hervorrufen sollen. Es war gerade so schön gewesen, wie er sich geöffnet hatte. Was ging es sie an, dass er bald wieder hier in Lynnwood Falls sein würde? Fast dauerhaft. Dort, wo die Geister ihn jagten.

Jesse musste ihr Frösteln falsch interpretiert haben. »Ist dir kalt?« Ohne ihre Antwort abzuwarten, schlüpfte er aus seinem Jackett und legte es ihr um die Schultern. Die Körperwärme, die dem Stoff noch anhaftete, umhüllte sie wie ein schützender Kokon.

Unwillkürlich schnappte sie nach Luft, inhalierte seinen frischen Meeresduft. »Danke!« Ihre Stimme klang heiser.

Sie war froh, dass es auch ihn im Moment nicht zurück in den Trubel zu ziehen schien, sonst hätte er ihr sicherlich vorgeschlagen hineinzugehen. Dennoch verwirrte sie sein Anblick. Die weißen Hemdsärmel, die er hochgekrempelt hatte, entblößten die braun gebrannten, kräftigen Unterarme. Die Härchen darauf schimmerten im Licht der Laterne golden, von der Sonne gebleicht. Er hatte die Fliege abgelegt und die obersten Knöpfe geöffnet. Um seinen gebräunten Hals hing ein Lederband, an dem eine silberne Walfluke baumelte.

Jesse sah auf eine unaufdringliche Art gut aus. Er war kein unnahbarer Schönling, sondern ein Mann auf Augenhöhe, voller Wärme und Empathie. Ein Kamerad, der mit einem durch Dick und Dünn ging.

Er sollte sich nicht zurückziehen, sie wollte sich weiter mit ihm unterhalten. Es war so schön, wenn er ihr sein Vertrauen schenkte. So kuschelte sie sich tiefer in sein Jackett und sagte das Erste, was ihr in den Sinn kam: »Und eure Studenten helfen dann beim Auswerten der Studien?«

»Ja, einige. Es gibt Jobs für studentische Hilfskräfte. So können sie sich gleich etwas dazuverdienen.«

»Hast du das auch gemacht während deines Studiums?«

»Teilweise.« Zuerst dachte sie, sie wäre ihm zu nahe getreten mit der Frage, weil die Antwort so zögerlich kam, dann verzog sich sein Gesicht zu einem breiten Grinsen. »Na ja, mein anderer Nebenjob hatte zumindest auch mit Wasser zu tun.«

»Wie meinst du das?«

»Frag mich nicht, wie ich da hineingeraten bin, aber ich war Pool-Reiniger bei ›*Hooters*‹«, platzte er heraus und fing an zu lachen.

Sein Lachen war so ansteckend, dass sie unwillkürlich einstimmte. Die Verwandlung, die in ihm vorging, war unglaublich. Wenn er einfach so aus freiem Herzen lachte, wurde er zu dem unbeschwerten Sonnyboy, der er sicherlich vor dem Unfall gewesen war.

»Das hätte ich gern gesehen«, sagte sie kichernd.

»Immerhin war der Job gut bezahlt, was mir im Studium entgegenkam. Es gab auch ein üppiges Trinkgeld.« Jesse lachte immer noch. »Sie hatten sich damals gegen Saugroboter und für uns ›echte‹ Jungs entschieden. Wir durften dann zu bestimmten Zeiten, quasi als Show-Einlage, durch den Pool ziehen und mit Keschern das Laub und Verunreinigungen herausfischen.«

»Etwa in knappen Höschen in *Hooters*-Orange?« Mel prustete los. Schon beim Gedanken daran wurde ihr warm.

Er rollte mit den Augen, die immer noch übermütig funkelten. »Frag lieber nicht!«

»Das ist doch mal ausgleichende Gerechtigkeit. Nicht immer nur die heißen Girls als sexy Anblick, sondern auch mal ein paar nette Jungs. Es wäre doch sonst unfair, wenn ausschließlich die Männer optisch auf ihre Kosten kämen.«

Auch wenn er es nicht aussprach, waren seine Gedanken überlaut zu hören. Siedend heiß fiel ihr ein, dass er doch annahm, ihr gefielen Frauen.

So fügte sie schnell mit einem anzüglichen Grinsen hinzu: »Zumindest für die meisten Mädels.« Und kam sich bei seinem verständnisvollen Lächeln doppelt schäbig vor.

Wann war sie eigentlich zu jemandem geworden, dem Lügen so glatt über die Lippen gingen? Die Unbeschwertheit verflog.

Mel war fast erleichtert, dass in dem Moment eine Durchsage aus dem Saal ertönte, die alle Verstreuten zusammenrief. »Ich glaube, wir müssen rein.«

Jesse nickte.

Nur widerwillig schlüpfte sie aus seinem Jackett, das sie so schützend umhüllt hatte. Es prickelte auf ihrer Haut, als er ihr die Tür öffnete und für einen Moment die Hand auf ihr nacktes Schulterblatt legte, um ihr den Vortritt zu lassen.

Einige der anderen, die mit Elly und Brandon aufgewachsen waren, hatten eine Slide-Show mit Aufnahmen aus der gemeinsamen Jugend vorbereitet. Natürlich meist peinliche oder verrückte Fotos.

Obwohl Mel sich köstlich amüsierte, fiel ihr auf, dass sie den Fotografien entgegenfieberte, auf denen auch Jesse zu sehen war. In allen Altersstufen. Einmal zeigte es ihn mit Elly und der gemeinsamen Cousine Manja im Swimmingpool vor dem Haus von Onkel und Tante.

»Der Pool-Boy«, raunte Mel ihm zu, was ihr einen spaßhaft strafenden Blick und einen erhobenen Zeigefinger von Jesse einbrachte.

Das Johlen des Publikums bei den Fotos zum Junggesellenabschied wurde von rockigen Klängen abgelöst, die dafür sorgten, dass die ausgelassene Stimmung anhielt.

Manja sprang auf und griff nach Mels Hand. »Los, komm! Tanzen!« Ihren widerstrebenden Cousin nahm sie an die andere Hand. »Auf, Jesse, zier dich nicht!«

Obwohl sie in der großen Gruppe tanzten, hatte Mel Mühe, sich auf die anderen zu konzentrieren. In dem bunten Zucken der Disco-Beleuchtung schweiften ihre Blicke immer wieder zu Jesse. Irgendwie war er ein Buch mit sieben Siegeln für sie. Und nur zu gern hätte sie in den Seiten geblättert, um mehr über ihn zu erfahren.

Jesse

Lynnwood Falls / Bahamas

Erbarmungslos hämmerte der Sound des Handy-Weckers. Wieso hatte er nur *We will rock you* als Weckmusik und nicht etwas Esoterisches gewählt, das ihn sanfter aus dem unruhigen Schlaf gerissen hätte? Wie war er eigentlich auf die Idee gekommen, am vergangenen Abend noch mit seinem Kumpel Ron McIntyre, mit dem er seit Jugendtagen befreundet war, und einigen anderen ins *The Eighties* zu gehen? Als wären der Junggesellenabschied, das Probedinner, die Hochzeit und der gestrige Brunch zum Abschluss nicht genug an Programmpunkten gewesen.

Dabei wusste er genau, woran es lag: Er hatte sich ablenken wollen. Irgendwie war er aufgewühlt gewesen. Auf eine lange nicht mehr empfundene Art. Natürlich hatte die Hochzeitsfeier viel dazu beigetragen. Doch was ihn noch mehr durcheinanderbrachte, war die Tatsache, wie häufig er es geschafft hatte, sich auf die Gegenwart zu konzentrieren. Er hatte mit einer fremden Frau getanzt. Gut, sie stand nicht auf Männer, aber vielleicht verwirrte es ihn deswegen doppelt, weil er trotzdem das Gefühl gehabt hatte, sie hätte auf ihn reagiert. War er deshalb so durch den Wind, weil er sie als Frau wahrgenommen hatte?

Mels Lächeln erschien vor seinem inneren Auge. Die Grübchen waren einfach umwerfend. Und diese Augen, blau wie das Meer, in denen man ertrinken konnte …

Verschämt schob er den Gedanken beiseite und griff nach Beth' Bild, das auf seinem Nachttisch stand. Auch ihr Lächeln war bezaubernd gewesen. Selbst wenn das Letzte, was er von ihr gesehen hatte, kein Lächeln gewesen war. Sondern dieser kleine scharfe Spalt zwischen den Augenbrauen über den anklagend blickenden braunen Augen und der Vorwurf, dass ihm seine Arbeit zu wichtig war … Das hatte er bislang noch niemandem erzählt, aber das Schuldgefühl war erdrückend.

Jesse schluckte. Der Druck in seinem Magen war zurück, der ihm die letzten eineinhalb Jahre zum ständigen Begleiter geworden war. Die Unmengen an Alkohol vom Vorabend machten es nicht besser. Nun kam noch das flaue Gefühl dazu. Und ein Brummschädel. Stöhnend schleppte er sich unter die Dusche und wechselte mehrmals von heißem zu kaltem Wasser, um seine Lebensgeister zu wecken.

In eineinhalb Stunden musste er los. Elly und Brandon würden mit ihm ab Portland über Miami auf die Bahamas fliegen, wo sie ihre Flitterwochen verbringen wollten. Gemeinsam mit Ellys Boss Will hatte Jesse die Reise organisiert und als Hochzeitsgeschenk finanziert.

Nach einem Frühstück war ihm nicht zumute. Deshalb begnügte er sich mit einer Tasse Kaffee, bevor er sich zu seinem üblichen Abschiedsbesuch richtete. Von seinem Haus aus, das er mit Beth und seiner Tochter Sophia bewohnt hatte, waren es nur zehn Minuten zu Fuß zum Friedhof.

Die frische Luft tat ihm gut. Er besuchte das Grab seines Großvaters, der ein burschikoser Kerl mit einem Herz aus Gold gewesen war, mit dem er sich zeitlebens gut verstanden hatte, und schlenderte weiter. Es war jedes Mal, als trüge er Blei an den Füßen. Seine Beine fühlten sich zentnerschwer an, als er sich zum Grab seiner Frau und seiner Tochter begab.

Noch immer hatte es für ihn etwas Unwirkliches, dass sie hier lagen. Unter der kalten Erde. Es kam ihm so vor, als wäre es erst gestern gewesen, dass er das Lachen seiner Tochter gehört hatte. Dass sie auf ihm herumgeklettert war, während er abends auf dem Sofa lag. Dass sie sein damals nackenlanges Haar zu Zöpfen gebunden hatte.

Vorsichtig befreite er den kalten Grabstein von Blättern und kleinen Ästen, die der Wind daraufgeweht hatte. Mit einer sanften Geste nur, als könnte eine heftige Bewegung seinen beiden da unten wehtun.

»Es tut mir so leid«, murmelte er zum gefühlt hunderttausendsten Mal. Als würde das etwas ändern.

Er ließ sich auf die Knie sinken. Die Schuld lastete schwer auf seinen Schultern, drückte ihn beinahe zu Boden. Eine ganze Weile kauerte er unbeweglich da, in Gedanken versunken. Nur im Unterbewusstsein merkte er, wie sich die beißende Kälte durch sein Sweatshirt fraß. Er hätte eine Jacke anziehen sollen. Die Temperaturen waren heute wieder gefallen, und ein böiger Wind fegte über den Friedhof.

Obwohl er fror – innerlich und äußerlich –, tat die Kälte seinem Kopf irgendwie gut. Sie half ihm, die Gedanken zu klären.

Jesse zuckte zusammen, als sich eine Hand auf seine Schulter legte. Er hob den Kopf. Will stand neben ihm, den Arm um Annabellas Taille gelegt.

Sie lächelte ihn voller Zuneigung an. »Wir waren gerade am Grab meiner Mom und haben dich gesehen. Elly hat uns soeben eine Nachricht geschickt, dass sie sich gleich auf den Weg machen.«

»Okay, dann muss ich los. Ich nehme die beiden mit zum Flughafen. Danke fürs Bescheidgeben!« Er stand umständlich auf, küsste Annabella auf die Wange und umarmte Will kurz, bevor er losjoggte. Zum Glück hatte er seinen Rucksack schon am Vortag gepackt.

Jesse schaffte gerade den letzten prüfenden Rundgang durch das Haus, das er seit dem Tod seiner Frau und Tochter kaum verändert hatte, dann eilte er zu seinem Wagen.

Aus Ellys Augen leuchtete die Vorfreude, und auch Brandon wirkte aufgeregt. Es war seine erste große Reise.

Jesse unterdrückte ein Schmunzeln. Seine Schwester gehörte nicht unbedingt zu den schweigsamen Menschen, aber so viel wie heute redete sie normalerweise nicht.

Als sie ungefähr Dreiviertel des Weges von Lynnwood Falls nach Portland, der quer durch Kiefernwälder führte, ohne Unterbrechung geredet hatte, fuhr Jesse in eine Haltebucht und drehte sich zu Elly und Brandon um; das frischvermählte Paar hatte sich gemeinsam auf den Rücksitz gekuschelt.

»Bist du dir sicher, dass du die richtige Frau geheiratet hast?«, neckte er seinen Schwager. »Meine Schwester, so wie ich sie ich kenne, redet zwar nicht wenig, aber sie quasselt normalerweise nicht ohne Unterlass.«

Sie boxte ihn in den Rücken. »Oh, du bist fies!«

»Und du bist süß in deiner Vorfreude«, gab er grinsend zurück, während Brandon den einfachen Weg wählte und Elly durch einen Kuss zum Schweigen brachte.

Jesse drehte sich zurück und fuhr wieder an. Er hatte schon häufig gesehen, wie die beiden sich küssten. Sie gingen generell liebevoll miteinander um, auch wenn sie sich gegenseitig oft neckten. Warum berührte es ihn heute plötzlich? Weshalb fiel ihm plötzlich auf, dass er gar nicht mehr wusste, wie so ein Kuss sich anfühlte? Ein warmer Körper an seinem, ein Mensch an der Seite, der das Leben mit einem teilte …

Schnell rief er sich zur Vernunft. Es war an der Zeit, dass er wieder an Bord des Forschungsschiffes kam, zurück zu seiner Arbeit, die ihn ablenkte. Die Hochzeit hatte ihn wohl doch mehr aus dem Gleichgewicht gebracht, als er vermutet hatte.

Kapitel 3

Melanie

Lynnwood Falls / Portland

»Oh, du kommst schon am Freitag und fliegst nach Portland? Wie schön!«

Ihr Bruder Mark kam rund alle zwei bis drei Monate zu Besuch, und Mel freute sich jedes Mal unbändig darüber. Er war der Einzige aus ihrem früheren Leben, mit dem sie noch Kontakt hatte. Obwohl es für ihn stets ein aufwendiges Unterfangen war, seine Spuren zu verwischen, ließ er sich nicht davon abhalten. Das wusste sie zu schätzen. Er wählte jedes Mal ein anderes Anflugsziel, mit mindestens ein- bis zweimaligem Umsteigen, und mietete sich jeweils einen neuen Wagen bei unterschiedlichen Autovermietungen.

Die Leute in Lynnwood Falls gingen deshalb davon aus, dass ihr Bruder einen Autohandel besaß – und Mel hatte diese Annahme nicht korrigiert.

»Dann könnten wir uns direkt in Portland treffen. Am Freitag ist Annabellas Vernissage. Hatte ich dir das erzählt? Du kennst sie, ihr gehört *Annabella's Café*, und sie ist zudem eine begnadete Künstlerin, die unter dem Pseudonym Bellamy Karms arbeitet.«

Mark lachte. »Klar kenne ich Annabella. In ihrem Café gibt es das weltweit köstlichste Gebäck, so was vergesse ich doch nicht. Du hast die Vernissage erwähnt, deshalb hatte ich den Flug nach Portland am Freitag gebucht.«

»Womit habe ich nur den besten Bruder der Welt verdient?« Wieso kam ihr bei diesen Worten Ellys Bruder Jesse in den Sinn?

Mark lachte. »Weil du die beste Schwester bist?«

»Ich hab dich lieb«, sagte sie spontan. Seit der Hochzeit stand sie neben sich. Es tat gut, bald wieder einen vertrauten Menschen im Arm zu halten.

Zum Glück war der Rest der Woche mit Aufgaben ausgefüllt, und die Zeit bis zur Vernissage verging wie im Flug.

Mel schlüpfte in das schwarze Abendkleid, das sie sich für einen Musical-Besuch mit Hope gekauft hatte. Der Star des heutigen Abends war Annabella; daher passte dieses schlichte Kleid, nur vervollständigt durch die Perlenkette und einen Silberarmreif, perfekt zum Anlass. Die Kette hatte Doris ihr geliehen, weil sie meinte, sie harmoniere so gut zu dem Outfit.

Hope und Ryan hatten sich bereit erklärt, sie abzuholen. Gerade fuhren sie vor dem Haus vor.

Mel umarmte die beiden zur Begrüßung. »Danke, dass ihr mich mitnehmt, dann kann ich später mit Mark heimfahren!«

Hope winkte lachend ab. »Das ist doch selbstverständlich, wir fahren ja sowieso!«

Während der Fahrt unterhielten sie sich lebhaft. Mit den beiden gab es immer spannende Gesprächsthemen.

»Ich freue mich wirklich sehr für Annabella über die Chance, die sich ihr geboten hat. Die Galerie ist renommiert«, schwärmte Hope, als sie an ihrem Ziel ankamen.

»Sie hat es verdient«, stimmte Ryan zu und schaute Mel im Rückspiegel an. »Hast du schon die Porträts gesehen, die sie von Chief und Miss Sophie angefertigt hat?«

Mel verneinte.

»Sie hängen normalerweise in unserer Praxis, aber du kannst sie nachher bei der Ausstellung bewundern«, sagte Hope, während Ryan den Wagen parkte.

Am Eingang zur Vernissage wurden sie von Annabellas engster Freundin Kylie in Empfang genommen. Diese führte die Galerie in Lynnwood Falls, in der es kürzlich schon eine Ausstellung von Annabellas Werken gegeben hatte. Kylie war auch in die heutigen Vorbereitungen involviert gewesen. Mit ihren schwarz gefärbten, asymmetrisch geschnittenen Haaren und den zahllosen Ohrringen, die sich einer neben dem anderen an ihrer Ohrmuschel hinaufzogen, wirkte sie zwar etwas punkig, aber sie war eine Seele von Mensch und völlig unkompliziert, was auch ihr Strahlen zeigte, das sie ihnen jetzt schenkte. »Schön, dass ihr da seid! Kommt rein!«

Mel staunte. »Es ist ja schon richtig voll.«

»Ja, toll, nicht? Es war wirklich an der Zeit, dass man auf Annabella beziehungsweise Bellamy Karms aufmerksam wird!« Kylies Strahlen wurde noch breiter.

Mel freute es für Annabella, dass auch bereits einige fremde Leute anwesend waren, die sich interessiert die Bilder ansahen. Sie schaute sich suchend um, um herauszufinden, ob Mark schon eingetroffen war. Ein Mann fiel ihr auf, der sie musterte. Ob es jetzt der intensive Blick war oder die Tatsache, dass er in der dunkelgrauen Stoffhose und dem anthrazitfarbenen Sportsakko für eine Vernissage eher unpassend gekleidet war, konnte sie nicht sagen. Mit seinen aschblonden Haaren und den wässrig blauen Augen war er im Grunde eher einer jener Menschen, über die man leicht hinwegsah, weil sie so unauffällig waren, dass sie mit der Menge verschmolzen. Ihr lief ein kalter Schauer über den Rücken.

Zum Glück lenkte sie der Anblick ihres Bruders ab. Sie fiel ihm um den Hals. »Ging alles gut? Hat dich niemand gesehen?«, raunte sie ihm ganz automatisch zu.

»Nein, ich denke, nicht.« Er lächelte sie an, doch sie konnte die Besorgnis in seinen Augen erkennen, die so blau wie ihre eigenen waren.

Eines rechnete sie ihm hoch an: Er hatte Arthur nie gemocht. Aber niemals hatte Mark ihr vorgehalten, dass sie sich für den falschen Ehemann entschieden hatte. Seit ihrer Flucht hatte er stets zu ihr gehalten, sie anfangs mit Geld versorgt und auch später weder Kosten noch Mühen gescheut, sie zu unterstützen. Auch wenn er es sich als gut verdienender Börsenmakler an der New Yorker Wall Street leisten konnte, so war sie ihm doch unendlich dankbar dafür, dass er uneingeschränkt für sie da war. Mark war es im Grunde auch gewesen, der auf die Stellenausschreibung in Lynnwood Falls aufmerksam geworden war. Mit ihrem Literaturstudium schien der Job genau auf ihre Bedürfnisse zugeschnitten zu sein. Es war Schicksal. Irgendwie.

Wieso musste sie wieder an Jesse denken?

Auf einmal fiel ihr auf, dass dieser Typ im grauen Sakko verschwunden war. Erleichterung durchflutete sie. »Hast du Annabella schon begrüßt?«, wandte sie sich an Mark.

Er schüttelte den Kopf. »Nein, ich bin auch erst gekommen.«

»Dann lass sie uns suchen gehen!«

Annabella sah bezaubernd aus. Das türkisfarbene lange Kleid passte wundervoll zu ihrem dunklen Teint und den blonden Haaren. Ihre Züge strahlten nur so vor Glück. Auch Will und Jay an ihrer Seite schienen vor Stolz fast zu platzen, so als wären es ihre Werke, die hier mithilfe zahlloser Strahler so wundervoll in Szene gesetzt worden waren.

Annabella umarmte auch Mark. »Habt ihr schon etwas zu trinken? Es gibt Champagner, und die Häppchen sind köstlich.« Mit einem verschmitzten Seitenblick auf Jay fügte sie mit gesenkter Stimme hinzu: »Natürlich nicht so köstlich wie unsere im Café, aber das dürfen wir nicht so laut sagen.«

Sie unterhielten sich kurz, bis eine Frau mit hüftlangen, lackschwarzen Haaren zu ihnen trat. Sie trug ein beiges Kleid mit türkisfarbenen und silbernen Ornamenten, das ihr hervorragend stand. Die Abstammung von Ureinwohnern war ihr anzusehen, und sie betonte es dezent mit indigenem Schmuck. Sie war eine Schönheit und ihr Lächeln äußerst einnehmend. »Hallo, ich bin Mona. Entschuldigt, dass ich euch Annabella kurz entführe. Ich möchte dich jemandem vorstellen, Darling, der an einer weiteren Ausstellung mit dir interessiert ist.«

Annabella strahlte und hakte sich bei Mona unter.

Als die beiden verschwanden, hängte Mel sich bei Mark ein, und sie schlenderten durch die Ausstellung. Der Hauptraum war komplett Annabellas Gemälden gewidmet, unterteilt in verschiedene Stilrichtungen. Auch ein Gemälde-Set von Lynnwood Falls in den verschiedenen Jahreszeiten war dabei, das Mel sofort ins Auge fiel. Mark hatten es mehr die moderneren Bilder angetan, und er erstand eines für sein Apartment in Manhattan, das er sich nach Ausstellungsende zusenden lassen wollte. Mel freute sich darüber.

Auf einmal lief ihr wieder ein Schauer über den Rücken. Möglichst unauffällig zog sie den Arm zurück und wandte sich um. Da war er wieder, dieser mausgraue Typ, und abermals musterte er sie, bevor er den Blick scheinbar beiläufig abwandte.

»Was ist los? Du siehst aus, als hättest du ein Gespenst gesehen! Geht es dir gut?«, erkundigte sich Hope besorgt, die soeben wieder zu ihr getreten war.

Mel zwang sich zu einem Lächeln. »Alles okay. Ich glaube, ich gehe kurz frische Luft schnappen.«

Sie hakte sich abermals bei Mark unter und zog ihn in Richtung Ausgang. Im Hinauslaufen raunte sie ihm mit geringen Lippenbewegungen zu: »Sieh mal unauffällig nach links. Dieser Typ. Graues Sportsakko, graue Hose. Kommt er dir irgendwie bekannt vor? Hast du ihn unterwegs gesehen? Kann er dir gefolgt sein?« Sie versuchte sich an einem Strahlen.

Aus dem Augenwinkel sah sie, dass der »Graue« sich mit Annabellas Cousin Chester unterhielt. Sie nahm sich vor, ihn später zu fragen, worüber sie gesprochen hatten. Vielleicht sah sie tatsächlich Gespenster, wie Hope vermutet hatte, und der

Fremde war ein Kollege von Chester, der Kinderarzt war. *Wobei der Fremde mit der ungesunden Gesichtsfarbe wohl eher abschreckend auf Kinder wirken würde*, schoss es ihr durch den Kopf.

Mark sah besorgt aus. »Nicht, dass ich wüsste. Ich habe eigentlich versucht, mir alle Mitfliegenden einzuprägen, aber es waren doch einige.«

Sie merkte selbst, dass ihr Lachen gezwungen klang. »Ach, ich übertreibe wohl mal wieder.«

Die Ankunft von Jim und Jack sowie Lizzy und Manja lenkte sie zum Glück ab. In Gegenwart der stets zu Scherzen aufgelegten Zwillinge verloren irreale Ängste ihren Schrecken.

Es war ein schöner Abend, der ein voller Erfolg für Annabella wurde. Nach und nach prangte auf immer mehr Bildern ein rotes *Verkauft*-Schild.

Mel hakte sich bei Hope unter. »Ich freue mich so für sie.«

»Und ich erst.«

Sie traten vor die Gemälde von Hopes Labradorhündin Miss Sophie und Ryans Bobtail Chief, die die beiden für die Ausstellung leihweise zur Verfügung gestellt hatten.

»Sie wirken tatsächlich lebensecht«, schwärmte Mel.

»Es geht mir jeden Tag so, wenn ich in der Praxis stehe, dass ich denke, es wären Fotos.« Hope lächelte, dann wechselte sie das Thema. »Gehen wir am Mittwoch eigentlich wieder zusammen essen?«

»Sehr gern!« Seit Mel enger mit Hope befreundet war, hatte es sich eingebürgert, dass sie sich gelegentlich mittwochs, wenn Hope ihren freien Nachmittag hatte, bei Annabella zum Mittagessen trafen. Mrs Dubois, Mels Vorgängerin in der Bibliothek, vertrat sie an dem Tag etwas länger. Manchmal gesellten sich auch Elly und Becky zu ihnen, wenn es ihre Zeit zuließ.

»Gut, dann treffen wir uns um kurz nach halb eins in *An-*

nabella's Café«, bestätigte Hope. »Elly ist bis dahin auch schon wieder von ihrer Hochzeitsreise zurück.«

»Wir können schon mal Will fragen, ob sie am Mittwoch in Lynnwood Falls sind.« Mels Lächeln erstarb, als sie sich suchend nach Ellys Boss umdrehte und feststellte, dass der »Graue« direkt hinter ihr stand.

Seine Gesichtszüge wirkten unbeteiligt, während er das ebenfalls leihweise zur Verfügung gestellte Gemälde von Wills Mustang studierte, das vor Lebenskraft strotzte.

Obwohl sie sofort wieder wegsah, musste er ihren Blick bemerkt haben. »Die Bilder sind großartig. Ich überlege mir, meinen Ara zeichnen zu lassen.«

Mel kam es so vor, als täte sich der Boden unter ihren Füßen auf und ein schwarzes Loch verschlänge sie. Arthur hatte einen Ara besessen! Aber da war er ja sicherlich nicht der Einzige. Sie merkte selbst, dass ihre Stimme gepresst klang, als sie fragte: »Kommen Sie aus der Gegend?« Dem Akzent nach könnte er aus New England stammen.

»Ja, geboren und aufgewachsen«, bestätigte er. Wenn er lächelte, wirkte er gar nicht mehr so unsympathisch und unnahbar, musste Mel widerwillig zugeben.

Arthur kann nicht wissen, wo ich mich aufhalte, beruhigte sie sich. Sie war paranoid. Ihr Gemütszustand rührte sicherlich daher, dass sie seit der Hochzeit so aufgewühlt war. Zum ersten Mal hatte sie wieder tiefer gehende Empfindungen für einen anderen Menschen verspürt. Das schürte ihre Angst.

Sie beschloss resolut, den weiteren Abend zu genießen.

Das restliche Wochenende mit Mark wurde wunderschön. Das Wetter spielte einigermaßen mit – immer wieder zogen zwar dunkle Wolken über den Himmel, die, typisch für den Monat April, auch mal kurze Regenschauer brachten, aber im Großen und Ganzen blieb es sonnig.

Sie unternahmen lange Spaziergänge über das Land. In der

Nähe der Cooper-Farm hatte man einen wundervollen Blick über Lynnwood Falls, seine bunten Holzhäuser und die endlosen Weiden und Wälder. Einige Obstbäume zeigten die ersten Blüten, und es duftete nach Frühling. Sie aßen im *Diner.*

Mel war sich nicht sicher, ob Mark bei jedem seiner Besuche wegen der großartigen Burger in das Lokal wollte oder weil er eine Schwäche für die sympathische Bedienung dort hatte. Er hatte in New York gelegentlich Affären, die auch manchmal ein paar Monate hielten, doch der Frau seines Lebens war er bislang nicht begegnet.

Am Sonntagvormittag fuhren Mark und Mel zusammen ans Meer. Nach einem ausgiebigen Spaziergang am Strand, bei dem sie Erinnerungen an ihre Jugend in ihrem Dorf am Meer, Heartwood Haven, aufleben ließen, besuchten sie ein Restaurant, das direkt aufs Wasser hinausgebaut lag. Sie setzten sich auf die verglaste Terrasse. Es war windig, die Schatten der Wolken jagten über die raue Wasseroberfläche, doch die Sonne wärmte sie hinter den Scheiben herrlich auf. Trotzdem war Mel froh über die lange Jeans und das dunkelblaue Sweatshirt, das sie trug.

Unwillkürlich schweifte ihr Blick nach Süden. Irgendwo da draußen war Jesse auf seinem Forschungsschiff unterwegs. Wie es ihm wohl ging? Wie von selbst schob sich sein Lächeln vor ihr inneres Auge.

Mark ergriff über den Tisch hinweg ihre Hand. »Du wirkst in den letzten Tagen oft so verträumt.«

Ertappt sah sie auf. »Es ist doch auch ein wundervoller Tag heute«, wich sie aus.

»War es die Hochzeit? Du hast mir deinen Begleiter etwas zu betont beiläufig erwähnt.« Mark zwinkerte ihr zu.

»Ach was! Du weißt doch, ich bin nicht an einer Beziehung interessiert.« Sie entzog ihm ihre Hand und spielte mit ihrer Serviette.

»Findest du nicht, dass es langsam an der Zeit wäre, mit

der Vergangenheit abzuschließen und einen Neuanfang zu wagen?«

Mel zog die Augenbrauen zusammen. »Ich *habe* mit der Vergangenheit abgeschlossen! Lynnwood Falls ist jetzt mein Zuhause. Ich fühle mich sehr wohl dort.«

Mark stieß hörbar den Atem aus. »Ich spreche nicht von solch einem Zuhause. Du könntest dich auch mal wieder einer anderen Person öffnen, außer mir.«

»Das tue ich! Ich habe viele Freunde! Hope, Elly, Annabella, Becky, Lizzy, die Jungs, auch Doris …«

»Stell dich nicht dumm! Du weißt, was ich meine. Und ich weiß, dass du intelligent genug bist, dass du mich verstehst.«

Mel ließ resigniert die Schultern sinken und nippte an ihrem Wasser. »Ich hatte dir früher schon mal von Jesse erzählt. Er ist derjenige, der seine schwangere Frau und die kleine Tochter verloren hat. Ich denke, ich fühle mich ihm einfach wegen seines Schicksals verbunden. Aber selbst, wenn ich etwas empfinden und mir einen Ruck geben würde – er ist auf seinem Schiff. Und sicher noch nicht bereit für etwas Neues, das hat er mir deutlich signalisiert. Ich hätte wohl nicht den Mumm, gegen Geister zu kämpfen.«

Verschämt sah sie auf den Tisch, wo sie die Papierserviette in kleine Fetzen gerissen hatte. Dass Jesse zudem dachte, sie stünde auf Frauen, ließ sie besser unerwähnt.

Mark nahm abermals ihre Hand und fuhr mit dem Daumen über ihren Handrücken. Sie war ihm dankbar, dass er einfach für sie da war und nichts darauf sagte. Es war nicht seine Art, leere Phrasen zu dreschen, nur um ihr Mut zu machen.

Bis der Hummer in Knoblauchbutter serviert wurde, der hier an der Küste von Maine eine Spezialität war, redeten sie einvernehmlich über Belanglosigkeiten. Viel zu schnell verging die Zeit, bis Mark wieder zurückmusste. Sein Flug – dieses Mal über Augusta – ging am späten Nachmittag.

Er nahm Mel zum Abschied fest in die Arme. »Pass auf dich auf, Kleines!«

Sie schmiegte die Wange in seine Halskuhle. »Du auch! Und lass dich bei der Arbeit nicht so stressen!«

Marks Augen funkelten, als er sie sanft von sich schob. »Du weißt doch, ich kann nicht ohne!«

»Das stimmt!« Wehmütig winkte sie seinem Mietwagen hinterher.

Es war irgendwie seltsam. Einerseits kam es Mel so vor, als schwebte sie in einem luftleeren Raum und jede Sekunde zöge sich zäh wie ein alter Kaugummi dahin, andererseits war es plötzlich schon wieder Mittwochmittag. Mrs Dubois blickte sie über ihre Hornbrille hinweg an.

Das Heben der Mundwinkel entsprach dem strahlenden Lächeln anderer Menschen. »Lassen Sie sich ruhig Zeit, Melanie.« Sie war eine der wenigen, die sie noch mit dem vollen Namen ansprach.

So lächelte sie nur ebenfalls. »Vielen lieben Dank, Mrs Dubois. Haben Sie eine gute Zeit!«

Die alte Dame nickte nur, was den strengen Dutt auf ihrem Hinterkopf nicht einmal zum Wackeln brachte. Mel war sich sicher, dass sie die Zeit in ihrem alten Wirkungskreis genießen würde. Ihre Vorgängerin war mit der *Carly Martin Memorial Library* verwachsen.

Oft hatte sich Mel schon gefragt, welches Schicksal ihrer Vorgängerin widerfahren war, die nun in ihrem Ruhestand zeitweise in der Bibliothek aushalf. Man munkelte, die Verbitterung der älteren Dame wäre darauf zurückzuführen, dass Mrs Dubois von ihrem Mann auf übelste Weise betrogen, ihrer Erbschaft entledigt und schließlich verlassen worden war, als das Vermögen aufgebraucht gewesen war. Obwohl Mel sonst nicht viel auf Tratsch gab, vermutete sie, dass hinter dieser Geschichte sicherlich ein Körnchen Wahrheit steckte.

Doch ihr blieb nun keine Zeit zum Grübeln. Hope saß bei Mels Ankunft bereits vor *Annabella's Café* und hielt das Gesicht in die Sonne. Am Morgen hatte noch nichts darauf hingedeutet, dass sie heute draußen sitzen konnten, aber die schmiedeeisernen Stühle mit den leuchtend roten Sitzkissen und die dazu passenden Marmortische vor dem Eingang des Cafés waren nach Südwesten ausgerichtet, geschützt vor dem heutigen Ostwind. Sie waren wie auch die großen Terrakotta-Kübel mit Narzissen, Lupinen und Tulpen, die die Sitzecke einrahmten, in gleißendes Sonnenlicht getaucht.

Hope hatte schon die obligatorische Latte Macchiato mit Vanille-Topping vor sich stehen, die sie hier am liebsten trank. Die schulterlangen braunen Locken hatte sie zu einem Knoten geschlungen. Ihre bernsteinfarbenen Augen leuchteten erfreut auf. »Ist heute nicht ein wundervoller Tag? Dass wir schon Ende April draußen sitzen können, ist herrlich!«

»Da hast du recht.« Mel hob ebenfalls ihr Gesicht in die wärmenden Strahlen. »Was ist mit Elly? Kommt sie noch?«

»Sie sagte, es wird vielleicht später, wir sollen schon anfangen.«

»Dann gehe ich uns gleich mal was zu essen bestellen. Was magst du?« Mel studierte die Tafel, auf der Annabella jeden Morgen die Tagesgerichte notierte. Heute standen *Gebackener Schafskäse auf Tomaten-Kräuter-Bett* und *Hacksteak von Rind mit Mac'n'Cheese* zur Auswahl.

»Super Idee, ich bin hungrig wie ein Wolf. Ich nehme das Hacksteak, bitte.«

Nachdem Mel Annabella und Jay sowie Mathilda Moffatt, die beim Kochen half, begrüßt und das Essen bestellt hatte, balancierte sie das Tablett mit den Tellern und ihrem Ginger-Ale nach draußen. »Hattest du einen harten Tag?«, erkundigte sich Mel.

Hope sah irgendwie müde aus. »Chuck, der Cockerspaniel der Albrights, hatte ein Stöckchen quer im Gaumen sitzen.

War ziemlich schwierig, es herauszuoperieren.« Hope schob sich eine große Gabel mit Käsenudeln in den Mund. »Und wie war's bei dir?«

Mel pustete gegen den dampfenden Schafskäse. »Mein Leben ist nicht so abenteuerlich.« Sie lachte. »Maximal ein paar überzogene Ausleihen. Aber wir haben heute eine neue Lieferung bekommen. Könnte auch etwas Spannendes für dich dabei sein.«

»Oh, fein! Dann komme ich nachher gleich mit! Wenn es keine Notfälle zu versorgen gibt, habe ich heute Mittag frei, dann lege ich mich mit einem guten Buch auf die Terrasse. Ich weiß gar nicht, wann ich das zum letzten Mal gemacht habe. Ich komme viel zu wenig zum Schmökern.«

»Das klingt nach einem guten Plan.« Mel hatte kurz auf der Zunge gelegen zu erwähnen, dass sie abends gern im Bett las, aber da waren Hope und Ryan vermutlich anderweitig beschäftigt. Wieso überkam sie plötzlich ein feiner Neid? Das war doch sonst nicht ihre Art!

Eine Weile aßen sie schweigend, jede in ihre Gedanken versunken.

»In Portland läuft übrigens ein neues Musical. Hättest du denn Lust ...« In dem Moment fiel ein Schatten auf ihren Tisch. Hope hielt inne.

In Sekundenbruchteilen prasselten gleichzeitig zahllose Wahrnehmungen auf Mel ein. Dieser Geruch. Die Silhouette, die sich bedrohlich gegen das Licht abhob. Die lähmende Angst in ihren Gliedern. Die tiefe Stimme, die sagte: »Hallo, Constance.« Und Hopes erstaunter Blick.

Das Glas mit Ginger Ale entglitt Mels Fingern und prallte auf der Tischkante auf. Der Inhalt ergoss sich über Mels weiße Bluse, die dunkelblaue Strickjacke und die Jeans, bevor es mit einem lauten Klirren auf dem Betonboden zerschellte, das sogar das Wummern des Pulses in ihren Ohren übertönte.

Sämtliches Blut schien aus ihrem Kopf zu weichen. Mel fühlte sich unfähig, sich zu bewegen.

Wie durch Watte vernahm sie Hopes Stimme: »Können wir Ihnen helfen, Sir?«

»Ich komme, um meine Frau abzuholen«, erwiderte Arthur, und Mel spürte, dass er seinen Blick nicht von ihr abwandte, während er Hope von oben herab antwortete.

Während sie selbst nach wie vor nicht in der Lage war, sich zu regen, erwiderte Hope in einem scharfen Tonfall, den Mel noch nie an ihr gehört hatte: »Ihre Frau scheint kein Interesse zu haben, Sie zu begleiten. Würden Sie uns also bitte in Ruhe lassen?«

Arthur ignorierte Hope gänzlich, stattdessen sah er Mel an. »Du nennst dich jetzt also Melanie Rowling, Constance? Was soll der Unsinn? Willst du dich vor mir verstecken? Und welch ein alberner Name! Hast du dich etwa von der Harry-Potter-Schreiberin inspirieren lassen?«

Er hatte wieder diesen Ton angeschlagen, den Mel so hasste. Leise, betont höflich, fast ein Plauderton, der sie, wäre sie nicht ohnehin völlig gelähmt gewesen, sofort in eine Starre versetzt hätte. Sie war nicht einmal in der Lage, sich zu bücken, um die Scherben aufzuheben. Wie durch einen Nebel bekam sie mit, wie sich die Gäste an den anderen Tischen ihnen zuwandten und dass Annabella und Jay aus dem Café kamen. Vermutlich hatten sie das Klirren gehört und dann den Fremden an ihrem Tisch gesehen.

Doch Arthur schien das alles nicht zu interessieren, seine Blicke bohrten sich kalt und schneidend in ihre Stirn.

Jays entschlossen hervorgestoßene Worte plätscherten beinahe vollständig an ihrem Ohr vorbei. »Sir, Sie befinden sich auf einem Privatgrundstück. Wie es aussieht, ist Ihre Anwesenheit von den beiden Damen nicht erwünscht. Würden Sie also bitte gehen?«

Arthur reagierte überhaupt nicht, er starrte Mel nach wie vor unverwandt an, während ihre Gedanken rasten.

Er hat mich gefunden! Der »Graue« war's; er ist Mark gefolgt und hat unser Gespräch belauscht! Hope weiß jetzt, dass ich gelogen, einen falschen Namen angegeben habe! Arthur kennt nun meinen Aufenthaltsort. Ich bin in Lynnwood Falls nicht mehr sicher!

Der letzte Punkt schmerzte sie vermutlich am meisten. Sie hatte hier ein Zuhause gefunden. Sie wollte nicht fortgehen. Doch Arthur würde dafür sorgen, dass sie keine ruhige Minute mehr hatte, nun, da er wusste, wo sie lebte.

Wills scharfe Worte rissen sie aus ihrer Lethargie. Sie hatte gar nicht gemerkt, dass er mit Elly und seinem Golden Retriever Zeus an den Tisch getreten war. »Was ist denn hier los?«

In diesem Augenblick überschlugen sich die Ereignisse. Jay versuchte, Arthur dazu zu bewegen wegzugehen, während Will schützend die Hand auf ihre Schulter legte.

Mel konnte nicht einmal sagen, wie Arthur sich so blitzschnell hatte bewegen können. Auf einmal packte er sie am Arm, zerrte sie vom Stuhl hoch und drückte sie an sich. Die Erinnerungen prasselten mit schmerzlicher Wucht auf sie ein, lähmten sie.

»Nehmen Sie Ihre dreckigen Finger von meiner Frau!«, herrschte Arthur Will an.

Zeus knurrte wütend, zerrte an seinem Brustgurt.

»Und pfeifen Sie Ihren verdammten Köter zurück! Wenn er uns nur ein Haar krümmt, verklage ich Sie auf solche Summen, dass Sie sich nie wieder finanziell davon erholen!« Arthurs arroganter Gesichtsausdruck geriet kurz aus der Fassung, als Will verächtlich lachte.

»Versuchen Sie es! Ich bin Anwalt.« Sein fragender Blick traf Mel.

Sie bräuchte nur einen Ton zu sagen, und Will würde Zeus loslassen. Doch sie hatte Angst. Arthur hasste Hunde. Ziemlich sicher würde er nach dem Golden Retriever treten. Selbst wenn der sonst so gutmütige Familienhund sich durchsetzte, wollte sie nicht schuld sein, dass Zeus doch etwas geschah. Daher schüttelte sie fast unmerklich den Kopf.

Aus dem Augenwinkel nahm sie eine Bewegung wahr. Jay machte Anstalten, Arthur von ihr wegzuziehen.

Plötzlich ging alles ganz schnell. Sie spürte einen stechenden Schmerz auf dem Kopf, als Arthur ihren Arm losließ und sie mit der Linken an den Haaren packte, während er ausholte und seine Rechte so blitzschnell auf Jays Gesicht donnerte, dass dieser mit einem unterdrückten Schmerzenslaut nach hinten taumelte.

Wut blitzte in Jays Augen auf, während seine Hand an seine Unterlippe glitt, aus der Blut sickerte. So hatte sie Jay noch nie gesehen. Kein Zweifel, er würde sich zur Wehr setzen.

Sie wollte auf ihn zugehen, sehen, ob er stärker verletzt war, doch Arthur packte sie noch fester an den Haaren, schnappte sich Hopes Gabel vom Tisch und zog Mel blitzschnell vor sich. Die spitzen Zinken des Steakbestecks drückten sich schmerzhaft gegen ihre Halsschlagader.

»Lassen Sie sie gehen, damit kommen Sie nicht durch!«, befahl Will.

»Meine Frau gehört zu mir! Halten Sie sich da raus! Sie können mir gar nichts!«

»Ich kann Ihnen viel! Sie haben meinen Bruder verletzt!«, stieß Will hervor, und Mel konnte den Zorn in seinen Augen sehen. Will war ein äußerst friedfertiger Mensch, aber momentan wirkte er, als könnte er sich nur mühsam beherrschen. »Körperverletzung, versuchte Entführung …«

»Constance wird freiwillig mit mir kommen, nicht wahr?«

»Das glauben Sie doch selbst nicht!« Will machte Anstalten, sich ihnen zu nähern, was Arthur jedoch nur dazu brachte, noch fester zuzupacken.

»Aufhören! Alle!«, schrie Mel panisch. »Bevor noch ein Unglück geschieht!«

»Das Unglück ist schon geschehen, und zwar durch deine Schuld! Du weißt, was ich meine!«, fuhr Arthur sie an und schaffte es damit erneut, dass Wellen der Panik und des Schmerzes durch sie hindurchjagten, die sie lähmten.

Aus dem Augenwinkel sah sie, wie Annabella den anderen Gästen Zeichen gab, sich zurückzuziehen, während sie Jay ins Café zog, um ihm Eis für die Verletzung zu holen, wie sie murmelte.

Mel presste die Lippen zusammen. Sie musste irgendetwas unternehmen, bevor etwas Schreckliches passierte. Etwas, an dem sie dann tatsächlich die Schuld trug.

»Was wollen Sie von ihr? Sehen Sie denn nicht, dass sie Sie nicht begleiten will?«, fragte Will scharf. Sein Körper war sichtlich angespannt.

»Constance hat noch nie gewusst, was das Beste für sie ist«, stieß Arthur verächtlich hervor, bevor seine Stimme diesen fordernden Tonfall annahm, den Mel nur zu gut kannte: »Sie schuldet mir ein Kind!«

Für einen Moment war es, als hätte selbst der Wind aufgehört zu wehen. Es war totenstill. Vielleicht war es auch nur dieses gefühlte Vakuum in ihrem Inneren, bevor der längst verdrängte Schmerz wie ein Feuerball ihren Körper ausfüllte.

»Meine Geduld ist am Ende, Constance!« Mel spürte, dass Arthur im Begriff stand, die Kontrolle über sich zu verlieren. Sie nahm den Kopf ein Stück zurück, um den Druck der Gabelzinken an ihrem Hals zu lindern, doch das brachte ihn nur dazu, noch fester an ihren Haaren zu ziehen. Was, wenn er nun auch Will verletzte, der abermals äußerst gewillt schien, sie aus Arthurs brutalem Griff zu befreien?

Voller Angst stieß sie hervor: »Lass es gut sein, Arthur. Ich komme mit dir!« Sie drehte sich vorsichtig zu ihm um. Sein Griff lockerte sich nur unwesentlich.

Während sich ein selbstgefälliger Ausdruck auf Arthurs Zügen ausbreitete, murmelte Hope ihr zu: »Tu es nicht!« Und auch Elly stieß einen kaum unterdrückten Protestlaut hervor.

Arthur verengte die Augen zu Schlitzen. »Das wird auch Zeit, Constance! Du gehörst zu mir! Wir sind eine Familie!«

Mel schob sich an Will und dem knurrenden Zeus vorbei. Zuallererst musste sie Arthur von hier fortlocken. Sie würde sich nie verzeihen können, wenn einem ihrer Freunde etwas geschah, schließlich schienen alle wild entschlossen zu sein, sie vor Arthur zu beschützen. Wenn sie erst mal außer Reichweite waren, würde sie weitersehen. Die Flucht war ihr schon einmal gelungen. Sie war nicht mehr das unbedarfte, hilflose Mädchen von damals.

Sie zuckte zusammen, als Doris' despotische Stimme erschallte: »Das lässt du mal schön sein, Kindchen!« Das Knacken eines Gewehrs, das durchgeladen wurde, ertönte. »Und du, Jungchen, legst jetzt schön brav die Gabel auf den Tisch.«

Als Arthur keine Anstalten machte, ihr zu gehorchen, sondern schmerzhaft an Mels Arm zerrte, stieß Doris hervor:

»Mach keine Dummheiten! Bis du zum Reagieren kommst, habe ich dich längst mit einer Ladung Blei durchsiebt. Das alte Winchester-Gewehr meines Großvaters funktioniert hervorragend. Der Pokal beim Zielschießen geht jedes Jahr an mich. Ich durchlöchere eine Dose direkt in der Mitte – auf dreihundert Yards Entfernung.« Trotz der ernsten Situation schwang Stolz in ihrer Stimme mit, die jedoch keinen Zweifel daran ließ, dass sie die Drohung bitterernst meinte.

In Arthurs Blick trat Fassungslosigkeit.

Vorsichtig schob sich Mel neben Arthur und wandte den Kopf. Wäre die Situation nicht so bedrohlich gewesen, hätte sie der Anblick ihrer Vermieterin mit dem Gewehr im Anschlag vermutlich erheitert. Doris war ganz in ihrem Element. Endlich durfte sie einmal in die Rolle eines ihrer Serienhelden schlüpfen und den Bösewicht stellen.

Arthur zögerte.

»Ich zähle bis drei!« Doris kniff ein Auge zusammen und richtete das Zielfernrohr auf Arthurs Brust.

Es klang so entschlossen, dass Mel sich fragte, ob ihre Vermieterin tatsächlich abdrücken würde. Die Anspannung drohte sie zu zerreißen.

An Arthurs Mimik las sie ab, dass er den Ernst der Lage ebenfalls erkannte. Grenzenlose Wut breitete sich nun auf den glatten Zügen aus, als er sich seiner hilflosen Situation bewusst wurde. Seine Hand begann zu zittern.

Jay, der mit einem Eisbeutel an den Lippen wieder hinter Arthur getreten war, erkannte offenbar seine Chance. Er packte ihn und drehte ihm den Arm auf den Rücken. Während Arthur schmerzerfüllt aufschrie, fiel die Gabel aus seiner Hand klirrend zu Boden.

»Solche Typen wie du werden im Knast zum Frühstück verspeist«, zischte Jay ihm ins Ohr. So kantig wie in diesem Moment hatte Mel seine Gesichtszüge noch nie gesehen.

Will ließ Zeus los, der bellend auf Arthur zuschoss und ihn anknurrte.

Arthur fuhr außer sich vor Zorn zu Mel herum. »Glaub nicht, Constance, dass dir das weiterhilft. Du gehörst zu mir! Für immer! Ich werde dich überall finden! Und beim nächsten Mal gehst du mit mir – auf ewig –, dafür werde ich sorgen.«

Doris hielt das Gewehr weiterhin erhoben. »Da haben wir hier in Lynnwood Falls auch noch ein Wörtchen mitzureden! Komm her, Will. In meiner Hosentasche stecken ein paar Handschellen. Leg sie ihm an.«

Über Wills bislang wutverzerrte Gesichtszüge huschte Erstaunen, gefolgt von Amüsement, als er die mit rosa Plüsch überzogenen Handschellen hervorzog.

Vermutlich hätte Mel ebenfalls gelacht, wenn sie nicht immer noch in ihrer Schockstarre gefangen gewesen wäre. Die

Handschließen hatten Francy und sie Doris im letzten Jahr zum Geburtstag geschenkt. Zum Spaß. Allerdings hätte sie niemals damit gerechnet, dass sie einmal zur Anwendung kommen würden.

Plötzlich ging alles ganz schnell. Ein weiteres Bellen erklang. Der Deutsche Schäferhund von Sheriff Thomson schoss auf sie zu, zog die Lefzen hoch und knurrte Arthur an.

Der Sheriff strich sich über den grau-weiß melierten Schnauzbart und wandte sich an Doris: »Deputy Hodgkinson ist gerade beim Mittagessen. Begleitest du mich rüber ins Office?«

Sie nickte mit einem strahlenden Lächeln, das Gewehr im Anschlag. »Aber liebend gern!«

Mit erstarrten Gesichtszügen sah Mel zu, wie Arthur abgeführt wurde. Erst als sie um die Ecke gebogen waren, fing sie an zu zittern.

Hope schlang die Arme um sie. Will und Elly streichelten ihr über den Rücken, auch Jay und Annabella kamen zu ihnen und murmelten beruhigende Worte, ebenso Mathilda Moffatt und Judith Bloomberg. Auf einmal war es, als käme Bewegung in alle Umstehenden, die sich ein Stück zurückgezogen hatten. Immer mehr Arme umschlangen das Knäuel. Selbst die beiden meist etwas verbiestert blickenden Stokill-Schwestern, die am übernächsten Tisch gesessen hatten, schlossen sich ihnen an.

Mel blinzelte. Doch sie kam gegen die Tränenflut nicht an, die sich in diesem Moment Bahn brach. Die Tränen liefen und liefen, ohne Unterlass. Bis Elly ein Taschentuch hervorzog und es ihr hinhielt. Langsam löste sich die Menge wieder auf.

Mel trocknete die Augen und schnäuzte sich. »Ich schulde euch allen eine Erklärung«, wandte sie sich dann mit rauer Stimme an die Menge.

»Das eilt nicht«, warf Will ein, doch sie schüttelte den Kopf.

»Nein, schon gut. Ich möchte es loswerden.« Sie räusperte sich, während sich ihr viele gespannte Gesichter zuwandten. Auch Jack und Brandon waren inzwischen eingetroffen. »Mein Taufname lautet Constance Gloria Susan Collins, verheiratete Highsmith. Ich wurde in einem kleinen Fischerdorf namens Heartwood Haven an der Westküste in Washington State geboren und bin dort aufgewachsen. In der Nähe des Wilbert Sound.« Mel benetzte ihre Lippen. »Mein Großvater, ein Fischer dort, nannte mich immer ›Caramel‹, weil ich mich als Kind ständig draußen aufhielt und braun gebrannt war wie Karamell. Daraus wurde irgendwann ›Mel‹. Nur meine Großmutter und später mein … Mann haben mich bei meinem ersten Taufnamen gerufen. Rowling war der Nachname meiner Ururgroßmutter, es hat nichts mit Joanne K. Rowling zu tun.«

Mels Mundwinkel hoben sich ein wenig, als sie zu Hilary Higgins und dem Bürgermeister blickte, der sich gerade den Schweiß von der Stirn tupfte. Mit seiner beträchtlichen Leibesfülle schwitzte er in der Sonne. »Ich hatte darum gebeten, diesen Namen tragen zu dürfen.« Die beiden nickten ihr wohlwollend zu. Mel schluckte. »Es … tut mir leid, dass ich euch belogen habe. Und es …« Nun fingen diese dummen Tränen doch schon wieder an zu fließen! »Es tut mir schrecklich leid, dass ich einige von euch in Gefahr gebracht habe.« Sie schaute Jay an, der sich wieder Eis auf die Lippe drückte. »Das wollte ich wirklich nicht …«

»Hör bloß auf, das ist nicht deine Schuld!«, unterbrach Jay sie, doch Mel war noch nicht fertig. Sie wischte sich die Tränen von den Wangen.

»Er … Arthur wird keine Ruhe geben, wenn er weiß, dass ich hier lebe. Der Sheriff kann ihn nicht so lange im Gefängnis behalten; mir ist nichts passiert, er hat er mir nur gedroht.

Wegen Körperverletzung und des Angriffs auf Jay kann er ihn sicherlich nicht ewig einsperren.«

An Wills Gesichtsausdruck sah sie, dass er die gleiche Befürchtung hegte.

Es fühlte sich an, als rollte sich ein Mühlstein auf ihre Brust. »Es besteht auch die Chance, dass er noch jemanden in der Hinterhand hat, immerhin hat er einen Privatdetektiv engagiert, um mich aufzuspüren. Ich … werde also meine Sachen packen und weiterziehen. Und zwar unverzüglich, bevor er entlassen wird. Irgendwohin, wo es wieder eine Weile dauert, bis er mich findet.«

Will öffnete protestierend den Mund, doch Doris, die sich unbemerkt wieder dazugesellt hatte, war schneller.

»Das kommt überhaupt nicht infrage. Wo kämen wir denn hin, wenn Lynnwood Falls sich solch einem Lackaffen und seinem Gesindel beugen würde?« Sie schnaubte. »Wir werden eine *Neighbourhood-Watch* bilden. Für die nächste Zeit bekommst du ständigen Schutz. Da muss dieser Kerl schon mit einer Armee anrücken, wenn er dich aus unserer Mitte reißen will. Und da spreche ich nicht als deine Vermieterin, sondern im Namen des Stadtrates.«

Francy, der alte Wes Tucker und einige andere Mitglieder des Stadtrates nickten zustimmend, auch aus den anderen Reihen kam Beifall.

»Ich bin dabei!«, riefen Jack, Brandon und einige andere.

Will richtete sich auf. »Ich übernehme die erste Schicht heute.«

»Und ich die nächste«, sagte Jay sofort.

Will nickte ihm zu. »Ich schlage vor, ihr meldet euch alle bei Doris. Sie übernimmt die Einteilung eurer Wachen.«

»Ich helfe ihr«, sagte Francy bestimmt.

Mel kam sich vor wie in einem Film, als sich die Menge plötzlich in Bewegung setzte, um sich auf der Liste eintragen zu lassen. »Aber …«

»Doch, du kannst das annehmen«, unterbrach Will sie sanft, als hätte er geahnt, was sie hatte sagen wollen. »Wir müssen ungestört reden.«

»Am besten geht ihr hoch in meine Wohnung«, schlug Annabella vor.

Will küsste seine Freundin sanft. »Gute Idee, das machen wir. Bekomme ich auch ein Käsesandwich? Ich habe nämlich noch nicht richtig gefrühstückt.«

»Und einen gebackenen Schafskäse.« Annabella klopfte ihm augenzwinkernd auf den Po, bevor sie sich abermals einen Kuss holte.

Mel fühlte sich immer noch völlig von den Ereignissen überrollt. »Aber die Scherben …«

»Darum kümmere ich mich schon, geht jetzt.« Annabella umarmte sie und schob sie ins Café.

In Annabellas Wohnung wurden sie von einer schnurrenden Maine-Coon-Katze begrüßt.

Will bückte sich lächelnd, um sie zu streicheln. »Na, Happy Lee, unerwarteter Besuch bei Tag.«

Auch Mel kraulte das weiche Fell. Zum Sprechen war sie immer noch zu aufgelöst.

Will bewegte sich ganz selbstverständlich durch Annabellas Wohnung. »Was magst du trinken?«

»Nur ein Wasser, bitte!«

Er brachte ihnen zwei Wasser mit Eis und Zitrone. Die Kälte des Getränks tat Mels Hals gut. »Warum ich mit dir sprechen wollte: Ich möchte versuchen, ein Kontaktverbot zu erwirken. So haben wir dann jederzeit eine rechtliche Handhabe gegen Arthur, sobald er sich dir nähern will. Dazu brauche ich aber einige Details. Wäre das für dich in Ordnung?«

Mel nickte. »Natürlich!«

»Zudem solltest du dich schnellstmöglich von ihm scheiden lassen. Ihr seid doch noch verheiratet, wenn ich das eben richtig verstanden habe?«

Sie bejahte verschämt. »Ich bin einfach abgehauen, als …« Sie schloss die Augen, »ich es nicht mehr ausgehalten habe.« Will ließ ihr Zeit, bis sie sich wieder gefasst hatte. »Das mit der Ehe habe in meinem Kopf abgehakt.«

»Du willst aber die Scheidung, oder?«

Sie schlang die Arme um ihren Oberkörper, als könnte sie sich so vor Arthur schützen. »Dazu wird er nie seine Einwilligung geben!«

Will winkte ab. »Lass das mal meine Sorge sein. Du weißt, dass das eines meiner Spezialgebiete ist, oder?«

Erstaunt schüttelte sie den Kopf. »Nein, offen gestanden, wusste ich das bisher nicht.«

»Ich vertrete häufig Frauen, die ihre Männer verlassen möchten und nicht aus eigener Kraft von ihnen loskommen.«

»Aber Arthur ist …«

»… auch nicht unbesiegbar«, unterbrach Will. »Wir werden seine Schwachstellen finden.« Und auf einmal wirkte er nicht mehr wie der sanftmütige Mann, der den Kindern in der Bibliothek Geschichten vorlas, sondern wie der erfolgreiche Anwalt, der er wohl war. Willensstark und nicht bereit, auch nur einen Millimeter zurückzuweichen.

»Wenn du möchtest, können wir auch Schmerzensgeld von ihm fordern …«

Mel hob die Hand. »Auf gar keinen Fall! Ich möchte keinen Cent von ihm.«

»In Ordnung.«

Während Will ihr weitere Fragen zu den Details stellte, beruhigte Mel sich zunehmend. Es tat gut, sich einmal alles von der Seele zu reden, und Will hatte so eine Art, die es ihr leicht machte, ganz offen zu sein. So offen, wie sie es noch niemandem gegenüber gewesen war. Zu wissen, nicht die Einzige zu sein, der es in ihrer Ehe so erging, machte es ihr leichter, sich zu öffnen. Mark wusste zwar auch viel von dem, was passiert war, aber bei ihrem Bruder hatte sie immer das Gefühl gehabt, ihn schonen zu müssen, und deshalb mit vielen schmutzigen Details hinterm Berg gehalten.

Sie erzählte Will sogar von Arthurs obsessivem Kinderwunsch. »Er war Waise, ist im Heim aufgewachsen. Geld war ihm äußert wichtig. Beruflich war und ist er auch extrem erfolgreich. Für seinen Erfolg geht er über Leichen.«

Will machte sich einige Notizen. »Erzähl ruhig weiter.«

»Was genauso für ihn zählte, war eine Familie«, sagte sie und fragte sich im selben Moment, ob sie Arthur etwa gerade in Schutz nahm.

»Um jeden Preis?«, vervollständigte Will grimmig, und Mel nickte peinlich berührt.

Zögernd erzählte sie ihm von ihrem Unglück und den Fehlversuchen, und wieder flossen Tränen, doch dieses Mal hatten sie für Mel etwas Reinigendes.

Will nahm ihre Hand. »Das tut mir so leid.« Abermals ließ er ihr Zeit, sich wieder zu fassen, bevor er sich zurücklehnte. »Sorry, doch ich muss das fragen: Hat er dir wehgetan?«

Mel zögerte. »Er hat mich nie geschlagen, wenn du das meinst. Mal brutal am Arm festgehalten, das schon. So grob, dass ich blaue Flecken hatte. Irgendwie hat er es geschafft, mich dermaßen unter Druck zu setzen …« Sie nahm einen Schluck Wasser, um ihre ausgedörrte Kehle zu befeuchten. Die Scham überrollte sie. »Er hat mir Angst gemacht«, wisperte sie.

»Das muss dir nicht peinlich sein«, beruhigte Will sie. »Manche Menschen können hervorragend manipulieren.« Kurz wirkte er bitter: »Ich verstehe dich sehr gut, mein Vater gehörte auch zu der Sorte.«

Nun war es an Mel, ihre Hand auf seine zu legen. »Ich habe davon gehört, dass er ein übler Zeitgenosse war. Gut, dass nichts auf seine Söhne abgefärbt hat.«

»Auf unseren großen Bruder Donald schon. Doch der sitzt hoffentlich noch eine Weile hinter Gittern.« Will seufzte. »Aber zurück zu dir …« Die grauen Augen verdunkelten sich vor Sorge. »Du sagtest, Arthur wollte unbedingt Kinder …?«

Mel ließ das Glas auf dem Untersetzer kreisen. »Ja …«

»Ich möchte nicht indiskret sein und keine alten Wunden aufreißen, doch jedes Detail ist hilfreich. Je mehr ich gegen Arthur anführen kann, desto härter kann das Urteil ausfallen.«

Mel hob den Kopf und sah Will zum ersten Mal seit ihrem Gespräch voll ins Gesicht. »Auch ich wollte unbedingt Kinder, ich hatte außer Mark und meinen Großeltern nie eine richtige Familie, fand den Gedanken schön. Aber selbst als ich … nach den Fehlschlägen … eine Pause wollte, akzeptierte er das nicht.« Nach wie vor war sie nicht bereit, diese Erinnerungen aus dem tiefen Dunkel hervorzuholen.

»Danke, das genügt mir.«

Mel war ihm dankbar dafür, dass er einen geschäftsmäßigen Tonfall beibehielt; sie fühlte sich immer noch, als befände sie sich mitten in einem Bungee-Sprung – ohne Seil.

»Ich werde den Fall bei der Staatsanwaltschaft einreichen. Die Staatsanwältin Heather Donovan ist eine gute Freundin von mir. Ich gehe davon aus, dass der Fall zügig bearbeitet werden kann. Unser Gespräch bleibt natürlich absolut vertraulich, aber Elly ist durch die Kanzlei normalerweise involviert. Wenn es dir jedoch lieber ist …«

»Nein, es ist in Ordnung, wenn sie alles erfährt«, versicherte Mel sofort. Sie hatte das Versteckspiel ohnehin gründlich satt.

»Gut! Sie unterliegt auch der Schweigepflicht und hält sich daran.« Will lächelte. »Dann wird sie einen Schriftsatz aufsetzen, in dem du uns mit der juristischen Vertretung in der Sache beauftragst.«

»Okay. Du musst mir dann nur sagen, was du bekommst …«

»Das sehen wir dann. Aber wir finden eine Lösung.« Will stand auf und drückte sie kurz tröstend an sich.

Es tat gut, verstanden und nicht verurteilt zu werden. Mel war grenzenlos erleichtert, dass er ihr nicht böse war, obwohl sie gelogen hatte. Niemand hier schien ihr das übel zu nehmen. Auf einmal fragte sie sich, ob auch Jesse von dem Vorfall vor dem Café erfahren würde? So etwas sprach sich in Lynnwood Falls schnell herum, und er telefonierte sicherlich öfter mit seiner Mutter. Was er wohl darüber denken würde? Würde *er* sie verurteilen? Würde ihm klar werden, dass sie ihn getäuscht hatte?

Einen verrückten Moment lang wünschte sie sich, Jesse wäre da, um sie im Arm zu halten und mit ihr im Vergessen zu versinken.

Kapitel 4

Melanie

Lynnwood Falls

Die *Neighbourhood-Watch* löste sich alle zwei Stunden ab, so bedeutete die Aktion für niemanden eine große Belastung. Die Liste der Freiwilligen, die ihre Unterstützung angeboten hatten, war so ellenlang, dass Mel vor Rührung erneut die Tränen in die Augen traten. Immer zwei Personen hielten Wache vor dem Gebäude, in dem sie sich gerade aufhielt, oder befanden sich in ihrer Nähe. Es war ein seltsames Gefühl.

Mel ging wie üblich ihrer Arbeit in der Bibliothek nach. An diesem Vormittag hatte der alte Mr Albright zusammen mit Peggy Delaware »Wachdienst«. Während Mrs Delaware in den Büchern stöberte und sich mit einem Roman in die Nähe des Eingangs setzte, hatte Mr Albright auf dem grauen Leinensofa Platz genommen, das Handy griffbereit, um den Sheriff zu informieren. In seinem blauen Arbeitsanzug, den er wie üblich trug, wirkte er in der Bibliothek irgendwie deplatziert. Er sah sich immer wieder unbehaglich um. Bücher schienen definitiv nicht seine Welt zu sein. Dennoch fand Mel seine Besorgnis um sie rührend.

Ein warmes Gefühl stieg in ihr auf, während sie die zurückgegebenen Bücher sortierte. Auch wenn es ihr extrem unangenehm war, dass ihretwegen so viel Aufhebens gemacht wurde, beschlich sie doch das Gefühl, dass viele der Bewohner von Lynnwood Falls Spaß an ihrer neuen Aufgabe fanden. Sie genossen die Abwechslung von ihrem Arbeitsalltag.

Vor allem Doris war ganz in ihrem Element. »Endlich ist hier mal was los«, hörte man sie immer wieder sagen.

Auch Sheriff Thomson fühlte sich wichtig. Zur Abwechslung hatte er einen »echten Kriminellen von auswärts« in seinem Gefängnis »zu Gast«. Normalerweise waren die Zellen – wenn überhaupt einmal – bewohnt von betrunkenen Randalierern oder Teilnehmern einer der seltenen Schlägereien, die aus dem Ruder gelaufen waren und bei denen die Hitzköpfe eingesperrt werden mussten, um die Gemüter abzukühlen.

Als Mrs Dubois sie zur Mittagspause ablöste, legte sie die Hand auf Mels Schulter. »Wie geht es Ihnen?«

»So weit gut. Es ist so unglaublich, wie die Leute sich um mich kümmern.«

»Das ist Lynnwood Falls.« Obwohl Mrs Dubois nicht lächelte, spürte Mel das Wohlwollen hinter ihren Worten.

»Es tut mir so leid, dass ich Sie alle angelogen …«

»Pscht, Kindchen! Es hat zu Ihrem Schutz gedient. Sie sind eine ehrliche Haut. Daran zweifelt hier keiner.« Die von Altersflecken überzogene und von Gicht gebeutelte Hand tätschelte ihren Arm. »Geben Sie nur acht, dass Sie sich innerlich bald lösen, damit die Bitterkeit Sie nicht überwältigt.« In Mrs Dubois' Augen stand ein Schmerz, der Mel eigentümlich berührte. »Sie sind solch ein positiver Mensch, bewahren Sie sich das …« Sie zögerte kurz. »Mel.«

»Danke, Mrs Dubois.« Am liebsten hätte sie die alte Dame umarmt, doch die setzte sich schon auf den Stuhl und nahm sich die literarischen Neuzugänge vor.

In dem Moment kam Elly zur Tür herein, die mit Will den »Mittagsdienst« übernommen hatte. Wills Golden Retriever Zeus wartete draußen vor der Tür.

Auf Ellys braun gebrannten Zügen spiegelte sich Besorgnis, als sie sie auf die Wange küsste. »Wie geht's dir? Du hast schon besser ausgesehen.«

»Schon okay!« Mel grinste schief. Obwohl sie sich in der

vergangenen Nacht nicht unsicher gefühlt hatte, hatten sie doch immer wieder wilde Träume aus dem Schlaf gerissen. Aber das wollte sie lieber nicht erzählen. Elly und Will konnten es sich bestimmt auch so denken. »Immerhin bin ich sehr erleichtert, dass nun alle Bescheid wissen«, gab sie zu.

Elly öffnete die Tür nach draußen, ein verständnisvolles Lächeln auf den Lippen. »Das kann ich sehr gut nachvollziehen!«

Dankbar drückte Mel ihren Arm, bevor sie Will anlächelte, dessen Wangen von der frischen Luft gerötet waren, und sich nach unten beugte, um Zeus zu kraulen. Der Hund wedelte freudig mit dem Schwanz.

»Ich würde vorschlagen, wir gehen zu Fuß zu Annabella. Da kriegen wir etwas zu essen und sind ungestört.« Will lächelte, als sie beide einhellig zustimmten.

Als hätten sie sich abgesprochen, redeten sie den ganzen Weg über Belangloses, während Zeus um ihre Füße tollte.

»Jetzt erzähl aber mal! Wie war es auf eurer Hochzeitsreise?«, wandte sich Mel an Elly. »Eurer Gesichtsfarbe nach zu urteilen, hattet ihr zumindest tolles Wetter.«

»Es war großartig!«, schwärmte Elly. »Die Bahamas sind der Ober-Hammer! Gar nicht so touristisch, wie ich befürchtet hatte. Dieses türkisfarbene Wasser und der puderweiße Sand, das ist zu schön, um wahr zu sein.« Sie schwelgte in Erinnerungen an ihr tolles Hotel, an Schnorcheltrips an tropischen Riffen, bevor sie sich mit einem spitzbübischen Grinsen an Will richtete. »Bei den schwimmenden Schweinen waren wir auch. Das sieht so süß aus, wenn sie im Meer sind, die Schnauze nach oben gereckt. Und wenn man sie am Strand mit Gemüseabfällen füttert, dann stupsen sie einen mit ihren weichen Nasen an, wenn sie Nachschub wollen.«

Will grinste. »Das könntest du bei mir im Stall auch haben. Meine Schweine stupsen auch.«

Die beiden lachten.

Elly seufzte. »Ach, ich beneide Jesse, dass er noch eine Weile in den Tropen sein darf. Besonders bei dem Wetter hier.« Sie deutete zum Himmel, der voller grauer Wolken hing.

Bei der Erwähnung von Ellys Bruder beschleunigte sich Mels Herzschlag unwillkürlich. »Aber so langsam werden sie auch wieder in Richtung Norden ziehen, oder?«, erkundigte sie sich betont beiläufig und beugte sich nach unten, um Zeus' weiches Fell zu kraulen, damit man ihr Gesicht nicht sah.

Dennoch spürte sie Ellys forschenden Blick auf sich. »Ja, ich denke, demnächst geht es los. Die Buckelwale sind circa von Mai bis Oktober an der Küste Neuenglands.«

Obwohl Mel gern noch viel mehr zu Jesse gefragt hätte, schwenkte sie wieder zu Ellys Hotel und den Ausflügen um, und zum Glück ging diese sofort darauf ein. Sie erzählte, bis sie in *Annabella's Café* angekommen waren. Es roch wieder herrlich nach Gebäck und Essen, sodass Mel, die konstant das Gefühl hatte, ihr Magen wäre wie zugeschnürt, doch Appetit bekam.

Sie entschieden sich einheitlich für den Kartoffel-Gemüse-Auflauf. Mel bestand darauf, die beiden zum Essen einzuladen, und ließ auch Annabellas Protest nicht gelten, dass Will bei ihr ohnehin nicht bezahlte.

Will führte sie – mit ihren Tellern bewaffnet – wieder in Annabellas gemütliche Wohnung.

Als er sah, dass sie doch nur in ihrem Essen herumstocherte, fragte er: »Wäre es dir lieber, wir besprechen die Sache gleich?«

Sie nickte erleichtert. »Wenn es für euch okay ist?«

Elly grinste. »Klar, wir reden zur Not auch mit vollem Mund.«

Will tupfte sich die Lippen mit der Serviette ab. »Ich konnte veranlassen, dass Arthur nach Portland verlegt wird, wo über das Kontaktverbot entschieden wird. Ich nehme an, das ist dir recht?«

Abermals konnte sie nur voller Erleichterung nicken. Der Gedanke, Arthur in ihrer unmittelbaren Nähe, in »ihrem« Lynnwood Falls, zu haben, war einfach zu bedrückend gewesen.

»Ich denke, aufgrund der vorliegenden Tatsachen und seiner Drohung wird das Kontaktverbot nicht das große Problem werden. Aber ich befürchte, dass er schon bald wieder auf freien Fuß gesetzt wird – eine Kaution wird ja für ihn in seiner finanziellen Situation kein Problem darstellen.«

Mel, die gerade eine Gabel voll Auflauf in den Mund hatte schieben wollen, erstarrte in der Bewegung.

Elly legte ihr die Hand auf Arm. »Du bist hier in Sicherheit. Wir passen auf dich auf!«

»Und was, wenn irgendjemand dabei zu Schaden kommt?«, wisperte Mel bedrückt. »Arthur ist wirklich unberechenbar, und er hat sich dermaßen hineingesteigert …«

Will rieb sich nachdenklich das Kinn. »Vielleicht wäre es gut, wenn du ein paar Tage verreisen würdest, sobald Arthur auf freien Fuß kommt.«

»Aber meine Arbeit …«

Er lächelte. »Ich habe Mrs Dubois selten so besorgt erlebt. Sie wird dich liebend gern vertreten, das weißt du. Gibt es denn jemanden, bei dem du unterkommen könntest?«

»Zu meinem Vater habe ich keinen Kontakt, seit ich zwei Jahre alt bin. Er hat uns verlassen. Meine Mutter ist schon länger tot, sie war krank. Auch meine Großeltern mütterlicherseits, bei denen wir aufgewachsen sind, sind inzwischen gestorben. Ich habe noch Freunde in meinem alten Heimatort, aber ich fürchte, dort wird er mich als Erstes suchen. Davon abgesehen habe ich den Kontakt in den letzten Jahren vermieden, eben um …«

Mel biss sich auf die Unterlippe. »Mich bei meinem Bruder Mark zu verstecken wäre wohl auch zu gefährlich …« Sie schluckte. »Ich könnte höchstens irgendwo in ein Hotel gehen, weitab vom Schuss.« Die Angst, die ihr allein schon die Vorstellung machte, stand ihr wohl ins Gesicht geschrieben. Wenn *er* sie an einem solchen Ort finden würde …

»Das kommt gar nicht infrage!«, widersprach Elly zum Glück sofort resolut. »Vielleicht könntest du für einige Zeit in unser Ferienhaus nach Cumbers Landing? Das ist nicht so weit entfernt. Und auch da könnten wir uns als Begleiter abwechseln.« Sie drehte, in Grübeleien versunken, eine Haarsträhne um den Finger.

»Das wäre vielleicht gar nicht schlecht«, stimmte Will nachdenklich zu. »Annabella und Jay sind am Wochenende im Café ziemlich eingespannt, ich könnte mit dorthin fahren. Und ich bin überzeugt, auch die Fuller-Zwillinge sind abkömmlich; sie können ja viel von ihren Programmiertätigkeiten auch von auswärts erledigen.«

»Meine Eltern könnten bestimmt auch mal mitgehen. Oder …« Auf einmal begannen Ellys Augen zu leuchten, und der Finger drehte sich immer schneller um die Haarspitzen. »Ich hätte noch eine andere Idee.«

»Lässt du uns an deinem göttlichen Einfall teilhaben, oder müssen wir vor Neugierde sterben?«, fragte Will mit einem spöttischen Funkeln in den Augen, als sie nicht weitersprach.

»Noch nicht! Ich muss den Gedanken erst in Ruhe reifen lassen und einiges abklären!« Ellys Tonfall machte klar, dass sie nicht mit sich reden lassen würde.

Mel teilte noch ein Stück Auflauf auf ihrem Teller ab, kämpfte mit dem saftigen Käse, der Fäden zog. Auf einmal bekam sie wieder Appetit. Am liebsten hätte sie sofort darauf bestanden, die Idee mit Cumbers Landing fortzuführen. Ein paar Tage am Meer zu verbringen, mit lieben Menschen, klang gut. Und zwar an dem Ort, an dem Jesse viel Zeit seiner Jugend verbracht hatte. An dem die Liebe zu seinem Beruf geweckt worden war. Am liebsten wäre sie sofort losgefahren, um den Platz kennenzulernen. Seine Augen hatten so geleuchtet, als er davon gesprochen hatte. Sie wollte eigentlich gar nicht woanders hin. Im Ferienhaus seiner Familie hätte sie das Gefühl, ihm irgendwie nahe zu sein.

Als ihr die Überlegungen bewusst wurden, erschrak sie. Empfand sie bereits mehr für ihn als bloßes mitfühlendes Interesse an dem Mann, dem das Schicksal ebenfalls übel mitgespielt hatte?

Zum Glück lenkte Will ab und brachte das Thema auf die Scheidung, die er in die Wege leiten würde. Dankbarkeit überkam Mel, dass ihr Fall in solch kompetenten Händen war. Er hatte alles schon akribisch ausgearbeitet, und sie brauchte nur die von Elly vorbereiteten Schriftsätze zu unterschreiben.

Dennoch war Mel den ganzen Nachmittag über in Gedanken versunken, und das hielt bis in den Abend hin an. Hope kam nach Feierabend vorbei, um nach ihr zu sehen. Sie setzten sich auf die verglaste Veranda in die Hollywood-Schaukel, nippten an einem von Doris' selbst gemachten Blaubeerlikör und redeten.

Mel ließ verlegen den Finger über den Glasrand kreisen. »Du musst mich echt für bescheuert halten, dass ich mir mal so einen Typen ausgesucht habe.«

Hope lächelte sie an. »Nein, gar nicht. Weißt du, ich hatte mir nach meiner Trennung von Ryan damals auch einen Mann gesucht, der nicht zu mir passte. So einen Mister Aalglatt. Ein netter, natürlicher Typ hätte mich wahrscheinlich viel zu sehr an Ryan erinnert. Von daher … es ist normal, dass man sich manchmal in etwas verrennt. Wie kamst du an ihn?«

»Ich kann es dir gar nicht richtig sagen. Unser Vater verließ uns, als ich ganz klein war. Ohne Kontaktadresse. Meine Großeltern, zu denen meine Mom danach gezogen ist, waren großartig. Mein Grandpa, ich nannte ihn ›Grumpy‹, war ein

Vaterersatz. Dennoch war da vermutlich immer diese Lücke. Tja, und dann kam Arthur. Er ist zehn Jahre älter als ich. Er hat sich um mich gekümmert. Dass er ständig um mich sein wollte, war völlig neu für mich – der krasse Gegensatz zu meinem Vater. Genau das hat mir anfangs gut gefallen. Dieses Gefühl, dass er mich nie verlassen wird.« Sie schluckte. »Dass mir das einmal zum Verhängnis wird, hätte ich nie gedacht.«

Hope ergriff ihre Hand. »Es tut mir so leid für dich. Aber du bist in Lynnwood Falls in Sicherheit.«

Mel seufzte. »Ich hoffe nur, ich bringe niemanden in Gefahr.«

»Wir sind zäher, als es manchmal den Anschein hat.« Hope zwinkerte ihr zu. »Wir kriegen das hin. Gemeinsam.«

»Danke!«, wisperte Mel gerührt.

Eine ganze Weile schaukelten sie stumm vor sich hin, sahen in den Garten hinaus. Über den Rasen zogen sich die ersten Blütenblätter des Apfelbaums wie überdimensionale Schneeflocken. Es war schön hier. So friedlich und ruhig.

Wenn nur nicht Arthur unweit von hier sitzen würde!

Nach dem Abendessen spielte Mel mit Doris und den aktuellen Bewachern Nancy Tucker und dem Pferdezüchter Pete Lawrence eine Partie »Cluedo«, bei der Doris mit ihrem detektivischen Spürsinn gewann und den Täter überführte. Allerdings hatte ihre Vermieterin heute auch ein leichteres Spiel als sonst, so gedankenverloren, wie Mel war.

Als sie später in ihrem Bett lag und im Halbschlaf die gedämpften Stimmen von Clint Johnson und Rob Simmons, den beiden frisch gebackenen Schwiegervätern, vernahm, die vor ihrem Haus aufpassten, schob sich immer wieder Jesses Antlitz vor das drohende ihres Noch-Ehemannes.

Das Ferienhaus der Johnsons ... Mel versuchte, sich an den Gedanken an weißen Sandstrand zu klammern, der umsäumt war von wiegendem Dünengras und dem rauschenden

Atlantik, den Ort, der Jesse so viel bedeutete. Und tatsächlich schaffte sie es, zumindest mit einem Lächeln einzuschlafen.

Jesse

An Bord der *Cetus*, Bahamas

Jesse wachte schweißgebadet auf. Sein Herz raste. Es war wieder einer dieser Träume gewesen, in denen er hinter dem Wagen seiner Frau herrannte, um sie aufzuhalten. Immer wieder griff er nach der Stoßstange und konnte sie nicht erreichen. Alles, was er sah, waren die Rücklichter.

Er setzte sich im Bett auf. Die Welt um ihn herum drehte sich. Vielleicht lag es auch an dem leichten Schaukeln des Schiffes, dass ihm schwindelig wurde. Das hatte er jedoch noch nie erlebt. Er nahm einen Schluck lauwarmes Wasser aus der Flasche neben seinem Bett, um seinen ausgedörrten Mund anzufeuchten.

Der Albtraum, der ihn anfangs jede Nacht gequält hatte, hatte ihn hier an Bord der *Cetus* noch niemals heimgesucht. Irgendetwas war heute an dem Traum anders gewesen. War die Frau überhaupt gefahren? Oder war sie gerannt? In einem Wald? Das Gefühl der drohenden Gefahr erdrückte ihn immer noch. War es tatsächlich Beth gewesen? Aber Beth war dunkelhaarig. Hatte diese Frau nicht blonde Haare gehabt? Auf einmal meinte er zu ersticken.

Eilig schwang er die Beine aus dem Bett und hastete in Boxershorts auf Deck. Obwohl die Nacht lau war, tat die erfrischende Luft gut. Er atmete einige Mal tief durch, und langsam entspannte er sich wieder. Das Gluckern der Wellen gegen den Schiffsrumpf hatte etwas Beruhigendes. Der zunehmende Mond war bereits untergegangen. Am Firmament funkelten zahllose Sterne, spiegelten sich auf der Wasseroberfläche, die hier, im Schutz von Stocking Island, recht ruhig war.

Auf einmal war die Erinnerung wieder da. Das Gespräch mit seiner Mutter, die ihm von den neuesten Ereignissen in Lynnwood Falls berichtet hatte. Da Mel ihn zur Hochzeit begleitet hatte, war es seiner Mom natürlich besonders wichtig gewesen, ihm zu berichten, was sich auf dem Marktplatz vor *Annabella's Café* abgespielt hatte. Selbst wenn sie – der Dramaturgie halber – womöglich übertrieben hatte, so rann Jesse beim Gedanken an den Vorfall immer noch eine Gänsehaut über die Arme.

Unwillkürlich fiel ihm sein Gespräch mit Mel ein. Obwohl sie einen Plauderton angeschlagen hatte, hatte er ganz deutlich gespürt, dass da mehr dahintersteckte, als sie gesagt hatte, dass sie so viel Raum wie möglich zwischen sich und eine Beziehung hatte bringen wollen. Hatte sie deshalb den Männern den Rücken gekehrt und interessierte sich jetzt für Frauen? Nachvollziehbar wäre es.

Ein ungutes Gefühl beschlich ihn. War sie die Frau in seinem Traum gewesen? Hatte das Erzählte ihn doch mehr beschäftigt, als er sich eingestehen wollte? *Jetzt bist du aber wirklich albern!* Er sollte besser wieder schlafen gehen, morgen lag ein langer Tag vor ihnen.

Als er, zurück in seiner Kabine, auf sein Handy sah, realisierte er drei verpasste Anrufe von Elly vom vergangenen Abend mit der Bitte um Rückruf. Sofort beschleunigte sich sein Puls, doch wenn etwas mit ihren Eltern oder Brandon gewesen wäre, hätte Elly schon Alarm geschlagen und seine Kollegen Mary Lou oder Steven angerufen, deren Nummern sie aus Sicherheitsgründen hatte. Oder sie hätte zumindest eine Nachricht geschrieben.

Völlig geschafft vom Tag, an dem sie für einige Videoaufnahmen länger mit Walen getaucht waren, war er früh eingenickt und hatte das Summen des Handys wohl nicht mitbekommen.

Am liebsten hätte er seine Schwester jetzt sofort zurückgerufen, doch morgens um halb vier war es wohl noch etwas zu früh für tiefschürfende Gespräche. Und Elly und Will fingen verhältnismäßig spät an zu arbeiten, weil es abends oft länger ging; sie ritten morgens gelegentlich erst einmal aus. Vor halb acht brauchte er es nicht zu versuchen.

Obwohl er eigentlich noch todmüde war, gelang es ihm nicht mehr, nochmals richtig einzuschlafen. Er fiel nur in einen unruhigen Schlummer, aus dem er immer wieder hochschreckte.

Kaum hatten sie am nächsten Morgen die Lagebesprechung an Deck beendet, holte er sich eine weitere Tasse Kaffee aus der Kombüse und begab sich auf die Heckplattform, um Elly über den Messenger anzurufen. Sie klang noch verschlafen, als sie sich meldete.

»Habe ich dich geweckt? Du hörst dich müde an.«

Elly gähnte laut. »Nein, schon gut, ich war schon wach. Brandon ist bereits im Bad. Warte kurz, ich hole mir erst mal einen Kaffee.«

Ihm war, als hörte er das Tapsen ihrer nackten Füße auf den Fliesen, dann ratterte die Kaffeemaschine. Jesse fiel ein Stein vom Herzen. Zumindest war es wohl tatsächlich nichts Dramatisches, sonst wäre Elly bestimmt nicht so entspannt. Sie schaltete ihre Kamera ein, im Hintergrund war ihre moderne schwarz-weiße Küche zu sehen.

»Schalt mal deine Kamera an«, wies sie ihn an.

Jesse befolgte grinsend ihren Befehl. »Vermisst du das türkisfarbene Meer?« Er schwenkte das Handy im Kreis.

Ein lang gezogenes »Oh« ertönte. Gefolgt von einem: »Und wie!«

»Aber du hast sicherlich nicht wegen des Ausblicks so dringend um Rückruf gebeten?«

Ellys steckte die Nase in ihre große Tasse und pustete. »Genau! Doch zeig mir erst dein Gesicht!«

Lachend befolgte er auch diese Anweisung. »Willst du sehen, ob ich mich rasiert habe?« Er fuhr sich schmunzelnd über den Dreitagebart.

»Nein, aber ich möchte dich was fragen und dabei sehen, wie du darauf reagierst«, sagte sie, und abermals verschwand fast das ganze Gesicht in der großen Tasse.

»Was gibt es denn?«, erkundigte er sich mit erzwungener Ruhe.

»Also, hier ist etwas passiert. Du hast vielleicht schon davon gehört …«

»Was meinst du? Los, raus damit!«

»Hm, Mels Mann ist in Lynnwood Falls aufgetaucht und hat ihr gedroht!«

»Ja, Mom hat es mir schon erzählt. Das tut mir leid für sie.« Das hatte ihn schließlich sogar in den Schlaf verfolgt, doch das sagte er Elly besser nicht.

»Er sitzt jetzt im Gefängnis. Aber er kommt schon bald wieder raus.« Elly spielte mit ihren vom Schlaf zerzausten Haaren und berichtete von der Nachbarschaftswache. »Dieser Typ ist echt gefährlich.«

»Hoffentlich passiert … niemandem etwas!«

»Eben, da habe ich auch Sorge«, pflichtete Elly ihm ein bisschen zu schnell bei, als dass es spontan sein könnte.

»Okay, raus mit der Sprache. Was willst du in dieser Sache von mir?«

»Ich hatte gedacht, wir bringen Mel in Sicherheit. Cumbers Landing schien mir ein guter Platz zu sein …«

»Das ist eine super Idee! Das Haus gehört Mom und Dad, da brauchst du doch meine Einwilligung nicht. Aber falls dir das wichtig ist: Meinen Segen hast du, ich bin froh, wenn sie in Sicherheit ist.«

Wieder pustete Elly hinlänglich in ihren Kaffee, obwohl der gar nicht mehr so heiß sein konnte. »Nein, das war meine *ursprüngliche* Idee … Allerdings liegt das Haus doch auch recht abgeschieden. Wenn dieser Typ sie dort findet, dann ist es aus mit ihr. Bis da Hilfe eintrifft …«

Trotz der tropischen Sonne lief Jesse unwillkürlich ein kalter Schauder über den Rücken. »Puh, das scheint ja echt ein übler Kerl zu sein, wenn ihr ihm so viel kriminelle Energie zutraut.«

»Ist er!«

Jesse wusste nicht, ob es die Vehemenz der Aussage war oder die Angst, die kurz in Ellys Blick aufgeblitzt war, die ihn abermals erschaudern ließ. »Okay, aber wie kann ich helfen?«

»Also, ich dachte mir, Mel wäre am sichersten, wenn sie weit weg wäre. Irgendwo, wo sie dieser Typ nicht so leicht erreichen kann. Weit weg … von Land!«

Der Groschen fiel mit einem Hammerschlag. »Du bist ja verrückt!«, rutschte es Jesse heraus. »Du kannst doch nicht erwarten, dass wir sie hier auf der *Cetus* aufnehmen? Das ist ein *Forschungsschiff*, nicht für normale Reisende ausgelegt, schon gar nicht für Menschen auf der Flucht!«

»Aber ihr habt doch manchmal auch Studenten dabei …«

»Ja, die arbeiten hier«, unterbrach er sie ungehalten. »Jedoch reine Urlauber …?«

»Dein Kollege Nick hatte doch kürzlich seine Freundin für zwei Wochen da!«

»Ja, das war seine *Freundin!*« Bevor Elly näher auf diesen Punkt eingehen konnte, fuhr er schnell fort: »Du weißt doch gar nicht, ob Mel das Leben an Bord verträgt …«

»Ihr Großvater war Fischer.« Elly reckte trotzig das Kinn.

»Unser Großvater war Weber!« Jesse hob spöttisch die Augenbrauen. »Können du oder ich weben? Oder Wolle spinnen?«

»Ich habe es mal versucht.« Da war er wieder, dieser starrsinnige Blick, den Jesse nur zu gut kannte. Elly hatte sich in den Kopf gesetzt, ihre Freundin bei ihm, auf der *Cetus*, in Sicherheit zu bringen. Es würde ihn viel Mühe kosten, es ihr wieder auszureden.

»Wieso bucht sie nicht eine Kreuzfahrt?«, schlug er vor.

»Weil das über öffentliche Kanäle laufen würde und ihr Typ das in Erfahrung bringen könnte. Da gibt es Landgänge … Zu euch hingegen könnte kein Fremder ungesehen an Bord kommen.«

Er hasste es, einräumen zu müssen, dass Ellys Argumente vernünftig klangen. Sie hatten tatsächlich schon Studenten auf der *Cetus* gehabt. Oder Lebensgefährtinnen. Sogar zahlende freiwillige Hilfskräfte. Es gab eine freie Kabine. Aber schon allein der Gedanke, Mel wäre auf engem Raum mit ihm hier auf dem Schiff, brachte seinen Seelenfrieden durcheinander, den er gerade so mühsam zurückzuerlangen versuchte, und versetzte ihn in Panik.

»Und wie lange soll das deiner Meinung nach dauern?« Er versuchte, es so zu betonen, dass seine Schwester nicht ernsthaft annehmen konnte, er zöge die Möglichkeit auch nur im Entferntesten in Erwägung.

An Ellys siegessicherem Lächeln sah er, dass sie bereits meinte, ihn überzeugt zu haben. »Es wäre nur für rund eine Woche, maximal für zehn Tage. Bis das Kontaktverbot in Kraft treten würde und wir mehr über ihn wissen. Will fliegt morgen mit unserem Mitarbeiter Gordon nach San Francisco. Sie wollen versuchen, Infos über diesen Arthur in Erfahrung zu bringen, mit dem sie ihm schaden können. Vielleicht lässt dieser Mistkerl sich ja überreden, Mel in Ruhe zu lassen, wenn ihm sprichwörtlich der Arsch auf Grundeis geht. Das hat schon bei manch einem dieser Bastarde geholfen.«

»Lass Mom diese Ausdrucksweise lieber nicht hören!« Unwillkürlich musste er grinsen, auch wenn er noch völlig durcheinander war. Selbst eine Woche oder zehn Tage mit Mel an Bord waren für sein seelisches Gleichgewicht zu lange. Er wollte sie nicht hierhaben. Diese Grübchen …

»Wirst du es tun?«

Jesse hasste diesen bettelnden Blick seiner Schwester. Damit hatte Elly ihn schon früher immer herumgekriegt. Dagegen war er einfach machtlos. »Hör auf, mich zu manipulieren«, knurrte er.

Doch Elly ließ sich nicht beirren. »Wirst du Mel helfen? Es wäre mir so wichtig, sie in Sicherheit zu bringen!«

»Du bist unfair, das weißt du!«

Nun wirkte sie ehrlich bedrückt. »Ja, offen gestanden weiß ich das. Aber ich habe extra noch mit niemandem außer Brandon gesprochen, damit du die freie Wahl hast, auch abzulehnen!«

Als könnte er das vor sich selbst rechtfertigen! So brummte er nur etwas Unverständliches vor sich hin.

»Ich habe schon geahnt, dass du nicht gerade Feuer und Flamme dafür sein wirst. Wenn ich irgendeine andere Lösung wüsste, hätte ich dich nicht darum gebeten, das kannst du mir glauben.« Ob es die Worte oder ihr zerknirschter Gesichtsausdruck waren, konnte er nicht sagen. Ihm fiel jedoch kein Gegenargument ein, das nicht selbstsüchtig geklungen hätte.

Mel stand auf Frauen. Also konnte er auch schlecht mit dem Vorwurf kommen, dass Elly ihn verkuppeln wollte. Dass ihn die sympathische Bibliothekarin auf eigentümliche Weise berührt hatte, konnte er schlecht anführen, ohne dass seine Schwester sich sofort Hoffnungen machte, er würde »langsam wieder nach vorn blicken«, wie sie sich kürzlich ausgedrückt hatte.

Jesse seufzte laut. »Du weißt genau, dass ich nicht Nein sagen kann. Ich würde mir nie verzeihen, wenn irgendjemandem etwas geschieht.«

»Doch, das kannst du! Ich finde eine Lösung, ich muss dann nur noch ein bisschen länger grübeln.« Elly lächelte ihn offen an.

Mit einem lauten Knurren, das Elly zusammenzucken ließ,

sagte er: »Also gut! Eine Woche, maximal zehn Tage. So kurz wie möglich. Mach du ihr bitte gleich klar, dass sie uns nicht im Weg sein darf, denn wir müssen schließlich arbeiten. Ich muss es aber vorher mit dem Träger unserer Organisation besprechen …«

»Danke! Du bist der allerbeste Bruder der Welt! Ich liebe dich!«

Er schnaubte. »Manchmal liebe ich dich auch. Aber nur manchmal.«

Elly lachte unbeschwert. »Das reicht mir schon!« Sie hüpfte von dem Barhocker. »Sag mir noch, wo der Flug hingehen sollen, dann buche ich gleich etwas. Glaub mir, sie wird dir nicht auf den Wecker gehen!«

Dass das seine geringste Sorge war, behielt er lieber für sich.

Kapitel 5

Mel

Lynnwood Falls / An Bord der *Cetus*, Bahamas

»Ich soll *was?*« Mel sah Elly fassungslos an.

Diese zuckte mit den Schultern. »An Bord wärst du völlig abseits vom Schuss. Nur meine Eltern und der harte Kern wüssten Bescheid, wo du bist. Und natürlich Jesse und seine Mannschaft. Sonst niemand.«

»Und was hat Jesse dazu gesagt?« Irgendwie war Mel sich sicher, dass er nicht in Begeisterungsstürme ausgebrochen war.

Elly legte ihr die Hand auf den Arm. »Jesse ist es genauso wichtig, dass du in Sicherheit bist und niemand zu Schaden kommt.«

Mels Herz raste immer noch. Sie sollte einige Tage an Jesses Seite verbringen? Rund um die Uhr! Ihn bei seiner Arbeit erleben. Mal wieder auf dem Wasser sein! Sie wusste, sie sollte den Vorschlag – seinetwegen – ablehnen, dennoch hörte sie sich sagen: »Wenn du denkst, dass es das Beste ist …« Und merkte selbst, wie lahm das klang. Schnell setzte sie hinzu: »Danke, dass du dir so viele Gedanken um mich machst und Jesse gefragt hast. Das wäre … wirklich schön!«

»Schön« war die Untertreibung des Jahrhunderts. »Großartig«, »phänomenal«, »der pure Wahnsinn« trafen es da schon viel besser.

Der Tag verging wie im Zeitraffer. Bereits am Samstag sollte sie via Miami nach Georgetown auf den Exumas fliegen.

Die Fahrt der *Cetus* würde in den nächsten Tagen mit dem Zug der Wale in Richtung Norden gehen, und Mel würde dann irgendwo an der Ostküste der USA wieder von Bord gehen können.

Als Kind war es schon ihr großer Traum gewesen, auf einem Forschungsschiff mitzufahren; gelegentlich hatte auch eines bei ihnen im Hafen angelegt. Gerade konnte sie es selbst nicht fassen, dass sich dieser Wunsch so unerwartet erfüllen würde. Ihre Erinnerung versagte ihr den Dienst. Wann war sie das letzte Mal seit ihrer Kindheit so freudig erregt gewesen? Sogar die Angst vor Arthur rückte vor lauter Vorfreude in den Hintergrund.

Da keine Zeit blieb, um nach Portland zu fahren, musste sie mit dem vorliebnehmen, was es in Lynnwood Falls zu kaufen gab. Neben Wills Büro lag der örtliche Kleidershop *Top II Bottom*, der auf dem Firmenschild damit warb, *Everything 4 Everybody* zu haben. Wenn man keine besonderen Ansprüche stellte, fand man hier tatsächlich alles Notwendige, von Arbeitshosen über Jeans, Blusen, Kleider, T-Shirts bis hin zu Bademode.

Jack und Francy, ihre momentanen Aufpasser, begleiteten sie. Zum Glück waren schon einige Teile der neuen Sommerkollektion eingetroffen, und Mel erstand einen schlichten royalblauen Bikini, einen schwarzen Badeanzug, zwei ärmellose T-Shirts, eine kurze Jeans und ein dünnes Sommerkleid. Leicht errötend erwarb sie auch ein kurzes dunkelblaues Nachthemd aus Satin – mit Spaghettiträgern, da Elly gesagt hatte, in den Tropen seien auch die Nächte warm.

»Das Material wird sehr angenehm sein«, stimmte Francy zu, »da schwitzt du nicht so.«

Jacks Kommentar war ein »Daumen hoch«, das Mel zum Lachen brachte.

Sie war ihm unendlich dankbar, dass er sie auf dem Flug begleiten wollte. Er und Manja hatten kurzfristig entschieden, ein verlängertes Wochenende auf den Bahamas zu buchen; sie würden bis Dienstagabend bleiben. Manja musste schon bald zu ihrem Studium nach Deutschland aufbrechen. Sie und Jack wollten die gemeinsame Zeit, die ihnen vorher noch blieb, voll auskosten.

Obwohl der Ausblick aus dem Flugzeugfenster über die Bahamas großartig war – ein herrlicher Kontrast zwischen leuchtendem Türkis und einem tiefen Blau, nur unterbrochen von weiß-grünen Tupfen der unzähligen kleinen Sandinseln –, wuchs in Mel die Anspannung. Bald würde sie Jesse wiedersehen! Wie würde er auf sie reagieren? Und war ihm inzwischen klar, dass sie ihn quasi angelogen hatte?

Als Mel in Georgetown aus dem Flugzeug stieg, wurde sie von einer feuchtwarmen Luft begrüßt, die nach Erde und Blüten roch. Das Rollfeld war noch nass, es musste kurz zuvor geregnet haben. Genießerisch sog Mel den Duft in ihre Nase.

Das Taxi fuhr durch eine karge Landschaft, überzogen von Sand und Gestrüpp. Im Ort dominierten farbenfrohe Häuser und Straßenstände, von denen verlockende Düfte nach Curry und Fettgebackenem zu ihnen herüberzogen.

Manja und Jack, deren Resort etwas südlicher lag, brachten sie noch zum Steg, wo Jesse und einer seiner Kollegen mit dem Schlauchboot auf sie warteten. Jesse stieg aus, um sie zu begrüßen. Er umarmte Manja, scherzte mit ihr und schlug auch Jack freundschaftlich auf die Schulter. Bei Mel erkundigte er sich nur etwas steif, ob es ihr gut gehe und der Flug problemlos verlaufen sei, während er ihren Rucksack aufnahm und ihn ins Schlauchboot hievte. Kein Wort des Willkommens, kein Zeichen der Wiedersehensfreude.

Sein Kollege, der sich als Nick vorstellte, machte das wett. Er war vermutlich in ihrem Alter, Ende zwanzig. Sein sommersprossiges Gesicht und das spitzbübische Lächeln, die auf ein unkompliziertes Wesen schließen ließen, machten ihn Mel sofort sympathisch.

»Setz dich am besten nach vorn«, wies Jesse sie an. »Es kann aber spritzen. Wir müssen gegen die Wellen fahren.« Etwas Herausforderndes lag in seinem Blick.

Am liebsten hätte sie geantwortet, dass sie nicht aus Zucker sei, doch sie wollte ihn nicht provozieren. Nicht gleich zu Beginn! So rutschte sie nur auf dem breiten Schlauch in Richtung Bug. Nick setzte sich ihr gegenüber, während Jesse das Steuer übernahm.

Sie rief Manja und Jack nochmals einen letzten Dank zu und winkte ihnen zum Abschied, während Jesse schon den Gashebel nach vorn schob und sie anwies, sich festzuhalten.

Das Wasser spritzte an den Seiten auf. Noch nie zuvor hatte Mel so ein leuchtendes Türkis gesehen. Die *Cetus* lag etwas weiter draußen vor Anker, vermutlich hatte sie mehr Tiefgang. Auf einmal drängte es Mel, alles über das Schiff zu erfahren. Aber vermutlich sollte sie sich dazu besser an Nick halten, bis Jesse sich an ihre Gegenwart gewöhnt hatte. Ein feiner Schmerz breitete sich in ihrem Brustkorb aus.

Immerhin übernahm Jesse es, sie der restlichen Crew vorzustellen. Die Walforscherin Mary Lou, eine Afroamerikanerin, und ihr hellblonder Ehemann Robin, der Kameramann, begrüßten sie herzlich. Unzählige weitere Namen prasselten auf Mel ein, die sie sich unmöglich auf Anhieb würde merken können. Sie lächelte, schüttelte Hände und bedankte sich, dass sie hier sein durfte.

Man merkte, dass in der Truppe ein guter Zusammenhalt herrschte. Vielleicht würde es ja auch eine Aufgabe für sie geben, damit sie sich nicht ganz so nutzlos vorkam. Hilfe beim Deckschrubben oder Küchendienst war sicherlich willkommen. Bob, der Koch, schien auch ein netter Kerl zu sein.

»Komm, ich zeige dir jetzt deine Kabine.« Wieder nahm Jesse ihren Rucksack und ignorierte ihren Protest. Er öffnete die dicke Stahltür und deutete ihr an, unter Deck voranzugehen. Ein langer Gang mit unzähligen Türen zog sich vor ihnen dahin. »Da wir uns die geringste Zeit in den Kajüten aufhalten, sind die Arbeitsräume oben untergebracht und die Schlafräume unten. Es ist nicht luxuriös, aber wir sind ja nicht das *Hilton.*«

Mel blieb abrupt stehen, sodass er fast in sie hineingerannt wäre. Sie drehte sich zu ihm um, stemmte die Hände in die Hüften. »Hältst du mich für verwöhnt?« Sie runzelte die Stirn. »Ich durfte als Kind manchmal mit meinem Grandpa auf seinem Fischerboot mitfahren. Wir haben in Hängematten geschlafen. Das Schaukeln der Wellen zu spüren, das Sternenzelt am Abend über uns – *das* war für mich *Luxus!* Das definiert ja wohl jeder anders!«

Sofort biss sie sich beschämt auf die Unterlippe. Die Anspannung – oder die Empörung? – hatten sie wohl harscher reagieren lassen als beabsichtigt.

In Jesses braune Augen trat zuerst Erstaunen, dann ein amüsiertes Funkeln. »Sorry, ich wollte dir nichts unterstellen!«

»Schon gut!« So richtig beschwichtigt war sie noch nicht, doch vielleicht nutzte sie diese Stimmung am besten, um gleich Klartext zu reden. »Mir ist bewusst, dass du nicht besonders begeistert von meiner Anwesenheit an Bord bist. Ganz so dämlich bin ich auch nicht. Ich kann mir gut vorstellen, wie Elly dich überredet hat, mich aufzunehmen.«

An seinem betretenen Blick erkannte sie, dass sie recht hatte. Dennoch verteidigte er sich: »Es ist auch *mir* wichtig, dass niemandem etwas geschieht.«

»Das weiß ich! Das war einer meiner Gründe, das Angebot anzunehmen. Aber lass mich eines klarstellen: Ich bin dir unendlich dankbar, dass du mir hilfst. Ich freue mich, hier zu sein, auf dem Schiff. Und ich werde es dir bestimmt nicht danken, indem ich dir zur Last falle. Ich kenne meinen Platz. Und werde versuchen, euren Arbeitsablauf nicht zu behindern, sondern dir so gut wie möglich aus dem Weg gehen.« Sie schluckte. »Es reicht mir, hier in Sicherheit zu sein und ein bisschen Seeluft schnuppern zu können.«

Ihre Rede hatte ihn überrascht, das konnte sie sehen. Im Grunde erstaunte es sie selbst. Sie hatte nicht mit der Tür ins Haus fallen wollen. Dennoch fühlte sie sich leichter.

Auf Jesses Zügen spiegelte sich Verlegenheit, gepaart mit Verstimmung und etwas, das sie nicht deuten konnte. »Hat Elly etwas zu dir gesagt?«

»Hätte sie mir denn etwas in deinem Auftrag sagen sollen?«, fragte Mel augenzwinkernd.

»Nein, ich … meine bloß. Es ist nicht so, dass du nicht willkommen wärst. Es ist nur, dass wir arbeiten müssen und …«

»Schon gut! Das ist mir bewusst.« Mel hatte Mühe, das Grinsen zu unterdrücken, doch bestimmt entging Jesse das Zucken um ihre Mundwinkel nicht. Sie musste gestehen, dass sie sich an seiner Verlegenheit weidete.

Sie schnappte sich den Rucksack und deutete auf die restlichen Türen. »Sag mir einfach, welches meine Kajüte ist, dann verschwinde ich. Du musst nicht den Gentleman und Kofferträger spielen, du hast sicherlich Besseres zu tun.«

Er hielt sie leicht am Handgelenk fest, als sie gerade die Tasche auf den Rücken schwingen wollte. »Du willst tatsächlich, dass ich mich schäbig fühle? Ich nehme das Gepäck!«

Es geht schon!, wollte sie sagen, doch auf einmal merkte sie, wie nah sie beieinanderstanden. Sein Gesicht war nur wenige Handbreit von ihrem entfernt. Sie blinzelte. Benetzte die Lippen. Der enge Gang schien plötzlich elektrisch aufgeladen zu sein. Ihre Magennerven kribbelten. Gleichzeitig ließen sie los, und der Rucksack, den sie gerade ein Stück angehoben hatte, polterte zu Boden.

Jesse hob ihn stumm an und deutete nach vorn. »Die dritte Tür rechts.« Seine Stimme klang rau. Kurz zögerte er, dann deutete er ans Ende des Ganges. »Meine Kabine ist Backbord, also links gegenüber, falls irgendetwas sein sollte.«

»Danke!« Nur mühsam verkniff sie sich die Bemerkung, dass sie durchaus wusste, wo Back- und Steuerbord waren.

Die Kabinen waren in einem freundlichen Weiß gestrichen und zweckmäßig eingerichtet: ein breites Bett, das mit einer blau-weißen Bettwäsche bezogen war, ein kleiner Tisch mit angeschraubtem Stuhl und ein Schrank. Die drei Bilder von Walen an den Wänden verliehen dem Ganzen einen wohnlichen Touch. Daneben gab es eine kleine Waschzelle mit Duschkabine und Toilette.

Aufatmend ließ sich Mel aufs Bett sinken, nachdem Jesse den Rucksack abgestellt und die Tür wortlos hinter sich geschlossen hatte. Sie fühlte sich, als hätte sie nicht nur aufregende Tage und einen spannenden Flug hinter sich, sondern auch einen Ringkampf. Sie war sich nur nicht sicher, wer von ihnen beiden den Sieg errungen hatte.

Jesse

An Bord des Forschungsschiffes *Cetus*

Ein helles Lachen erklang vom Heck. Jesse runzelte die Stirn. Mel hockte neben Bob, dem Küchenchef, und nahm Fische aus – im Wettkampf, wer von ihnen schneller war. Die beiden schienen ja viel Spaß bei der Arbeit zu haben!

Jesse biss grimmig die Zähne zusammen. Der füllige Bob war sonst eher der ruhige, verschlossene Typ, aber im Moment blühte er regelrecht auf. Seine runden Wangen leuchteten wie rote Äpfel, während er mit Mel wetteiferte, wer von ihnen die beste Methode zum Fischeausnehmen kannte. Sie hatte wohl tatsächlich etwas vom Handwerk ihres Großvaters mitbekommen und schien seefest zu sein. Auch hatte sie sich schon nach einem Tag problemlos in den Bordalltag eingefunden und legte überall mit Hand an, obwohl sie die Kosten ihres Aufenthaltes trug.

Die Crew schien sie zu mögen; sogar der Kapitän Steven hatte sie wohlwollend durch sein Allerheiligstes, die Brücke, geführt und ihr die Funktionsweise der Navigationsinstrumente erklärt. Jesse hatte nur zufällig mitbekommen, wie die beiden sich unterhalten hatten. Mel hatte wohl manchmal bei ihrem Großvater ans Steuer gedurft, und als auch Steven ihr dies kurz erlaubte, brachte sie das zum Jubeln.

In Jesse stritten die widersprüchlichsten Gefühle miteinander. Zum einen freute es ihn für sie, dass sie so offensichtlich glücklich an Bord war und sich so gut einfand; er war erleichtert, dass es keine Probleme mit ihr gab. Andererseits ärgerte es ihn aber auch – sie hätte es ihm einfacher gemacht, wenn er genervt von ihr hätte sein können.

Mel hatte ihr Versprechen gehalten und ihn den ganzen Tag nicht gestört – fast kam es ihm so vor, als ginge sie ihm aus dem Weg. Vermutlich war ihr nicht klar, dass es ihn schon durcheinanderbrachte, dass sie an Bord war – das war gar nicht gut.

Er eilte zurück in den Arbeitsraum und fuhr mit dem Zeigefinger über das Foto von der schwangeren Beth mit Sophia auf dem Schoß, das er mit Tesafilm neben seinen Platz geklebt hatte. Irgendwie hatte er in letzter Zeit ein latent schlechtes Gewissen. Warum fielen ihm gerade jetzt Ellys Worte ein? *»Du musst irgendwann anfangen, nach vorn zu blicken.«* Er schnaubte. Wenn das nur so leicht wäre! Den Schalter, mit dem er die Vergangenheit einfach so ausknipsen konnte, hatte er leider noch nicht gefunden.

Sosehr er versuchte, sich auf die Arbeit zu konzentrieren, das Lachen vom Heck hallte ihm in den Ohren. Ungehalten schwang er den Stuhl herum und stürmte nach draußen. Inzwischen kauerte Mel mit Nick auf der Heckplattform. Sie warfen die Innereien der Fische ins Wasser, wo Riffhaie und

Makrelen versuchten, sich gegenseitig die Leckerbissen wegzuschnappen. Die Wasseroberfläche brodelte.

»Warst du schon mal mit Haien schnorcheln?«, hörte er Nick fragen.

Mel schüttelte lachend den Kopf, präsentierte dabei diese unwiderstehlichen Grübchen. »Bislang hat mich das auch nicht gereizt. Mein Grumpy – so habe ich meinen Grandpa immer genannt – hatte mal einen Bullenhai an der Leine und aus Versehen an Bord gezogen. Der hat an Deck wild gezappelt und um sich geschnappt. Grumpy hatte große Mühe, ihn wieder ins Wasser zu befördern, ohne gebissen zu werden.«

»Ich finde es cool, dass er ihn am Leben gelassen hat, da sind leider nicht alle so rücksichtsvoll.«

Mels Grübchen vertieften sich. »Grumpy sagte immer, man muss allem Leben auf dieser Erde Respekt zollen. Und kein Tier sollte umsonst getötet werden.«

»Da bin ich absolut bei ihm! Haie sind wundervolle Wesen. Sie schwimmen unglaublich elegant, man sieht an der Seite die Muskeln spielen. Das musst du dir unbedingt mal ansehen! Nick lächelte. »Wir ankern morgen bei Staniel Cay. Dort gibt es Ammenhaie, mit denen kann man problemlos ins Wasser.«

»Das würde ich gern probieren, wenn sich die Gelegenheit ergibt.«

In dem Moment hatte Nick ihn wohl entdeckt. »Vielleicht nimmt Jesse dich morgen mit?« Er sah ihn fragend an.

»Was?« Jesse stellte sich unwissend, die beiden sollten nicht den Eindruck bekommen, er hätte absichtlich gelauscht.

»Mel hat noch nie mit Haien geschnorchelt. Du könntest sie morgen zu den Ammenhaien mitnehmen, oder?«

Jesse wollte ablehnen. Wollte sagen, dass er nicht zum Vergnügen hier war. Und nicht zu Mels Bespaßung. Doch dann sah er ihr vor Vorfreude leuchtendes Gesicht. Ihre Augen funkelten ozeanblau – wie das Meer, wenn es in die Tiefe abfiel. »Schau'n wir mal.«

Als sie betreten den Blick abwandte, fügte er widerwillig hinzu: »Wenn es sich zeitlich einrichten lässt …«, er zögerte, »können wir das gern machen.«

Sie nickte und lächelte. Aber nicht mehr so strahlend wie zuvor. Wieso hatte er nur ständig das Gefühl, sie könnte bis auf den Grund seiner schwarzen Seele sehen und wüsste genau, was in ihm vorging?

Er stürmte zurück ins Schiffsinnere. Seine Laune war im Keller. Ständig fühlte er sich, als balancierte er auf einer schmalen Planke, und unter ihm brodelte das Gewässer vor hungriger Piranhas, die ihn abnagen wollten, bis sein Innerstes nackt und bloß dalag. Und er war sich nicht sicher, ob er wissen wollte, was dann zutage trat.

Kapitel 6

Melanie

An Bord der *Cetus*, Bahamas

»So viel wie du kann ich nicht auf einmal tragen, Bob.« Mel lachte. Während der stämmige Koch sich gleich vier Platten mit Fischfilets auf dem Unterarm schichtete, war sie froh, in jeder Hand eine Schüssel mit Gemüse servieren zu können – und dabei zitterten ihre Armmuskeln schon.

»Na, in irgendwas muss ich doch besser sein, wenn du mich schon beim Fische-Filetieren geschlagen hast«, gab Bob grinsend zurück.

Mel wollte gerade etwas erwidern, da erblickte sie Jesse. Wie immer machte ihr Herz einen Satz. Er nahm ihr wortlos die beiden Schüsseln ab und brachte sie in den Salon, in dem sie aßen, während Mel – ebenfalls schweigend – zurückging, um das Kartoffelpüree zu holen. Abermals kam er ihr auf halbem Weg zu Hilfe.

»Danke! Ich bin durchaus in der Lage, etwas zu tragen, so schwach bin ich nicht.«

»Ich auch«, gab er mit einem spöttischen Grinsen zurück.

Während das Frühstück und Mittagessen eher locker ausgefallen waren – nicht alle hatten tagsüber dieselben Essenszeiten –, fand das Abendessen in großer Runde statt. Mel liebte solche Tafeln. Es genügte ihr zuzuhören, wie sich die anderen über die Forschungsergebnisse austauschten.

Zum ersten Mal wandte sich Jesse heute an sie persönlich. »Wir fahren die nächsten Tage zügig weiter. Die Wale verlassen momentan ihre Brut- und Paarungsstätten. Die warmen Gewässer sind nahrungsarm. In den Monaten, in denen die Wale in den Tropen weilen, um sich fortzupflanzen und den Nachwuchs zu gebären, fressen sie kaum etwas. Nun wird es für sie dringend Zeit, Nahrung aufzunehmen. Gerade die Mütter verlieren unglaublich viel an Körperfett, wenn sie ihre Jungen säugen. Und wir folgen ihnen gen Norden.« Wie immer, wenn er über seine Arbeit sprach, leuchteten seine Augen, und ihr wurde warm ums Herz.

»Danke. Ich finde das total faszinierend.«

»Das ist es. Aber für uns heißt es, dass wir übermorgen, nach dem Zwischenstopp in Staniel Cay, wo wir Diesel tanken und den letzten Proviant fassen, vielleicht auch einige Tage auf See sind. Je nachdem, wie schnell die Wale ziehen.«

»Wie könnt ihr ihnen folgen?«

»Uns ist gelungen, einige mit Sendern auszurüsten.« Er zögerte. »Und es stört dich nicht, wenn wir nicht anlegen können?«

»Überhaupt nicht. Das waren für mich die schönsten Momente, wenn mein Grandpa mich weit hinaus aufs Meer mitgenommen hat und ich auf hoher See schlafen durfte. Die Wellen wiegen einen so herrlich in den Schlaf.«

»Ja, ich habe schon gemerkt, dass du seefest bist.« War da etwa so was wie Anerkennung in seinem Blick zu lesen?

»Ich liebe das Meer!«

»Ich auch.« Kurz hielt er ihren Blick fest, dann wandte er sich an Mary Lou, die zu seiner Rechten saß, um etwas zu besprechen.

Mel unterhielt sich derweil mit Chan. Der drahtige Unterwasser-Kameramann hatte chinesische Vorfahren, war aber in den Vereinigten Staaten geboren und aufgewachsen. Er erzählte gern von ihren letzten Tauchgängen mit den Walen, und Mel hätte ihm stundenlang zuhören können.

Erst der Nachtisch unterbrach sie. Bob hatte ein großes

Blech mit Apple Crumble gebacken. Dessert schien hier an Bord eine große Rolle zu spielen, zumindest ließ die Schlacht um das größte Stück, die die anderen sich lieferten, dies vermuten.

Jesses Augen funkelten. »Oh, Bob, die Fischfilets waren großartig, aber du weißt, wie du Männerherzen höherschlagen lässt.«

»Frauenherzen auch«, warf Mary Lou sofort ein und nahm ihm die Box mit Vanille-Eis aus der Hand, um sich eine große Portion neben ihren Kuchen zu häufen.

»Nimm dir lieber schnell was, bevor sie alles wegessen«, riet ihr Jesse grinsend und eroberte sich das Vanilleeis zurück. Er sah dabei aus wie ein kleiner Junge. Süß irgendwie.

»Ach, ich kann auch ohne Nachtisch …«

»Aber nicht ohne Bobs legendären Apfelkuchen.« Und schon hatte Jesse ihr einen Löffel Vanilleeis auf den Teller geladen. »Du musst das Eis auf dem noch warmen Kuchen schmelzen lassen.«

Was aktuell schmolz, war ihr Herz, so wie Jesse beim Essen des Kuchens aussah. Er kostete jeden Bissen aus, es wirkte beinahe sinnlich. Alle Anspannung war für den Moment offenbar von ihm abgefallen.

Mel unterdrückte ein Seufzen, während sie den Löffel in den Kuchen tauchte. Sie konnte sehr gut verstehen, wieso sich seine Frau damals in Jesse verliebt hatte. Erschrocken hielt sie inne. Wie kam sie nur darauf? War sie etwa dabei, sich zu verlieben? Schnell schüttelte sie den Gedanken ab und steckte sich den Löffel in den Mund. So ein Unsinn! Sie fühlte sich ihm einfach aufgrund ihrer beider Schicksale verbunden. Vielleicht war es auch eine Schwärmerei. Weil sie schon immer ein Faible für Meeresbiologen gehabt hatte. Nicht mehr. Sie wollte keine Beziehung. Und schon gar keine mit jemandem, für den sie stets nur die zweite Wahl sein konnte.

Bei Jesses fragendem Blick wallte für einen Moment heiße

Scham in ihr auf. Bis ihr klar wurde, dass er auf ihren Kommentar zu dem Nachtisch wartete. Schnell schluckte sie. »Köstlich! Du hast recht, ich hätte echt was verpasst!«

Als der Tisch abgeräumt war, ging Mel hinaus, um mit Will zu telefonieren. Das Deck unter ihren bloßen Füßen war noch warm von der Sonne des Tages. Auch die Luft war lau. Obwohl sie nur eine Jeansshorts und ein kurzes T-Shirt trug, war es nicht zu frisch. Genießerisch sog sie die von Land her nach tropischen Blüten duftende Luft ein.

Erst das Telefonat holte sie auf den Boden der Tatsachen zurück.

Will informierte sie, dass sich Arthur wieder auf freiem Fuß befand; sein Tonfall wirkte beruhigend. »Ich habe jemanden engagiert, der ihm auf den Fersen bleibt. Er muss sich bis zum Ausgang der Verhandlung zur Kontaktsperre in seinem Hotel oder in der Nähe des Hotels aufhalten. Ich denke, danach wird er zurück nach San Francisco gehen, schließlich muss er wieder arbeiten.«

Obwohl sie zu genau wusste, dass sie auf der *Cetus* in Sicherheit war, war es, als griffe eine kalte Hand nach ihrem Herzen und presste es erbarmungslos zusammen.

»Er wird dich nicht finden. Ihr seid ab übermorgen sowieso für längere Zeit auf See, da bist du ganz sicher!«, sagte er.

Woher immer Will das wusste. Sprach er zwischendurch mit Jesse? Aber vielleicht hatte dieser ja mit Elly telefoniert.

Sie plauderten noch eine Weile, und Will versprach ihr, sie auf dem Laufenden zu halten.«

»Ich danke dir. Für alles.«

»Jesse passt auf dich auf!«

»Mhm.« Nach einigen Abschiedsworten legte sie auf. Leider konnte sie Jesse vermutlich nicht bitten, sie vor ihren Gefühlen zu beschützen.

Gedankenverloren steckte sie das Handy in die Tasche ihrer Shorts, stützte sich auf die Reling und blickte aufs Wasser hinaus. Der Mond war fast voll, er war rund drei Stunden vor der Abenddämmerung aufgegangen. Sein Schein ließ das Wasser auch jetzt, bei Dunkelheit, türkis leuchten.

Langsam ließ Mel die wichtigsten Ereignisse der letzten Jahre Revue passieren. Dann schüttelte sie sich innerlich. Das war nicht die Zeit und nicht der Platz, um Trübsal zu blasen.

Sie zuckte zusammen, als Jesse sie plötzlich von der Seite ansprach, und gab einen leisen Laut des Erschreckens von sich. Wie die meisten an Bord war er ebenfalls barfuß, deshalb hatte sie seine Schritte nicht gehört.

»Sorry, ich wollte dich nicht ängstigen!«

»Nein, alles okay, ich habe nur gerade nachgedacht.«

»Hast du mit Elly oder Will telefoniert?« Die Besorgnis in seiner Stimme war wohltuend. Es gab ihr ein klein wenig das Gefühl, ihm nicht ganz gleichgültig zu sein.

Sie nickte. Also hatte sie recht gehabt, dass Jesse mit einem der beiden gesprochen hatte.

Er zögerte, sein Blick wurde weich. »Hier kann dir nichts passieren.«

»Ich weiß! Dafür bin ich dir unendlich dankbar.«

»Ach was, darauf wollte ich gar nicht hinaus«, wehrte er ab.

Auf einmal fiel ihr auf, dass das vermutlich das längste entspannte Gespräch seit ihrer Ankunft an Bord war, das persönliche Dinge betraf. Verlegen strich sie sich eine Haarsträhne aus dem Gesicht, die eine warme Böe verwirbelt hatte. Sie schnupperte an ihren Fingern. »Ups, ich glaube, meine Finger riechen noch nach Fisch.«

Jesse nahm sie am Handgelenk und schnupperte. »Ach, so schlimm ist es nicht.« Er lachte auf und verstummte im selben Moment wieder, als ihm vermutlich klar wurde, wie nah sie beieinanderstanden. Fast unmerklich zog er sich ein Stück zurück.

Da war sie wieder, diese unüberbrückbare Distanz.

Schnell sagte sie das Nächstliegende, das ihr in den Sinn kam. »Es erinnert mich immer an meinen Grumpy und sein Fischerboot.«

»Wieso nennst du ihn eigentlich ›Grumpy‹? War er so mürrisch?«

Mel lachte. »Das manchmal auch. Er war eben der typische Seebär, der Gefühle hinter einem Grummeln verbarg. Aber der Spitzname ist darauf zurückzuführen, dass ich das Wort ›Grandpa‹ als kleines Kind falsch ausgesprochen habe. Und meine Großmutter fand den Namen passend, irgendwie blieb er an ihm hängen.«

Wenigstens lächelte Jesse nun wieder. »Was ich dir eigentlich sagen wollte: Wir veranstalten gelegentlich einen Video-Abend. Heute schauen wir *Die Tiefe* an. Ein Tauch-Klassiker mit Jaqueline Bisset und Nick Nolte. Hast du Lust?«

Eigentlich wäre Mel viel lieber mit Jesse hier draußen geblieben, hätte sich mit ihm an Deck gekuschelt und die Sterne angeschaut. Aber wenn er sie schon in die Gemeinschaft einlud, wollte sie nicht die Außenseiterin spielen. »Das klingt toll, danke.«

Es wurde ein schöner Abend. Jesse wirkte ungewöhnlich entspannt. Die anderen lachten und scherzten viel, selbst die sonst eher ruhigere Technikerin Lindsay ging nach zwei Bier aus sich heraus. Der Film war ebenfalls spannend. Die Dankbarkeit darüber, hier sein zu dürfen, wuchs in Mel.

Am nächsten Tag legte die *Cetus* zum Tanken in Staniel Cay am Steg an, danach gingen sie vor Anker. Hier lagen einige Megajachten und auch Segelboote in allen Größen und Macharten vor Anker im türkisfarbenen Wasser. Der Anblick der bunten Stelzenhäuser an Land, in Mintgrün, Rosa, Hellblau und allen erdenklichen Gelbtönen, zog Mel sofort in seinen

Bann. Nun wusste sie, warum Elly so geschwärmt hatte. Ein großartiges Fleckchen Erde war das.

Zwar hatte Bob schon kartonweise Getränke und Lebensmittel vorab bestellt, die angeliefert wurden, dennoch ging die Küchencrew an Land, um noch frischen Proviant zu besorgen, und Mel schloss sich ihnen an.

Die Supermärkte waren klein, aber da kurz zuvor ein Versorgungsschiff eingetroffen war, wie sie erfuhren, war die Auswahl ganz ordentlich. Dennoch bestand Bob darauf, alle vier Supermärkte aufzusuchen, die es hier gab. Die Wege waren nur zum Teil geteert; die restlichen bestanden aus Sand.

In jedem Shop fanden sie etwas Neues, Spannendes. Einmal waren es Tamarinden, deren braunes, etwas unappetitlich aussehendes Inneres herrlich erfrischend nach Zitrusfrüchten schmeckte, ein andermal zuckersüße Bananen und saftige Mangos. Dann wieder entdeckten sie exotische Gewürze wie Nelken, Zimt und Muskat. Im nächsten Laden stand eine einheimische Bedienstete singend vor einem der Regale und wackelte rhythmisch mit dem Po, während sie die Lebensmittel einräumte. Die schwarzen Locken wippten dabei fröhlich mit. Sie sang und tanzte selbst noch weiter, als sie ihnen zeigte, wo der Rohrzucker stand, den Bob benötigte.

Auf dem Rückweg zum Schlauchboot waren sie alle mit Taschen beladen.

Bob grinste Mel an. Seine Wangen leuchteten rot von der Hitze. »Du strahlst wie ein Honigkuchenpferd.«

Mel lachte. »Ich komme mir gerade vor wie im Urlaub.«

»Den hast du doch auch!« Bob sah sie fragend an.

Stimmt, er wusste ja nichts von den Hintergründen ihrer Reise. »Da hast du recht.« Sie lachte abermals und hoffte, dass es nicht gezwungen klang. Es war wirklich das Beste, das Grübeln aufzugeben und einfach jede Minute, die sie hier war, zu genießen.

Nach dem Landgang fühlte Mel sich ziemlich erhitzt. Sie

überlegte, ob sie kurz unter die Dusche springen sollte. Oder konnte sie im Meer baden? Nick hatte sie vor der Strömung hier gewarnt. Vielleicht sollte sie besser nachfragen.

Sie zog sich den neuen royalblauen Bikini an. Als sie prüfend in den Spiegel sah, fiel ihr auf, dass sie schon richtig Farbe bekommen hatte.

Die Vorfreude auf das kühle Nass überkam sie. Sie wickelte sich in ein dunkelblaues Badetuch und ging nach draußen. Eigentlich hatte sie gehofft, Nick zu treffen, doch sie stieß als Erstes auf Jesse.

Er zog die Augenbrauen zusammen. »Willst du baden?«

»Ich wollte gerade fragen, ob das möglich ist. Nick sagte etwas von einer starken Strömung.«

»Es gibt tatsächlich, besonders hier im Kanal, starke Gezeitenströmungen, gegen die du nicht ankommst ohne Flossen.« Seine Gesichtszüge entspannten sich. »Gut, dass du gefragt hast. Es ist immer besser, das vorher abzuklären. Besprich das bitte jedes Mal mit dem Käpt'n oder einem von uns.«

»Das war der Plan, ich bin ein braves Mädchen.« Sie zwinkerte ihm zu. »Soll ich dann lieber warten? Oder nur an der Leiter reingehen und mich ein bisschen umspülen lassen?«

Jesse zögerte. »Ich hätte gerade auch eine Pause nötig. Sollen wir zu den Haien fahren?«

Mel musste zugeben, dass sie ein mulmiges Gefühl bei dem Gedanken hatte. Doch wenn Jesse und Nick es für sicher erachteten, vertraute sie ihnen. »Sehr gern«, stimmte sie schließlich zu.

»Okay, dann gib mir zwei Minuten, wir treffen uns hinten am Heck.«

Mel sog scharf die Luft ein, als Jesse kurz darauf in einer smaragdgrün-schwarzen Badeshorts auf sie zukam, die Augen hinter einer dunklen Sonnenbrille verborgen. Sein Oberkörper war braun gebrannt. Einige wenige dunkle Haare kräuselten sich auf seiner Brust und verjüngten sich zu einem schmalen

Streifen, der in den Badeshorts verschwand. Über den weiteren Verlauf wollte Mel besser nicht nachdenken. Hitze schoss ihr in die Wangen.

Jesse war kein Muskelprotz, eher sehnig durchtrainiert, mit breiten Schultern. Sein halb nackter Anblick war ziemlich heiß. Definitiv hatte er als Pool-Boy keine schlechte Figur gemacht. Sie schluckte. Ein Blickfang war jedoch auch das große Wal-Tattoo, das sich auf seinem rechten Oberarm bis auf die Schulter zog. Ein Teil des Walkörpers steckte unter einer stilisierten Wasseroberfläche, nur die Fluke schaute oben heraus.

Jesse musste die Musterung bemerkt haben. »Das ist ein *Megaptera novaeangliaem*, auch ›Buckelwal‹ genannt – übrigens die Spezies, der wir folgen.« Er lächelte.

»Es ist großartig.« Ihr Blick fiel auf seine linke Seite. An der Innenseite des Oberarms war eine Art Triangel tätowiert mit verschlungenen Ornamenten und einigen römischen Ziffern in der Mitte. »Und was bedeutet das? Hat es auch was mit Walen zu tun?«

Sein Adamsapfel hüpfte. Zögernd hob er den Arm. »Das sind ein *E*, ein *S* und ein *O*.« Er fuhr die Buchstaben mit dem Finger nach. »Für Elisabeth, Sophia und unsere ungeborene Tochter Olivia. Und in der Mitte ist ihr Todesdatum.« Er klang fast emotionslos, sprach ohne bestimmte Betonung, doch der Schatten, der dabei über seine Züge glitt, war unübersehbar.

Am liebsten hätte sich Mel die Hand vor den Kopf geschlagen. Wie konnte sie nur so unsensibel sein? Auf die Idee hätte sie auch selbst kommen können! Sie hatte *Fiona*, den Namen ihrer Tochter, umrahmt von verschlungenen Ornamenten, auf den Fußknöchel tätowiert. Mel kämpfte mit dem Kloß in ihrem Hals.

Kurz erwog sie, sich zu entschuldigen, doch instinktiv wusste sie, dass Jesse das wohl nicht recht wäre. So lächelte sie ihn nur verständnisvoll an und strich kurz über seinen sonnengewärmten Arm, bevor sie sich in Richtung des Geräteraums drehte. »Nick sagte, ihr hättet bestimmt eine Taucher-maske, Schnorchel und Flossen für mich.«

Die Erleichterung, dass sie das Thema wechselte, war ihm anzumerken. »Klar, lass uns nachsehen, was wir in deiner Größe dahaben!«

Nachdem sie recht zügig etwas Passendes gefunden hatte, schnappte Jesse sich seine Ausrüstung, und sie gingen zum Schlauchboot. Mel war froh, dass sich ihnen keiner der anderen anschloss. Mary Lou und Robin waren an Land, um private Besorgungen zu erledigen. Nick war mit Chan in den *Yacht Club* auf ein kaltes Getränk gegangen. Bob und seine Crew versorgten die Lebensmittel. Sonst hatte keiner Lust, sie zu begleiten.

Jesse deutete auf ihr Handtuch. »Das lässt du besser hier, sonst wird es bloß salzig von der Gischt. Wir fahren nicht lange, es wird nicht kalt werden.«

Als sie ihr Handtuch ablegte, fühlte sie sich auf einmal nackt. Obwohl Jesse sie nicht anstarrte, konnte sie kurz die Veränderung in seinem Blick wahrnehmen, bevor er den Kopf wegdrehte. Hatte Wohlwollen darin gelegen? Sie war bestimmt kein üppiges Pin-up-Girl, doch ihre Figur war auch nicht knabenhaft; ein paar Kurven an den richtigen Stellen gab es durchaus.

Schon lange hatte sie nicht mehr wirklich über ihr Aussehen nachgedacht, und auf einmal fragte sie sich, ob Jesse wohl gefiel, was er sah. Wenn sie sich richtig erinnerte, war seine Frau figürlich auch eher der sportliche Typ gewesen.

Die Wärme in ihrem Bauch verstärkte sich, als er sagte: »Sonnenempfindlich scheinst du nicht zu sein, oder? Sonst zieh dir besser ein T-Shirt zum Schnorcheln an. Die Sonne ist in den Tropen doch noch mal eine andere Hausnummer.«

»Ich verbrenne nicht so schnell, doch das ist vielleicht trotzdem keine schlechte Idee.« Sie flitzte zurück und zog sich ein weites weißes T-Shirt über. Darin kam sie sich auch nicht mehr ganz so nackt vor.

Jesse wartete schon neben dem Schlauchboot, in das er mit einem großen Satz hineinsprang, um ihr die Hand zum Einsteigen zu reichen.

Sie setzte sich direkt nach vorn und wurde mit einem Lächeln von ihm belohnt, das ihr Herz aus dem Takt brachte.

Es war einfach herrlich, wie das Schlauchboot über die Wellen schoss, ihr die feine Gischt ins Gesicht spritzte, die Sonne vom Himmel strahlte und sie sich einbilden konnte, Jesse und sie wären zwei ganz normale junge Menschen, die gemeinsam einen Ausflug unternahmen. Sie wünschte sich nur, sie hätte ebenfalls eine Sonnenbrille aufgezogen. Das grelle Licht blendete.

Die Fahrt endete zu ihrem Bedauern tatsächlich recht schnell. Auf Jesses Geheiß warf sie den Anker ins Wasser, der schnell im Türkis versank und auf den schneeweißen Sandboden platschte.

»Du hast schon mal geschnorchelt?«

Sie hob die Augenbrauen. »Ich bin am Meer aufgewachsen. Auch wenn der Pazifik in den Breiten echt frisch ist, waren wir als Kids viel im Wasser.«

»Okay« Jesse lachte. »Zieh am besten gleich Flossen, Maske und Schnorchel an. Du kannst über die Leiter hineinsteigen oder dich ansonsten am besten rückwärts ins Wasser fallen lassen.«

Obwohl das Meer nicht kalt war, sicherlich fünfundzwanzig Grad, schnappte Mel, erhitzt wie sie war, erst mal nach Luft, bekam prompt Salzwasser in den Mund und konnte gerade so verhindern, dass sie husten musste. So würde Jesse ihr nie glauben, dass sie versiert war. Schnell steckte sie den Schnorchel in den Mund, pustete ihn aus und legte sich auf die Wasseroberfläche. Die Sonne malte bunte Kringel auf den weißen Sand am Grund. Das Wasser war so klar, dass sie glaubte zu schweben.

Sie hob den Kopf und nahm den Schnorchel aus dem Mund. »Wow, die Sicht ist gigantisch!«

Jesse tat es ihr gleich und nickte. »Ja, solche Sichtweiten wie hier gibt es weltweit nur in wenigen Gegenden.« Er deutete in Richtung Steg. »Die Haie sind gleich dort vorn.«

Mel war dankbar, dass Jesse sie an der Hand nahm, als sich in einiger Entfernung ein großer brauner Schatten näherte. Nick hatte recht gehabt. Es sah wirklich elegant aus, wie Haie sich fortbewegten und wie die Muskeln spielten. Sie schienen sich auch nicht die Bohne für sie zu interessieren. Viel spannender fanden sie offenbar einen im Sand vergrabenen Krebs. Ein Ammenhai versuchte, ihn aufzuspüren. Sein ganzer Körper zuckte, während er die Schnauze in den Sand bohrte.

Nicht weit entfernt lag noch ein altes Flugzeugwrack in etwa zwei Metern Wassertiefe, zu dem Jesse Mel führte. Um die Tragflächen herum schwammen zahllose tropische Fische. Jesse war völlig in seinem Element. Seine Augen strahlten, während er ihr die einzelnen Namen aufzählte: unterarmgroße blaugrün schillernde Papageifische, handgroße gelbe Falterfische, riesige braune Igelfische mit großen leuchtend grünen Knopfaugen und blau-schwarz gestreifte Zebrariffbarsche, die gerade ein Gelege bewachten, das Jesse ihr zeigte: lauter lila Punkte – Tausende mikroskopisch kleiner Fischeier.

Mel hätte ihm stundenlang zuhören können. Sie bedauerte, dass das Wrack so klein war. Es war lediglich ein Sportflieger, den sie zügig erkundet hatten.

Jesse schoss einige Fotos von ihr, wie auch zuvor von ihr mit den Haien. Damit sie später ein Andenken hatte. Dabei hatte sich die Zeit ohnehin bereits unauslöschlich in ihre Erinnerung eingebrannt.

Wehmut beschlich Mel, als sie wieder über die kurze Leiter

aufs Boot kletterte. »Danke, dass du mich mitgenommen hast!«

Jesse schüttelte die nassen Haare, dass die Tropfen nur so flogen. »Es hat dir gefallen!«, stellte er grinsend fest.

»Ich muss umschulen zur Meeresbiologin.« Mel lachte. »Tatsächlich war das ein Jugendtraum von mir.«

»Was hat dich davon abgehalten?« Er sah von seinen Flossen auf, die er gerade abgestreift hatte. Jesse war nicht über die Leiter an Bord gekommen, sondern hatte sich direkt über den Rand nach oben geschwungen.

Mel strich sich die nassen Haarsträhnen aus dem Gesicht. »Ich weiß eigentlich selbst nicht«, erwiderte sie langsam. »Erst kam meine literarische Phase. Deshalb hatte ich mich für dieses Studium entschieden. Ich wollte unbedingt Lektorin werden, in einem großen Verlag arbeiten. Dann kehrte ich ans Meer zurück und überlegte, ob ich nicht umsatteln sollte. Und da traf ich meinen … Noch-Ehemann. Es war direkt zum Ende des Colleges, als ich ihn kennenlernte. Wir sind dann nach San Francisco gegangen, haben geheiratet. Er verdiente gut, wollte zuerst nicht, dass ich arbeiten gehe, damit ich ihn zu seinen beruflichen Events begleiten konnte.«

Sie senkte kurz den Blick, dann sah sie Jesse wieder an. »Ich … habe mich anfangs geschmeichelt gefühlt, dass er mich immer um sich haben wollte. Um mich zu beschäftigen, habe ich nebenher kurze Texte von zu Hause aus lektoriert. Zu Büchern habe ich es leider nie gebracht.« Sie beschäftigte sich hinlänglich damit, das T-Shirt, das ihr am Leib klebte, nach vorn zu ziehen. »Ich weiß heute selbst, dass ich damals naiv und zu defensiv war …«, fügte sie fast entschuldigend hinzu.

Jesses Lächeln war voller Wärme. »Du hast doch etwas getan. Und es gibt niemanden, der keine Fehler im Leben macht. Die Literatur war ja auch keine falsche Wahl, oder?«

»Allerdings! Ich liebe meinen Job in der *Carly Martin Memorial Library* tatsächlich sehr! Ich bin glücklich dort!«

Kurz hatte sie gedacht, er zöge sich wieder zurück, als er von den Fehlern gesprochen hatte, doch auf einmal strahlte er sie an und gab sich sichtlich einen Ruck. »Wir fahren ja morgen schon los, weg aus den Tropen. Möchtest du auch die restlichen Highlights hier sehen?«

Erstaunt riss Mel die Augen auf. »Gern! Wenn du Zeit hast …«

»Ich nehme mir wenig Freizeit!« Und sie sah ihm an, dass er wusste, dass ihr klar war, warum. Er wollte nicht zum Nachdenken kommen. Dennoch lächelte er. »Also kann ich mir gut noch ein Stündchen Zeit nehmen. Wenn du es mit dem Hunger eine Weile aushältst. Ich fahre kurz an Bord vorbei und sage Bob Bescheid, dass sie uns etwas vom Mittagessen aufbewahren sollen.«

»Oh, an Essen hatte ich tatsächlich nicht gedacht. Ich kann gut noch ohne etwas auskommen.« Um Zeit mit Jesse zu verbringen, würde sie auch Stunden ohne Essen und Trinken aushalten, aber das sagte sie besser nicht.

Jesse fuhr zurück zur *Cetus.* »Du kannst im Boot warten, ich bin sofort wieder da.«

Er kam zurück mit einem Eimer und einer Tasche, aus der er eine Sonnenbrille nahm, die er ihr reichte.

»Die Mittagssonne ist grell. Nicht, dass du dir einen Sonnenbrand auf den Augen holst.«

Sie lachte.

»Das hört sich lustig an, ist aber tatsächlich in diesen Breiten möglich.« Er lächelte, dann gab er Gas, bevor sie fragen konnte, was er sonst noch dabeihatte.

Sie fuhren nur wenige Minuten. Dann machte Jesse vor einer Felseninsel halt, vor der einige kleine Schiffe lagen, und bat sie, den Anker zu werfen. »Weißt du etwas über die Gegend hier?«

Sie schüttelte verlegen den Kopf. »Ich kam überhaupt nicht dazu, mich im Vorfeld zu informieren.«

»Schon okay. Ich wollte dich nur nicht mit Beschreibungen langweilen. Die Insel ist hohl, darin liegt die Thunderball Cave. Hier wurde eine *James Bond*-Szene gedreht, für *Sag niemals nie.* Bei Niedrigwasser tummeln sich hier Horden von Touristen, denn da kann man in die Grotte hineinschwimmen. Zwischen den Gezeiten herrscht zu viel Strömung. Jetzt ist Hochwasser. Aber du bist fit im Schnorcheln. Man muss vielleicht fünf Meter weit hineintauchen, auf maximal zwei Metern Tiefe. Traust du dir das zu?«

Sie nickte. »Ja, klar.«

Seine Augen konnte sie hinter der Sonnenbrille nicht sehen, doch sein Grinsen war breit. »Worauf warten wir dann noch?«

Sie zogen die Ausrüstung an und ließen sich ins kristallklare Wasser fallen, das sie zugleich erfrischte und umschmeichelte wie eine zweite Haut. Ein Rochen schwebte vorbei; auf seinem Rücken trug er weiße Punkte.

Mel hob den Kopf und nahm den Schnorchel aus dem Mund. »Sein Kopf sah aus wie der eines Delfins!«

»Das war ein Adlerrochen.«

Kurz vor dem Eingang ergriff Jesse wieder ihre Hand. »Tief einatmen! Die Höhlendecke ist an manchen Stellen unterbrochen, sodass Licht ins Innere fällt. Es wird also nicht ganz düster im Inneren sein. Bist du bereit?«

Mel sog Luft in ihre Lungen und nickte. Sie versuchte, die Panik zu unterdrücken, als über ihr nur noch Fels war, doch dann sah sie weiter vorn den schwachen Lichtschein. Zudem gab ihr Jesses Hand Sicherheit. Sie hatte sich zwar in ihrem Leben schon in einem Mitmenschen getäuscht, aber in einem war sie sich sicher: Jesse würde niemals leichtfertig ihr Leben aufs Spiel setzen.

Sie blieb so lange an seiner Seite, bis er sie nach oben zog.

Prustend spuckte sie den Schnorchel aus und japste nach Luft. Jesse stützte sie, bis ihr Atem sich normalisierte.

Auf einmal merkte sie, wie nahe sie sich waren. Ihr Körper war in dieser dunklen Höhle an seinen gepresst. Sein Gesicht war nur Millimeter von ihrem entfernt, die Masken berührten sich beinahe. Ihr Arm lag um seine Schulter, während seiner sie in Taillenhöhe stützte. Dass sie nun kurzatmig wurde, hatte ganz andere Gründe.

Im selben Moment schien sich auch Jesse dessen bewusst zu werden, denn er ließ sie so abrupt los, dass sie gerade noch den Schnorchel in den Mund schieben konnte, bevor sie Wasser inhalierte. Sie zog sich ein Stück zurück und sah sich um.

Die Sonnenstrahlen drangen in mehreren dicken Bündeln durch die Löcher in der Höhlendecke und führten sich bis unter die Wasseroberfläche fort. Der Unterschied zwischen dem leuchtenden Türkis und der Dunkelheit der Höhle gab dem Ganzen ein mystisches Ambiente, das sie verzauberte. Flechten wuchsen wie überdimensionale Zöpfe herab.

Wasser tretend nahm sie den Schnorchel wieder aus dem Mund und schob die Maske auf die Stirn, um besser sehen zu können. »Das ist der Wahnsinn!«, wisperte sie, als könnten laute Worte die Stimmung zerstören. »Die pure Magie!«

Jesse kam wieder ein Stück näher. Er nahm ebenfalls die Maske ab. »Nicht wahr?« In seinen Augen funkelte es.

Sie war nicht in der Lage, seinem Blick auszuweichen, während Jesse immer näher kam. Keiner von ihnen sprach ein Wort.

Für einen Moment hatte sie den Eindruck, er würde sie gleich küssen, dann zog ein wehmütiges Lächeln über sein Gesicht, und er ergriff stattdessen ihre Hand. »Du musst es dir auch unter Wasser ansehen!«

Er hatte recht. Sie waren umzingelt von Hunderten Zebrariffbarschen und zitronengelben Falterfischen, während die leuchtenden Sonnenstrahlen sie in ein strahlendes Licht hüllten, als stünden sie im Spot eines Scheinwerfers. Es war wie in einem Traum. Eine ganze Weile erforschten sie die Höhle mit ihrem zauberhaften Ambiente.

Obwohl es eigentlich keinen Grund dafür gab, ließ Jesse ihre Hand auch nicht los, als sie auf der gegenüberliegenden Seite hinaustauchten.

Wieder erwartete sie eine Überraschung: Weichkorallen wiegten sich wie überdimensionale Fächer in der Dünung. Sie waren in einem bunten Korallengarten gelandet, wie Mel ihn nur von ihrem Bildschirmschoner kannte. Die Korallen und Fische leuchteten in allen Farben. Bei einem Seitenblick sah sie, dass Jesse sie musterte, wohl um ihre Reaktion auf diesen Anblick zu sehen. Sie drückte bestätigend seine Hand, was er mit einem Gegendruck erwiderte. Dieses Mal sparte er sich die Erklärungen. Hand in Hand schwebten sie über dieses tropische Farbenspektakel hinweg.

Als sie zurück zum Schlauchboot kamen, war Mel zu ergriffen, um zu sprechen. Jesse schien es ähnlich zu gehen. Dass er genauso fühlte, verband sie in diesem Moment auf eigentümliche Weise mit ihm. Erst als er in der Tasche wühlte, kehrte sie wieder in die Wirklichkeit zurück.

»Oh, Bob hat uns lediglich eine Flasche Wasser eingepackt.« Er zog eine große Eineinhalb-Liter-Flasche heraus. »Trink du zuerst.«

Dankbar ließ sie das kühle Mineralwasser in den Mund laufen. Sie merkte erst jetzt, dass das Salzwasser, das trotz Schnorchel gelegentlich an ihren Mund gelangt war, sie durstig gemacht hatte.

Jesse tat es ihr kurz darauf gleich, bevor er lachend eine Papiertüte aus der Tasche zog. »Bob hatte wohl Sorge, dass wir verhungern. Er hat uns auch noch einige Pies mitgegeben.«

Sie hatten verschiedene Formen und Gerüche. »Sind wohl unterschiedliche. Eines scheint mit Curry zu sein, das andere duftet nach Früchten. Die restlichen kann ich nicht zuordnen. Was willst du?«

»Sollen wir teilen, damit wir alle testen können?«, schlug sie vor.

»Sehr gern!«

Mel lächelte erfreut. »Ich ziehe mir nur eben das nasse T-Shirt aus, dann kann es trocknen, und ich wärme besser auf.« Mit der Zeit war es trotz der rund fünfundzwanzig Grad Wassertemperatur frisch geworden.

Sie setzten sich auf den Boden, lehnten sich mit dem Rücken gegen den Schlauch, die Füße auf der anderen Seite hochgelegt, teilten sich die Pies, die mit Hackfleisch, Curry-Gemüse, einer spinatähnlichen Substanz, die Jesse »Callaloo« nannte, sowie Papaya mit Banane und Guave gefüllt waren, und tranken zusammen aus der Wasserflasche. Hätte Mel in diesem Moment jemand nach dem Paradies gefragt, so hätte sie, ohne zu zögern, gesagt: »Genau jetzt an diesem Ort.«

Doch augenscheinlich schien das noch nicht alles gewesen zu sein, was Jesse ihr heute zu bieten hatte.

Als sie sich gesättigt wieder aufrappelten, fragte er: »Kannst du noch einen Programmpunkt vertragen?«

»Aber sicher!« Freude überkam sie.

Er grinste spitzbübisch. »Gut! Denn das hättest du dir auch nicht entgehen lassen dürfen«, erwiderte er geheimnisvoll.

»Du machst mich neugierig!«

»Und das ist gut so!« Wieder dieses Grinsen, das ihr die Knie weich werden ließ. Zum Glück saß sie wieder auf dem Rand des Bootes.

Doch kaum war der Anker gelichtet, erwartete sie bereits die nächste Überraschung: »Hast du schon mal ein Schlauchboot gesteuert?«

»Du scherzt wohl! Ich bin mit Schiffen aufgewachsen. Natürlich kleinere Boote mit Pinne, kein so großes mit Steuerstand. Ich konnte einen Außenborder bedienen, bevor ich meinen ersten Milchzahn verloren hatte.« Sie lachte. »Ich habe sogar einen Bootsführerschein.«

»Das ist ja noch besser. Dann komm mal her.«

Am liebsten hätte sie einen Freudentanz aufgeführt, doch sie begnügte sich mit einem breiten Strahlen, während sie sich neben ihn stellte. Jesse erklärte ihr die Bedienweise.

»Das Steuerrad kennst du ja. Wie in einem Auto oder auf dem Schiff deines Großvaters, nur kleiner. Auch hier musst du die Steuerhebel nach vorn drücken für Vorwärtsgas, nach hinten geht's zurück, ein Hebel pro Motor.«

Er deutete auf die nächste Insel. »Wir fahren gen Norden, um diese Bucht herum. Du siehst die unterschiedlichen Farben des Wassers. Dunkelblau oder ein dunkles Türkis sind safe. Wenn es gelb wird, musst du aufpassen. Braun ist ganz schlecht, da wird's flach. Dann reicht das Riff bis unter die Wasseroberfläche. Hier gibt es einige Korallenblöcke, auf die man achten muss. Ein ganz helles Türkis ist flacher Sandgrund, aber die Wassertiefe genügt uns meist.«

Sie nickte konzentriert. »Okay.« Das Herz schlug ihr bis zum Hals. Vor Vorfreude … und weil Jesse so nah an ihrer Seite stand.

Er lächelte sie an. »Also, dann los!«

Mel schob den Gashebel nach vorn. Das Boot machte einen Satz, der Bug hob sich aus dem Wasser, bevor es nach vorn schoss.

»Ach du Scheiße«, entfuhr es ihr. Schnell nahm sie wieder Gas weg, allerdings so abrupt, dass das Boot abbremste und Jesse gegen sie geschleudert wurde. Für einen Moment spürte sie nur seinen warmen, halb nackten Körper an ihrem, bevor ihr die Blamage bewusst wurde. Hitze stieg ihr in die Wangen. »Ups!«

Jesse fing an zu lachen. Er lachte aus vollem Herzen, voller

Wärme. »Das Schiff deines Grandpas hatte wohl weniger PS als die zwei Mal einhundert von diesem Racer hier.«

Sie stimmte in das Lachen ein. »Allerdings.«

»Okay, noch mal.« Er legte die Hand auf ihre. »Gefühlvoll nach vorn drücken.« Langsam schob er ihre rechte Hand mit den Steuerhebeln nach vorne. Ein sattes Brummen ertönte. Wieder hob sich der Bug kurz, bevor das Schiff Fahrt aufnahm.

Zu ihrem Bedauern ließ Jesse sie wieder los und setzte sich nach vorn. »Gib immer so viel Gas, dass das Schiff im Gleiten bleibt«, rief er gegen den Motorlärm an.

Obwohl Mel vollauf damit beschäftigt war, ins Wasser zu starren, um festzustellen, ob es irgendwo Untiefen gab, hatte sie unausweichlich auch immer Jesse mit im Blickfeld. Er gab eine ziemlich gute Gallionsfigur ab. Seine Bauchmuskeln spielten, während er die Wellen ausglich, über die das Schlauchboot glitt. Die Erinnerung, wie sich sein Körper an ihrem angefühlt hatte, war noch äußerst präsent und ließ ihre Haut prickeln.

Die Erkenntnis, die sie auf einmal überkam, hätte sie fast auf einen Korallenblock fahren lassen – sie konnte gerade noch ausweichen. Sie *wollte* seinen Körper an ihrem spüren. Und allein der Gedanke daran löste eine Hitze in ihrem Inneren aus, die sie verwirrte. Es war das erste Mal seit Ewigkeiten, dass sie keine Abscheu empfand bei der Vorstellung, ein Mann würde sie mit seinem Körper in die Laken pressen – im Gegenteil. Sie wollte Jesse ganz nahe sein, so nahe wie nur möglich.

Sein Ruf schreckte sie auf. Er deutete nach vorn. Möglichst lässig hob sie die Hand, um ihm zu signalisieren, dass sie die Flachstelle gesehen hatte. Ihr Herz raste. Was sie schon seit Tagen, ja eigentlich Wochen in ihrem Unbewusstsein gespürt hatte, war Realität: Sie empfand etwas für Jesse. Etwas ganz Tiefgehendes.

Es war keine Schwärmerei mehr aus der Distanz, bei der sie froh war, dass sie aus der Entfernung schwärmen konnte, ohne dass ihr der Mann gefährlich wurde. Dieses Bedürfnis nach der Nähe eines anderen Menschen war ein Zustand, von dem sie noch nicht wusste, wie sie damit umgehen sollte.

Natürlich war sie auch in ihrer Jugend schon unglücklich verliebt gewesen, einmal zum Beispiel in einen Nachbarsjungen. Aber wie handhabte man das als erwachsene Frau?

Verdrängen!, antwortete sie sich selbst. Darin hatten sie Übung, regelrecht ihren Meister gemacht. Ihr fiel auf, dass sie in den letzten Stunden nicht ein einziges Mal an Arthur gedacht hatte. Es wäre auch viel zu schade, in diesem Paradies einen Gedanken an ihn zu verschwenden.

Sie flogen über das türkisfarbene Meer, vorbei an weißen Sandstränden, an denen sich Palmen wiegten. An anderen Stellen waren die Inseln von undurchdringlichem Dickicht überzogen. Einmal lief ein Leguan über den Sand – wie ein kleiner Drache sah er aus – und hob den Kopf, als sie vorbeidüsten.

Immer wieder spritzte Mel Gischt ins Gesicht. Der Wind riss ihr die Haare aus dem Zopf, sodass sie wild um ihren Kopf flatterten. Auf einmal überkam sie ein Gefühl der Freiheit, wie sie es seit Kindertagen nicht mehr verspürt hatte. Dieser schwarze Schatten, der ihr Gefühlsleben hatte verkümmern lassen, war verschwunden. Vom Wind – oder war es der Überschwang an Emotionen? – liefen ihr Tränen über die Wangen, die der Fahrtwind sofort wieder trocknete. Doch immer wieder kamen neue nach, bis ihre Augen schwammen und sie nichts mehr sah.

Es wäre gefährlich, so blind weiterzurasen. An dieser Stelle gab es nur eine enge Fahrrinne, umgeben von heimtückischen Riffen. Vorsichtig ging Mel vom Gas. Ihre eigenen Heckwellen schoben das Boot noch ein Stück voran, bis es schaukelnd zum Stehen kam.

Jesse sah sie verblüfft an. »Was ist los?«

Sie nahm die Sonnenbrille ab, rieb sich über die Lider. Wollte behaupten, dass sie etwas ins Auge bekommen hätte, oder es auf den Wind schieben. Doch ihre Tränen liefen unaufhörlich weiter. Und auf einmal hatte sie keine Lust mehr zu lügen. Sie biss sich auf die Unterlippe, hob die Handflächen nach oben. »Die Freiheit«, murmelte sie.

An seinem Gesichtsausdruck, der auf einmal ganz weich wurde, sah sie, dass er sie auch ohne weitere Worte verstand. Mit zwei Schritten war er bei ihr und umarmte sie – tröstend wie ein großer Bruder.

Sie schlang die Arme um seine Mitte und presste die Wange gegen seine sonnengewärmte Brust. »Ich mache dich nass«, murmelte sie verschämt.

Jesse lachte leise und drückte sie noch ein bisschen fester an sich. »Wenn ich etwas gegen Salzwasser hätte, wäre ich falsch in meinem Beruf.«

Er strich ihr sanft über den nackten Rücken. Wie man ein Kind tröstete, das hingefallen war. Mel erinnerte sich an eine Situation, bei der sie sich das Knie aufgeschlagen hatte und ihr Grandpa sie in seine starken Arme genommen und beruhigend gewiegt hatte. So wiegte Jesse sie jetzt, unterstützt von der leichten Dünung, bis ihre Tränen versiegten.

Es war eine fast unmerkliche Änderung in seinen Bewegungen, als sie ruhiger wurde. Jesse hörte nicht auf, doch er streichelte sie nicht mehr mit der ganzen Hand, sondern fuhr nur ganz leicht über ihren Rücken. Seine Fingerkuppen hinterließen eine prickelnde Spur. Ein wohliger Schauer überkam sie. Ganz vorsichtig tat sie es ihm gleich, fühlte die Muskeln seines Rückens, seiner Schultern und die weiche, empfindliche Haut seiner Taille, wie er auch ihre berührte. Vorsichtig, tastend. Als breitete jemand eine schützende warme Decke über sie, unter der sie frei waren. Frei von Erinnerungen, frei von belastenden Gefühlen. Frei, sich einander anzunähern. Lediglich das Hier und Jetzt zählte.

Mel versank in einer Art Trance. Da war nur noch Jesse. Sein Körper, der solch eine Geborgenheit ausstrahlte. Sein Herz, das schnell und hart gegen ihre Wange pochte, und sein Atem, der sich beschleunigte und warm über ihren Hals strich. Seine Finger an ihrem Rücken, die sie liebkosten. Ihre Brustwarzen zogen sich zusammen, und in ihrem Bauch breitete sich eine wohlige Wärme aus. Jesse verstärkte den Griff, während seine Lippen langsam an ihrer Schläfe entlangstrichen. Wie in Zeitlupe hob sie ihm ihr Gesicht entgegen.

Das ohrenbetäubende Hupen eines Schiffshorns schreckte sie auf. Jäh wurde sie in die Wirklichkeit zurückkatapultiert. Jesse ließ sie so abrupt los, dass sie taumelte.

Mit einem Satz war er am Steuer. »Wir liegen mitten im Fahrwasser!«

Eine haushohe Megajacht schob sich bedrohlich schnell auf sie zu.

»Halt dich fest«, rief er und startete.

Sie griff nach dem Haltegriff auf dem Rumpf. Der Ruck kugelte ihr beinahe das Schultergelenk aus, als Jesse Gas gab und sie an den Rand der Fahrrinne manövrierte.

Auf einmal wirkten seine Gesichtszüge wieder angespannt. Das lag sicherlich nicht nur an der Beinahe-Kollision oder daran, dass sie hier im Slalom um die Korallenblöcke fahren mussten. Die Sonne stand hoch in ihrem Rücken, und die Untiefen waren gut auszumachen.

Eigentlich sollte sie frustriert sein über die Unterbrechung, aber vielleicht war es auch gut so, wie es gekommen war. Instinktiv spürte sie, dass Jesse noch nicht bereit für einen nächsten Schritt war – höchstwahrscheinlich waren sie es beide nicht.

Friedfertig lächelte sie ihn an. »Ich bin schon gespannt,

was du mir als Nächstes zeigst«, rief sie gegen das Brummen des Motors an.

Kurz wirkte er überrascht, dann glättete sich seine Stirn, und er wurde wieder zu Jesse, dem Reiseführer. »Es wird dir gefallen.«

In der Bucht, die er ansteuerte, lagen Schiffe aller Größen. Auch hier war das Meer so leuchtend türkis und der Sand so schneeweiß, dass es in den Augen schmerzte.

»Welcome in Big Major Cay!« Jesse grinste.

Sie wollte gerade fragen, was es hier gab, als sich etwas Großes am Strand bewegte. Was war das? Mel schnappte nach Luft. »Sind das …« Ihre Stimme überschlug sich.

Jesse lachte. »Was denn?« Er zog eine unschuldige Miene.

»Die schwimmenden Schweine?« Sie kreischte fast in ihrer Begeisterung, doch das war ihr in dem Moment gleichgültig.

Er nickte, immer noch lachend.

Nun hielt sie nichts mehr. Sie hüpfte aufgeregt am Bootsrand herum, während Jesse sie so nah wie möglich ans Ufer manövrierte.

»Sie … sie kommen zu uns!«, stammelte Mel entzückt.

Und tatsächlich schwammen sie ihnen entgegen – mit den Füßen wassertretend wie Hunde, während sie die rosa Schnauzen putzig aus dem glasklaren Wasser streckten.

»Nein, wie süß!«

Jesse schoss einige Fotos und hängte sich die Kamera mit dem wasserdichten Gehäuse um den Hals. Dann schnappte er sich den Eimer, den er von der *Cetus* mitgebracht hatte, und schwang die Beine über den Bootsrand. »Komm, wir füttern sie!«

Mel fasste die ihr lose ins Gesicht wehenden Haare erneut zu einem Zopf zusammen, um ihm zu folgen.

Stirnrunzelnd deutete er auf ihren Bauch. »Zieh dir lieber das T-Shirt über, ich glaube, du verbrennst.«

Obwohl sie sich einst geschworen hatte, sich niemals mehr

von einem Mann bevormunden zu lassen, war es irgendwie süß, wie er sich um sie sorgte. Vor allem gefiel ihr, dass er sie wohl gelegentlich verstohlen musterte.

Mel sah an sich hinunter und drückte etwas oberhalb ihres Bauchnabels. Ein weißer Fleck zeigte sich im Rot. »Ups, gute Idee.« Das T-Shirt war noch feucht, es kühlte angenehm ihre erhitzte Haut und klebte zumindest nicht mehr ganz so fest an ihr. Sie sprang über Bord und watete Jesse und den Schweinen hinterher, die ihm folgten – sie schienen schon zu wissen, wo das Futter herkam. Es sah zu drollig aus, wie die Hinterteile mit den Ringelschwänzchen aus dem Wasser ragten und hin und her wackelten.

Kaum stand Jesse an Land, war er von Schweinen umringt. Er musste den Eimer hochhalten, weil jedes versuchte, den Rüssel in den Eimer zu stecken, als er sie mit einigen Kürbis-, Gurken- und Papayaschalen fütterte.

Es war tatsächlich so, wie Elly gesagt hatte. Die Schnauzen, die sie anstupsten, waren überraschend weich.

»Pass auf beim Füttern. Die Hauer sind gewaltig«, warnte Jesse, als er ihr den Eimer reichte. Doch es waren eher die Jungtiere, die ungestüm waren. Die alte Sau nahm ihr die Schalen ganz vorsichtig aus der Hand. Es war ein munteres Schmatzen, Grunzen und Quieken, bis der Eimer leer war.

Jesse, der unzählige Fotos von ihr geschossen hatte, stellte ihn zurück an Bord und nahm sie wieder an der Hand. »Komm mal mit!«

Er führte sie zu einem Unterstand. Dort lag eine Muttersau, und winzige Ferkel in Schwarz und Rosa nuckelten an ihren Zitzen. Zu gern hätte Mel eines auf den Arm genommen, aber – abgesehen von dem Verbotsschild – wollte sie die Kleinen auch nicht beim Trinken stören. Ihr Quieken war gleich einige Tonlagen höher, während ein paar Meter weiter ein alter Eber in den lautesten Tönen schnarchte.

»Wie kamen die Schweine eigentlich hierher?«, fragte sie

leise, um die säugende Mutter und den schlafenden Vater nicht zu stören.

»Sie sind schon lange da«, erwiderte Jesse ebenso leise. »Jemand wollte die Insel besiedeln und brachte seine Schweine als Nahrung oder als Haustiere mit. Irgendwann ist er gestorben, und die Schweine haben sich munter weiter vermehrt. Irgendein findiger Reiseanbieter hat dies für sich entdeckt und Touren organisiert. Und seitdem sind die ›*swimming pigs*‹ eine Touristenattraktion, die Gäste aus aller Herren Länder anziehen. Wir haben Glück, dass wir in der Mittagspause da sind. Morgens und nachmittags wird es voll hier.«

»Danke, dass du mich hergebracht hast!«

Jesse zögerte kurz. »Es ist schön, deine Freude zu sehen«, erwiderte er mit rauer Stimme, bevor er sich fast abrupt abwandte und durch den warmen Sand zurück zum Schlauchboot stapfte.

In dem Moment kam auch ein Ausflugsboot voll lärmender Touristen angefahren, sodass Mel ihm gern folgte.

Er übernahm wieder das Steuer, bis sie im tieferen Wasser waren. Als er sie fragte, ob sie übernehmen wollte, schüttelte sie den Kopf. Sie war zufrieden damit, auf dem Bootsrand zu sitzen, sich den Wind um die Nase wehen zu lassen und die Ereignisse in sich nachwirken zu lassen. Sie wollte das Glücksgefühl einfach stumm auskosten.

Auf einmal merkte sie, wie Jesse aufgeregt den Hals reckte. Er hatte alles Erlebte zwar auch sichtlich genossen, aber nun war er fast so aufgelöst wie sie bei den Schweinen eben. Sie wollte gerade fragen, was er entdeckt hatte, da bemerkte sie die Flosse, die aus dem Wasser auftauchte. Kurz dachte sie, ein Hai wäre aufgetaucht, dann hörte sie das Prusten.

In dem Moment ging Jesse auch schon vom Gas und rief: »Ein Delfin!«

Mel sprang auf und lehnte sich über die Bordwand. Tatsächlich schwamm ein Delfin sichtlich aufgeregt im Flachwasser um sie herum. »Sag nicht, den hast du auch bestellt?«

Jesse lachte auf. »Nein, so gut ist mein Draht zu den Meeressäugern leider nicht, das ist auch für mich eine großartige Überraschung. Aber auf was wartest du noch? Flossen und Maske an! Der hat Lust zu spielen!« Und Jesse wirkte aufgedreht wie ein kleiner Junge, während er den Anker über Bord fallen ließ.

Jesse war schon lange draußen, während sie noch mit ihren Flossen kämpfte. Der Delfin schnatterte und machte einen Sprung, als wollte er sie fragen, weshalb sie so lange brauchte.

»Ich komme doch schon.« In der Hektik hatte sie vergessen, den Schnorchel in den Mund zu stecken. Sie atmete Salzwasser ein, hustete, doch das war ihr in dem Moment völlig gleichgültig, als der Delfin auf sie zuschwamm, kurz vor ihr haltmachte und sie anzugrinsen schien. Dann dreht er abrupt um und schoss zu Jesse. Immer wieder umkreiste er sie, als wäre er tatsächlich froh, endlich ein paar Spielgenossen gefunden zu haben.

Jesse tauchte zu ihm hinab, und die beiden schwammen im Kreis umeinander herum. Mel hätte nicht sagen können, wer von beiden mehr Spaß hatte. Und wer von ihnen sich eleganter bewegte; Wasser war definitiv Jesses Element. Als sie selbst ein Stück abtauchte, stieß der Delfin eine Serie Klicklaute aus, die ihr eine Gänsehaut über die Arme jagte.

Jesse entdeckte eine leere Bierflasche auf dem Grund, hob sie auf und warf sie dem Delfin zu. Der stupste sie ein paar Mal mit der Schnauze an, bis sie auf den Grund fiel. Jesse tauchte abermals ab und warf sie ihm wieder zu. Dieses Mal drehte der Delfin sich auf den Rücken, balancierte die Flasche auf der Spitze seiner Nase. Unwillkürlich klatschte Mel in die Hand, was den Delfin zu freuen schien, er klickte und schnatterte. Er stieß die Flasche in die Luft, schwamm darunter und spielte sie zwischen seinen Brustflossen hin und her.

»Daher kommt der Begriff ›Flipper‹ für den Spielautomaten«, rief sie Jesse zu, als sie kurz den Kopf aus dem Wasser hoben.

Er lachte laut auf. »So etwas habe ich in meinen ganzen Berufsjahren noch nie erlebt!«, stieß er begeistert hervor, bevor er, ohne ihre Antwort abzuwarten, wieder untertauchte, um nichts zu verpassen.

Nun balancierte der Delfin die Flasche auf der Schwanzflosse. Mels Applaus und vom Wasser gedämpfte Anfeuerungsrufe schienen ihn anzuspornen. Immer wieder streckte sie die Hand aus, wenn er vorbeischwamm, doch er blieb stets weit genug weg, sodass sie ihn nicht berühren konnte.

Dafür schien er sich gerade einen Spaß daraus zu machen, Jesse, der wieder im Kreis mit ihm schwamm und ebenfalls die Hand nach ihm ausstreckte, in die Flossen zu beißen. Nur ganz leicht, wie ein Hund beim Spielen.

Mel lachte abermals auf. Der Anblick war auch zu drollig.

Noch einmal hielt sie die Hand hin. Der Delfin kam, schwamm an ihr vorbei … und drückte sich den Bruchteil einer Sekunde gegen ihre Handfläche. Seine Haut war ganz glatt und weich, richtiggehend fest, nicht von einer Schleimschicht überzogen wie die der Fische. Mel schluckte. Dieser Delfin hatte langsam das Vertrauen zu ihr aufgebaut. Wie Jesse. Ihr schossen vor Rührung die Tränen in die Augen. Sie war eigentlich nicht nahe am Wasser gebaut, aber heute überschlugen sich ihre Emotionen.

Das konnte nicht wahr sein! Dieser Tag *musste* ein herrlicher Traum sein. So viel Schönes auf einmal *konnte* man nicht erleben!

Ihr Grumpy hatte immer gesagt, Delfine brächten Glück. Sollte es so sein, dass es vielleicht auch für Jesse und sie noch einmal Glück geben konnte?

Nach einer ganzen Weile, in der sie mit dem Delfin spielten und Jesse Fotos schoss und filmte, hob er sichtlich widerwillig den Kopf. »Ich … So etwas ist wirklich einmalig, ich habe das tatsächlich noch nie erlebt. Ich würde gern den anderen Bescheid geben, dass sie das auch miterleben können.«

Mel nickte. »Dann lass uns schnell zurückfahren, bevor er weg ist.« Sie steckte noch mal den Kopf unter Wasser und rief dem Delfin einen Abschiedsgruß zu. Als hätte er sie verstanden, schwamm er zu ihr und hielt sie mit den Zähnen an den Flossen fest.

Abermals musste Mel die Tränen der Rührung wegblinzeln. »Er will mich nicht gehen lassen.«

»Willst du noch warten?«

»Nein, lass uns die anderen holen, die sollen das auch erleben.«

Jesses Lächeln war voller Wärme.

Jesse

An Bord der *Cetus*, Bahamas

Ungehalten spulte Jesse zurück. Statt zu versuchen, die Walgesänge in Muster einzuordnen, ließ er sich davon in eine Art Trance versetzen, und seine Gedanken schweiften ab. Zurück zu dem Ausflug mit Mel. Ihr Strahlen und ihre ungezügelte Freude waren wundervoll gewesen. Und dieser eine Moment, in dem er kurz ihren Schmerz gespürt und miterlebt hatte, wie er sich ein wenig verringerte, hatte ihn tief berührt.

Merkwürdigerweise versetzte ihn der Gedanke an ihre Stärke zunehmend in Rage. Sie war so tapfer. Seit sie hier war, hatte sie nicht ein Mal gejammert oder lamentiert. Und sie hatte wahrlich Grund dazu. Ein Stalker der übelsten Sorte war ihr auf den Fersen, und statt Rücksicht oder Mitleid einzufordern, machte sie das niemals zum Thema, sondern zeigte auch noch diese unverschämt unwiderstehlichen Grübchen. Selbst wenn das Lächeln melancholisch war.

Er beneidete sie um den Moment der Freiheit, den sie empfunden hatte. So weit war er nicht. Noch nicht, und manchmal fragte er sich, ob er jemals an diesen Punkt kommen würde, an dem die Schuldgefühle nachlassen würden. Die bohrenden Fragen nach dem Warum. Warum ausgerechnet Beth? Die Fragen nach dem Wie. Wie er es hätte verhindern können? Nach dem Wieso. Wieso ausgerechnet er es nicht schaffte loszulassen? *Nach vorn zu blicken*, wie Elly es genannt hatte.

Ein paar Stunden lang war es ihm an Mels Seite gelungen, die Dämonen zu vertreiben. Sich einfach zu verhalten wie andere Menschen, die etwas Schönes erlebten. Ja, er hatte den Ausflug in vollen Zügen genossen – es tat so gut, Freude zu schenken. Er war tatsächlich glücklich gewesen für einige wenige kostbare Augenblicke.

Und dennoch, oder vielleicht gerade deshalb, waren diese Schuldgefühle wieder da, und zwar stärker denn je. Die ihn jagten, hetzten, einkesselten.

Seine Laune verschlechterte sich zunehmend, je mehr Zeit verstrich.

Elly rief ihn an. Sonst sprachen sie im Schnitt zwei Mal die Woche miteinander, zurzeit meldete sie sich jeden Tag. Dass sie wissen wollte, wie er mit Mel »zurechtkam«, brachte ihn noch mehr auf. So erkundigte Jesse sich nur, ob es etwas Wichtiges gebe, und wimmelte seine Schwester dann ab – mit der Begründung, Arbeit aufholen zu müssen, weil er ihre Freundin »bespaßt« hatte. Danach fühlte er sich noch schlechter.

Beim Abendessen war seine Laune im Keller. Er vernachlässigte seine Arbeit, weil er nichts zuwege brachte, und hatte das Gefühl zu ersticken, in einer Zwangsjacke zu stecken, die sich enger und enger zog. Und je mehr er versuchte, sich daraus zu befreien, desto enger schnürte sie ihn ein.

Eine Weile wurde er von den Tischgesprächen abgelenkt,

als alle von dem Erlebnis mit dem Delfin schwärmten, den sie Charly nannten.

Nick wandte sich an Mel. »Wusstest du, dass Delfine sich auch teilweise berauschen?«

Sie schüttelte lachend den Kopf, ihre Grübchen vertieften sich. »Nein, wie das?«

Nick grinste. »Sie versetzen sich einen Kick, indem sie mit Kugelfischen spielen. Diese sondern ein Nervengift ab, das in hohen Mengen tödlich ist, in geringen Dosen aber einen narkotischen Effekt hat. Die Delfine versammeln sich in einer Gruppe, stupsen den Kugelfisch in der Runde herum, als ließen sie einen Joint kreisen.«

Mel fing an zu lachen. »Wie cool ist das denn?«

Und unwillkürlich hoben sich Jesses Mundwinkel.

»Die wissen halt auch, wie man richtig Spaß hat«, erwiderte Nick augenzwinkernd.

Jesse stocherte in seinem Conch-Curry herum. Hatte er selbst vergessen, wie es war, Spaß zu haben? War dieser kurze Exkurs am Nachmittag eine Ausnahme gewesen? Fiel er schon wieder in dieses Dunkel zurück?

Den Rest des Essens war er in Gedanken versunken, auch wenn die Gegenwart der anderen, vor allem Mels, ihm stets präsent blieb. Nach dem Abendessen schnappte er sich wahllos ein Buch aus dem Regal im Salon und zog sich direkt in seine Kabine zurück, um zu lesen.

Er hatte Herman Melvilles *Moby Dick* erwischt, zwar eine etwas neuere Ausgabe, aber genau dasselbe Buch, in das Mel am Nachmittag an Deck vertieft gewesen war. Jesse erstarrte. Hätte er nicht so viel Respekt vor Büchern, hätte er es vermutlich in die nächste Ecke gepfeffert. Gab es eigentlich auch irgendetwas, was er nicht in Gedanken mit Mel verband?

Sein Blick fiel auf Beths Foto. Sie schien ihm aufmunternd zuzulächeln. Auf einmal war ihm alles zu viel. Er brauchte frische Luft!

Er zog ein T-Shirt zu der Shorts an und stürmte nach draußen, zu seinem bevorzugten Platz auf der Heckplattform. Erstarrt hielt er inne. Da stand Mel und telefonierte. Am liebsten hätte er wie ein kleiner Junge mit dem Fuß aufgestampft und gerufen, dass das *sein* Platz sei.

»Es war so wundervoll, ich hätte dich so gern dabei gehabt!«, schwärmte sie in dem Moment. »Das hätte dir auch gefallen.«

Jesse erstarrte. Mit wem sprach sie? Mit Will bestimmt nicht. Mit Elly auch nicht, denn die war kürzlich erst hier gewesen. Hope? Eher nicht. War Mel etwa in einer Beziehung? Diesen Gedanken hatte er noch nie in Erwägung gezogen. Auch die Tatsache, dass sie inzwischen auf Frauen stand, war bei ihm irgendwie in Vergessenheit geraten.

»Ach, Mark, du Quatschkopf!«, sagte sie in dem Moment lachend. »Weißt du, was? Du fehlst mir!«

Moment! Welches Spiel spielte Mel? Am Mittag hatte sie ganz deutliche Signale an ihn gesendet, ganz so eingerostet waren seine Sinne noch nicht. Und er hatte sich den ganzen Nachmittag schlecht gefühlt, weil diese kleinen Zeichen bei ihm auf fruchtbaren Boden gefallen waren. Dabei hatte sie vermutlich einen Freund! Was hatte sie dann mit dem Theater auf Ellys Hochzeit bezweckt, als sie erzählt hatte, sie stünde nicht auf Männer?

Ein schrecklicher Verdacht keimte in ihm auf, der ihm beinahe den Atem nahm. War die mit ihren Grübchen so unschuldig und süß wirkende Mel etwa eine notorische Lügnerin? Am liebsten hätte er sie auf der Stelle zur Rede gestellt, doch es war besser, er mäßigte zuerst seine Wut.

Vermutlich hatte er jedoch zu laut geschnaubt. Mel fuhr herum. Ein Strahlen zog über ihr Gesicht, das wieder diese Saite in ihm berührte. Am liebsten hätte er sie dafür geschüttelt.

»Oh, ich muss aufhören, Mark, da kommt gerade Jesse,

und ich wollte ihm noch für den Tag danken. Mach's gut, wir hören uns wieder.« Sie lauschte kurz. »Ich dich auch!«

Ich dich auch? Es gab nicht viel Interpretationsspielraum, welche Aussage dieser Antwort vorangegangen sein konnte. Nun war sie auch noch so unverfroren, das vor seinen Augen zu sagen! Über so viel Dreistigkeit hätte Jesse am liebsten empört den Kopf geschüttelt. Oder seiner Wut lautstark Luft gemacht.

Sie hatte sie alle getäuscht. Von Anfang an. Seit ihrer Ankunft in Lynnwood Falls. Mit ihrem Namen, mit ihrer Vergangenheit, mit ihrer sexuellen Orientierung, mit allem!

Und er war so dumm gewesen, darauf hereinzufallen! Sie hatte vermutlich auch Elly und alle anderen mit ihrer scheinbar freundlich-süßen Art hereingelegt.

Auch jetzt strahlte sie ihn mit diesen großen blauen Augen an, die Unschuld in Person. »Ich wollte mich nochmals bei dir für den wundervollen Tag bedanken.«

Den ich dir nicht gegönnt hätte, wenn ich dich früher durchschaut hätte!

Sie zuckte zusammen, als er zornig schnaubte. »Stehst du auf Frauen?«

»Was?« Die Augen öffneten sich noch weiter. Vermutlich war sie genauso überrascht wie er, dass er das tatsächlich gerade laut ausgesprochen hatte. Immerhin besaß sie so viel Anstand zu erröten. Sie biss sich auf die Unterlippe. »Ich …« Sie schloss die Augen. »Nein, tue ich nicht.«

»Warum hast du das dann behauptet?«

»Das habe ich nie!«

»Ach, nein?«, höhnte er. »Und was sollte dann diese Aussage auf Ellys Hochzeit, du stehst nicht auf Männer?«

»Ich hatte gesagt, ich bin nicht interessiert.«

Dass sie auf einmal die Niedergeschlagene spielte, brachte Jesse noch mehr gegen sie auf. »Du wusstest ganz genau, dass wir dich missverstanden hatten. Ich war nicht der Einzige. Jay und Mitch ging es genauso! Und Jack vermutlich auch.«

Wieder biss sie sich auf die Unterlippe. Die strahlende Aura war verflogen. Auf einmal wirkte sie wie ein kleines Mädchen, und es ärgerte ihn, dass er sich wieder davon einwickeln ließ.

Am Mittag war so sie taff gewesen. Hatte sich von nichts unterkriegen lassen. War unerschrocken mit ihm zu den Haien getaucht, hatte das Boot durch die Riffe manövriert und ohne Zögern die Schweine gefüttert. Dass sie jetzt so verletzlich wirkte, da er diese andere Seite kannte, ließ ihn wieder weich werden – und das brachte ihn in Rage!

»Das tut mir wirklich leid …« Auch die Rolle der Zerknirschten beherrschte sie.

»Mir tut es auch leid. Ich hasse es nämlich, wenn ich wissentlich angelogen werde«, fuhr er sie harsch an.

»Es tut mir wirklich leid, das war keine Absicht …«

»Ach, komm, spiel doch nicht die Unschuld vom Lande!«

»Ach ja? Okay, es mag sein, dass mir klar war, dass ihr das missverstanden habt, doch was wäre die Konsequenz gewesen?« Auch die Wütende mimte sie nicht schlecht, sie konnte von der einen zur nächsten Sekunde umschwenken. Ihre Augen blitzten, und so, wie diese kleine Person die Hände in die Hüften stemmte, wirkte sie beeindruckend. »Ich hätte euch die Gründe erklären müssen, warum ich nicht an einer Beziehung interessiert war. Was mir vermutlich den Tag versaut hätte, denn ich bin um jede Minute froh, in der ich diese Erinnerungen *nicht* aufleben lassen muss!«

Kurz zitterte ihre Unterlippe, und er fürchtete, sie würde gleich in Tränen ausbrechen, doch gleich darauf stieß sie, nicht weniger aufgebracht, aus: »Und glaubst du denn, ich hätte nicht gemerkt, wie erleichtert du gewesen bist? Denkst du, ich bin so dumm, dass es mir nicht aufgefallen ist, wie lästig es dir war, mit mir zur Hochzeit deiner Schwester gehen zu müssen?« Sie schnappte nach Luft. »Du hattest doch Angst, sie würde dich mit mir verkuppeln wollen. Dir solches Unbehagen zu bereiten hat mir leidgetan …«

»Leid?« Sein Zorn flammte erneut auf. »Weißt du, wie satt ich dieses Mitleid habe?«, herrschte er sie an.

»Mitgefühl – wenn man weiß, wie sich das anfühlt – ist nicht mit bloßem Mitleid zu verwechseln.« Ihre Augen schossen feurige Blitze auf ihn ab. »Aber du hast das satt? Warum bemitleidest du dich dann ständig selbst?«, stieß sie hervor. Im nächsten Moment schlug sie sichtlich zerknirscht die Hand vor den Mund. »Sorry, das hätte ich nicht sagen sollen …«

»Ich versinke also in Selbstmitleid, findest du?« Die Worte trafen ihn bis ins Mark, und er hatte nur noch das Bedürfnis, sich zur Wehr zu setzen, einen Schutzwall aufzubauen. Aufgebracht schrie er sie an: »Du hast doch keine Ahnung, wie sich das anfühlt …«

»Glaubst du vielleicht, du bist der Einzige, der leidet? Denkst du, du bist der Einzige, der Menschen verloren hat, die ihm wichtig sind? Glaubst du, nur du weißt, wie es ist, ein geliebtes Kind zu verlieren?« Nun schwammen ihre Augen in Tränen. »Meine Tochter war erst vier Monate alt, aber sie fehlt mir *jeden verdammten* Tag!« Mit diesen Worten stürmte sie davon.

Jesse fühlte sich, als hätte er einen Schlag in den Magen erhalten. Seine Wut verrauchte, zurück blieb ein unendliches Schuldgefühl. Er lief ihr hinterher. »Warte, Mel!«

Sie rannte unbeirrt weiter.

»Bitte, Mel, lass uns nicht so auseinandergehen!« Ob es die Verzweiflung in seiner Stimme war oder etwas anderes, was sie aufhielt, konnte er nicht sagen. Sie blieb abrupt stehen, wandte sich jedoch nicht um. Er konnte sehen, dass ihre Schultern bebten.

Schweigend drehte er sie herum. Und riss sie an sich.

Sie machte Anstalten, sich von ihm zu lösen, doch er drückte sie nur noch fester an sich. »Ich bekomme keine Luft«, japste sie.

Betreten lockerte er die Umarmung, ohne Mel loszulassen. Wieder war es, als könnte er ihren Schmerz körperlich fühlen. Ging es ihr genauso? Fühlte sie, was er fühlte? Hatte sie *das* mit Mitgefühl gemeint? Das war kein bloßes Mitleid, nicht nur Empathie. Das war ein *Hineinfühlen.* Eine eigenartige Verbindung. Wie hatte er sie nur so angreifen, ihr solche Vorwürfe machen können? Im Grunde verstand er doch ihr Verhalten nur zu gut. Vermutlich hätte er in ihrem Fall nicht anders gehandelt.

»Es tut mir so leid, was ich gesagt habe«, murmelte er beschämt.

Die Stirn gegen seine Brust gelehnt, schüttelte sie den Kopf. »Nein, mir tut es leid!« Sie wischte sich mit der Hand über die Augen. »Ich … Glaub mir, es liegt mir so schwer auf der Seele, dass ich gerade die Menschen belogen habe, die mich so gut aufgenommen haben.« Sie legte den Kopf in den Nacken. Sie standen in der Abdeckung der Brücke; ihre angespannten Züge wurden nur vom Mondlicht erhellt. »Es war kein mangelndes Vertrauen, ich hatte einfach nur fürchterliche Angst. Wollte selbst glauben, dass … diese neue Welt, die ich mir in Lynnwood Falls erschaffen hatte, wahr ist. Kannst du das verstehen?«

Er nickte. »Ja, nur zu gut.« Sanft strich er ihr eine Strähne aus dem Gesicht. »Ich war ungerecht zu dir. Aber das alles hier …« Er mache eine vage Handbewegung in die laue Nacht hinaus. »Kannst du auch ein kleines bisschen verstehen, warum ich so durcheinander bin?« Wie sollte er dieses Schuldgefühl in Worte fassen, ohne dass es larmoyant wirkte?

Nun lächelte sie. Es war ein trauriges Lächeln, aber irgendwie machten ihm diese Grübchen Hoffnung. »Besser, als du glaubst.«

Dankbar zog er sie abermals an sich, dieses Mal darauf bedacht, ihr genügend Luft zum Atmen zu lassen. Eine Weile standen sie stumm, in enger Umarmung da.

»Das Tattoo an deinem Fußknöchel …?«

»Steht für meine Tochter Fiona.«

Scham überrollte ihn. Er hatte es zuerst für den Namen ihrer Freundin gehalten und deshalb nicht gefragt. Vorhin war ihm allen Ernstes in den Sinn gekommen, es diente ihrer Maskerade. Abermals zog er sie an sich, streichelte sie, bis sie den Kopf hob.

»Hältst du mich für eine Lügnerin?«

Diese so ängstlich hervorgestoßene Frage verursachte ein brennendes Ziehen in seinem Brustkorb. »Nein, halte ich nicht. Es tut mir …«

Sie legte ihre Hand auf seine Lippen. »Keine Entschuldigungen mehr.«

Ihre Finger waren so weich, er musste sie einfach küssen. Jesse hielt sie am Handgelenk fest, küsste jede einzelne Fingerkuppe. Dann legte er ihre Handfläche gegen seine Wange und sah sie forschend an.

»Möchtest …«, er schluckte, »möchtest du mir erzählen, was passiert ist? Oder willst du lieber nicht darüber sprechen?«

Sie zögerte, dann nickte sie. »Doch.« Suchend sah sie sich um. »Können wir uns irgendwo hinsetzen?«

Jesse deutete auf die Backskiste, in der sie allerlei Krimskrams verstaut hatten – von Ersatz-Rettungswesten, über Leinen bis hin zu einer Box mit Karabinern in verschiedenen Größen. Er hockte sich darauf, zog Mel kurzerhand auf seinen Schoß und umschlang sie mit den Armen.

Das dankbare Lächeln entschädigte ihn für die Zweifel, die ihn sofort überkamen, ob das eine gute Entscheidung war, sie so nah bei sich zu haben.

Sie kuschelte die Stirn an seine Halsbeuge. »Ich … Wie ich

schon mal erwähnt hatte, habe ich Arthur, meinen … Noch-Ehemann, sehr jung kennengelernt. Es hat mich anfangs beeindruckt, wie sehr er um mich bemüht war, mich zum Mittelpunkt seiner Welt gemacht hat.« Sie schluckte. »Er wollte unbedingt Kinder, ich auch. Auch wenn es noch sehr früh war, fand ich den Gedanken an eine gemeinsame Familie schön.« Mel zuckte mit den Schultern. »Irgendwie dachte ich, ich könnte meine beruflichen Ziele später noch verwirklichen, die Kinder quasi vorziehen.«

Das konnte sie noch, sie war doch erst achtundzwanzig – er hatte tatsächlich Studentinnen in ihrem Alter, aber Jesse wollte sie nicht unterbrechen.

»Etwa ein Dreivierteljahr nach unserer Hochzeit wurde ich schwanger.« Jesse spürte, wie sie sich verspannte. »Arthur war völlig aus dem Häuschen. Da fing sein Kontrollwahn an. Ich wurde von vorn bis hinten verhätschelt, durfte kaum mehr aus dem Haus, obwohl es eine ganz normale Schwangerschaft war, ohne Risiko. Wenn er mich erwischte, wie ich doch etwas körperlich arbeitete, rastete er aus. Damals fand ich die Besorgnis noch halbwegs süß. Es hat mir geschmeichelt, wie fürsorglich er war.« Sie schluckte hörbar. »Dann … kam unsere Tochter Fiona zur Welt. Sie war so ein liebes Kind.« Eine Träne rollte ihr aus dem Augenwinkel.

»Wenn du lieber aufhören …«

Doch Mel winkte ab. »Nein, ich …« Sie schluchzte auf. »Sie war ein gesundes Baby. Vielleicht ein bisschen zart. Sie konnte nie viel auf einmal trinken. Ich musste sie alle zwei, drei Stunden stillen. Arthur war in sie vernarrt. Ich natürlich auch. Aber er hat ein absolutes Theater um sie gemacht. Bei jedem noch so leisen Quäken nahm er sie auf den Arm. Wenn sie mal beim Trinken gehustet hat oder ein Bäuerchen nicht gleich kommen wollte, hat er sofort die Ärztin gerufen.« Mel atmete schwer. »Und eines Nachts – ich hatte Fiona nach dem Stillen wieder in ihre Wiege gelegt, die neben unserem Bett stand, und war gerade wieder eingeschlafen – fing Arthur an, wie ein Wahnsinniger zu brüllen. Was ich gemacht hätte. Warum ich nicht aufgepasst hätte. Ich wusste erst gar nicht, wie mir geschah. Ich war völlig übermüdet, weil ich in der Nacht, wie alle vorigen Nächte, so oft auf gewesen war. Und dann …«

Sie biss sich auf die Unterlippe und schüttelte mit verzweifelter Miene den Kopf. »Fiona hat einfach nicht mehr geatmet!«, schluchzte sie. »Ich … habe sofort die 911 gerufen. Wir haben es so lange mit Wiederbelebungsmaßnahmen versucht! Die Ärzte waren auch wirklich schnell da. Aber es war nichts mehr zu machen.« Nun weinte sie. Trocken und geräuschlos. Ihr ganzer Körper wurde von einem stummen Schluchzen geschüttelt.

Jesse zog sie fester an sich und wiegte sie hin und her. Ihr Schmerz, ihre Verzweiflung füllten auch ihn aus.

Mel brauchte eine Weile, bis sie sich wieder gefasst hatte. »Ich … war einige Zeit wie gelähmt. Offen gestanden kann ich mich an die Monate danach kaum erinnern. Ich steckte wie in einem Nebel fest.«

Jesse nickte verständnisvoll. So war es ihm auch ergangen! Eine eisige, zähe Nebelschicht, ohne Farben und voller Dunkelheit.

»Arthur drehte völlig durch. Er gab mir die Schuld und wollte unbedingt, dass ich es ›wiedergutmache‹. Mit einem neuen Kind.« Nun wurde ihr Blick trüb, sie klang fast wie ein Roboter, als sie weitersprach: »Wir haben es probiert. Drei Mal wurde ich schwanger. Drei Mal ging es nach den ersten zwei bis vier Monaten ab. Es war die Hölle für mich. Und mit jedem Mal wurde es schlimmer mit Arthur.«

Sie kratzte sich am Hals, so, als verursachte ihr allein der Gedanke einen Ausschlag. »Anfangs tat er mir noch leid. Er litt wirklich. Aber ich doch auch! Es waren auch meine Kinder! Ein paarmal schlug ich ihm vor, es doch mit einer anderen Frau zu probieren, doch davon wollte er nichts hören. ›*Du* gehörst zu mir‹, sagte er immer.« Sie erschauderte. »Irgendwann hielt ich es nicht mehr aus. Beim dritten Mal kam ich nach der Fehlgeburt ins Krankenhaus, weil ich viel Blut verloren hatte. Der Arzt riet uns eindringlich, eine Pause einzulegen, damit ich mich erholen konnte. Ich sei ja noch jung, hätte noch viele Jahre vor mir. Aber Arthur wollte nichts davon hören. Er beharrte darauf, es sofort wieder zu probieren. Doch ich hatte keine Kraft mehr. Konnte und vor allem *wollte* nicht mehr. Also bin ich geflüchtet. Mit Infusionsnadeln im Arm und dreiundsiebzig Dollar in der Tasche der Jeans, die ich am Leib getragen hatte bei der Einlieferung. Erst bin ich in den Süden, nach Santa Barbara. Dann nach Kansas. Ich … hatte einige Anlaufstellen. Anfangs hatte ich mir die Haare kurz geschnitten und gefärbt. Doch mit den Jahren wurde ich wohl nachlässig.«

Beim Gedanken daran, wie sie allein auf der Flucht gewesen war, überkam Jesse – zu dem Mitleid und der Angst um sie – auch Respekt. »Und du hattest niemanden, der dir geholfen hat?«

Nun lächelte sie, wenngleich es müde wirkte. »Doch, meinen Bruder. Er wohnt in New York, ist Börsenmakler an der Wall Street. Ich konnte nicht zu ihm, weil Arthur ihn überwachen ließ. Aber er hat mir Geld geschickt. Über Umwege. Sodass ich mir ein Zimmer nehmen und Gelegenheitsjobs annehmen konnte. Kellnern, Putzen, mir war alles recht, Hauptsache nicht zum Nachdenken kommen. Ich hatte Wegwerf-Handys. Mein Bruder hat mir auch über Umwege den ersten Job in einer Buchhandlung besorgt. Wir haben uns manchmal getroffen, doch er musste jedes Mal häufig die Verkehrsmittel wechseln.« Nun hoben sich ihre Mundwinkel ein wenig mehr. »Wir hatten richtiggehend kriminelle Energie entwickelt – es waren präzise ausgeklügelte Trips.«

Jesse strich über ihr Haar, ihren Rücken. Das Bedürfnis,

sie zu beschützen, überkam ihn mit solch einer Wucht, die ihm beinahe den Atem nahm. Obwohl sie stark war, vermutlich sogar viel stärker als er. Wenn er bloß daran dachte, wie sie sich durchgekämpft hatte! Dennoch wollte er sie unbedingt behüten. Er war sich nur nicht genau darüber im Klaren, vor was oder wem.

»Erst in Lynnwood Falls fühlte ich mich richtig sicher. In diesem Ort habe ich ein Zuhause gefunden.« Nun lächelte sie richtig. »Mark hat mich öfter besucht …«

Das ungute Grummeln in Jesses Magen kehrte zurück. »Mark?«

»Mein Bruder. Er kam öfter …«

Kurz verlor Jesse den Faden, weil er sich am liebsten vor die Stirn geschlagen hätte. *Ihr Bruder!* Mit ihm hatte sie telefoniert! Natürlich hatte sie ihren Bruder lieb! Scham überrollte ihn.

Mel musste die Veränderung bemerkt haben. »Was ist?«

Er strich ihr sanft über die feuchte Wange. »Nichts. Erzähl weiter, ich möchte alles hören.«

»Mark hat sich echt Mühe gegeben. Manchmal haben wir uns an neutralen Orten getroffen, aber wenn er mich in Lynnwood Falls besuchte, hat er mühselige Umwege in Kauf genommen. Zum letzten Mal kamen wir auf Annabellas Vernissage in Portland zusammen. Ich fürchte, da ist es einem Kerl – ich schätze, einem Privatdetektiv – gelungen, Mark zu folgen. Er hat vermutlich ein Gespräch mit Hope belauscht, auf jeden Fall stand Arthur kurz darauf vor *Annabella's Café*.« Sie zuckte mit den Schultern. »Ich glaube, den Rest kennst du.«

Jesse fuhr mit dem Zeigefinger sanft ihre Gesichtszüge nach. Ihre Haut war so weich, die Wangen noch salzig von den inzwischen getrockneten Tränen. »Du bist so unglaublich tapfer. Danke für dein Vertrauen und dafür, dass du es mir erzählt hast.«

»Ich danke dir fürs Zuhören und dafür, dass du mich an Bord aufgenommen hast. Und für den wundervollen Tag! Er hat mir unglaublich viel bedeutet.« Sie hob ihm wieder das Gesicht entgegen, wie sie es schon am Mittag getan hatte. Wieder schien es zu leuchten.

Der Wunsch, sie zu küssen, wurde übermächtig. In Zeitlupe kam er ihr entgegen. Ihre Gesichtszüge wurden weich. Sie schloss die Augen, die Lippen waren kaum merklich geöffnet. Sie befanden sich nur noch wenige Millimeter von seinen entfernt.

Doch plötzlich war es, als hielte ihn eine unsichtbare Hand zurück. Ein Schmerz breitete sich in seinem Brustraum aus, der ihn zu ersticken drohte. »Mel!« Er hörte es selbst, wie rau seine Stimme klang.

Sie öffnete die Augen einen Spalt. Erkenntnis trat in ihren Blick. Ihr wissendes Lächeln, voller Wehmut, schnitt ihm ins Herz. Sanft legte sie die Hand auf seine Wange, schmiegte den Kopf in seine Halsbeuge und wisperte: »Irgendwann vielleicht.«

Und er hielt sie fest. Ganz fest.

Kapitel 7

Melanie

An Bord der *Cetus*

Mel fühlte sich am nächsten Morgen wie gerädert, als das Brummen des Schiffsmotors ertönte. Einerseits erleichtert, dass sie vor Jesse keine Geheimnisse mehr zu haben brauchte, und immer noch erfüllt von den Erlebnissen des gestrigen Tages, andererseits hatte das Wiederauflebenlassen ihrer Vergangenheit sie aufgewühlt. Gedankenverloren strich sie über das Tattoo an ihrem Fußgelenk.

Als sie das Rattern der Ankerkette hörte, sprang sie auf, putzte sich in Windeseile die Zähne, wusch sich das Gesicht und schlüpfte wahllos in eine Shorts und ein T-Shirt, bevor sie barfuß nach draußen eilte.

Das Deck war noch feucht vom Tau. Sie wollte die Ausfahrt durch die enge Riffdurchfahrt unbedingt miterleben. Die Exumas lagen hinter einem Saumgürtel geschützt, auf einem Hochplateau, das von wenigen Zentimetern bis selten mehr als zehn Meter Tiefe reichte. Außerhalb stürzte das Riff auf bis zu sechstausend Meter ab. Je nach Gezeiten strömte das Wasser in die Flachstellen oder hinaus. Und je nachdem, ob die Strömung mit oder gegen den Wind lief, wurde es kabbelig, hatte ihr Jesse am Vortag erklärt.

Er stand ebenfalls bereits auf dem Vordeck, eingehüllt in das helle Licht der Sonne, die sich gerade über die Insel schob und die Welt in einen goldenen Schein hüllte. Als er sie bemerkte, lächelte er kurz verhalten. Mit den windzerzausten Haaren wirkte er jünger, sorgloser.

Nachdem sie sich etwas steif, aber freundlich einen guten Morgen gewünscht hatten, fragte sie: »Wie sind die Gezeiten?«

»Wir haben ablaufendes Wasser, das heißt, es wird etwas kabbelig werden.«

Tatsächlich gab es an der Riffausfahrt zahllose Strudel. Die Wellenkämme zeigten winzige Schaumkronen, die der Oberfläche eines Zupfkuchens glichen. Dann waren sie draußen, auf dem offenen Meer. Nach Osten war nur unendliches Blau zu sehen, die flachen Inseln, wie Cat Island, verschwanden am Horizont, der sich langsam von Orange zu Blau färbte, als sich die Sonne über die Wolken schob und das Meer in ein tiefes Dunkelblau tauchte.

»Wundervoll«, hauchte Mel.

Jesse sah sie von der Seite an. »Da hast du recht.« Er wirkte heute nachdenklich. Zu gern hätte sie gewusst, worüber er grübelte.

Mel machte einige Aufnahmen von dem Farbenschauspiel. Zu gern hätte sie auch Jesse fotografiert, aber sie traute sich nicht, ihn zu fragen.

Eine Weile standen sie stumm nebeneinander und genossen den Zauber des Morgens, bis Jesse die Stille unterbrach:

»Ach, übrigens … Wir haben bald keinen Empfang mehr und sind dann vermutlich ein paar Tage offline. An Bord gibt es eine Satellitenverbindung, allerdings limitiert auf unsere Computer. Wenn du also jemandem eine Nachricht schreiben oder deine E-Mails checken möchtest, kannst du das gern über meinen Rechner tun. Ansonsten würde ich Elly bitten, dass sie mir Bescheid sagt, wenn es etwas Neues für dich gibt, und du kannst sie dann kontaktieren. Ist das für dich in Ordnung?«

»Ja, klar. Sie kann auch dir die Neuigkeiten direkt schreiben, ich … habe keine Geheimnisse.« Verlegen biss sie sich auf die Unterlippe, als sie an das gestrige Gespräch dachte.

Nun überzog ein offenes Lächeln Jesses Gesicht. »Okay, ich sage es ihr. Und falls du telefonieren möchtest …«

Mel winkte ab. »Muss ich nicht! Mit Mark habe ich ja gestern gesprochen, das reicht, wenn wir dann wieder in Landnähe sind. Ich schreibe ihm gleich, er soll Elly kontaktieren, wenn es etwas Wichtiges geben sollte.«

Jesse sah sie bedeutungsvoll an. »Wir sind jetzt ein paar Tage auf hoher See und werden nicht anlegen. Ist … das wirklich kein Problem für dich?«

»Nein, wieso denn?« Sie zuckte mit den Schultern. »Die *Cetus* ist ein stabiles Schiff, sogar Eismeer-tauglich, wie Steven mir erzählt hat. Wovor sollte ich da Angst haben?«

Jesse wirkte erleichtert. »Viele Menschen fürchten sich, wenn sie nichts außer Wasser um sich herum und kein Land in Sicht haben.«

Mels Blick glitt träumerisch in die Ferne, über den schimmernden Ozean. »Ich nicht. Es bedeutet Freiheit für mich.«

Für einen Moment hatte sie den Eindruck, er würde ihr gleich den Arm um die Schultern legen, aber vielleicht war auch nur der Wunsch der Vater des Gedankens gewesen.

Jesse deutete nach hinten. »Dann mache ich mich mal an die Arbeit. Wir müssen schauen, dass wir die Signale der Wale empfangen.«

»Viel Erfolg«, rief Mel ihm hinterher, bevor sie ihr Handy nahm, um Mark eine Nachricht zu senden. Sie schrieb auch gleich an Doris, Mrs Dubois und Hope, bevor sie das Smartphone wieder in die Hosentasche schob, doch da summte es schon. Doris hatte ihr Grüße aus Lynnwood Falls und ein Foto dazu geschickt: Die ersten Rapsfelder standen in voller Blüte; es war ein leuchtend gelbes Blumenmeer. Sofort ging Mel das Herz auf. Die endlos erscheinenden Felder um Lynnwood Falls hatten dieselbe magische Wirkung auf sie wie die Hochsee. Weite. Freiheit!

Völlig überraschend überkam Mel das Heimweh. Nach Lynnwood Falls. Nach Doris, bei der es immer ein wenig nach den diversen Duftbeutelchen roch, die sie je nach Jahreszeit aufhängte. Im Winter nach Zimt, im Frühling waren es getrocknete Blüten, Lavendel im Sommer, und im Herbst nutzte sie diverse Kräuter. Sie war so eine herzensgute Seele. Mel bedankte sich für das Bild und schrieb, dass sie sich auf die Rückkehr freute.

Das ist schön. Aber jetzt genieß erst mal die Zeit an Bord!, antwortete Doris.

Gedankenverloren malte Mel ein Herz in die Salzkruste auf der Reling, bis sie sich selbst darüber klar wurde, was sie da tat. Schnell fuhr sie mit der Hand darüber, sodass ihre Finger mit einer feinen Schicht Salzkristalle überzogen wurden. Wie würde es eigentlich weitergehen? In ein paar Tagen kehrte sie zurück nach Lynnwood Falls. Es würde keine Ewigkeit dauern, bis Jesse wieder nach Hause zurückkehrte – die Wale hielten sich dann vor der Küste Neuenglands und Neufundlands auf. Die meiste Zeit war er sicherlich beruflich eingespannt, aber was machte er in seiner Freizeit? Ob sie sich wohl gelegentlich sehen würden?

Vielleicht würden sie sich bei Ellys Geburtstagsfeier im August treffen? Elly feiert meist im größeren Kreis, da war ihr Bruder sicherlich dabei. Oder sie liefen sich beim obligatorischen Wochenend-Brunch in *Annabella's Café* über den Weg? Würden sie womöglich sogar mal etwas gemeinsam unternehmen?

Mel hörte in sich hinein. Was empfand sie beim Gedanken daran, Jesse ganz bewusst zu treffen? Es war ein seltsames Gefühl. Ein Verdacht keimte in ihr auf, der ihr beinahe den Atem raubte.

Hatte sie etwa nur deshalb zugelassen, dass sie Gefühle für

Jesse entwickelte, weil sie ganz genau wusste, dass er noch nicht bereit war? Dass seine Vergangenheit für ihn noch gegenwärtig war? So sehr sie ihn menschlich schätzte und so sehr er der Typ Mann war, der sie optisch und charakterlich ansprach, so sicher hätte sie sofort wie üblich abgeblockt, falls er sich ernsthaft für sie interessiert hätte.

Zum Glück kam in dem Moment Nick mit einer Tasse, die er vorsichtig bei dem Seegang ausbalancierte, auf sie zu und vertrieb die philosophischen Gedanken. »Kaffee?«

»Oh, wie lieb, danke!«

»Dank nicht mir, dank Bob. Er hat ihn mit einem Schuss Milch und einem Löffel Zucker versehen, ganz wie du ihn magst.«

Mel lachte. »Der gute Bob! Er ist solch eine Seele von Mensch.« Sie umfasste die Tasse mit beiden Händen und pustete hinein. Dabei lehnte sie sich gegen die Reling, um das Schaukeln auszugleichen.

Nick grinste. »Bob weiß dich halt zu schätzen.« Der Satz kam mit einem gewissen Unterton heraus, den Mel geflissentlich ignorierte. Sie hoffte einfach, dass Nick von der Hilfe in der Küche sprach, denn Bob wäre eindeutig zu nett, als dass sie ihn enttäuschen wollte.

Nick lehnte sich entspannt neben sie.

»Habt ihr schon die Signale der Wale empfangen?«, erkundigte sich Mel.

»Oh, ich weiß es nicht, ich bin eben erst aufgestanden.« Das sah man ihm an: Das braune Haar war zerzaust, er wirkte etwas verschlafen. »Ich brauche erst mal Kaffee! Ist Jesse denn schon drin?«

Mel grinste. »Schon seit einer Weile.«

Nick seufzte übertrieben und rümpfte die Nase, dass die Sommersprossen darauf nur so hüpften. »Dann gehe ich besser auch mal. Jesse kann nämlich in den letzten Tagen extrem launisch sein – ich möchte nicht der Grund für schlechte Stimmung sein.«

Auch wenn es Nick selbst sicherlich nicht bewusst gewesen war, verstand Mel die Anspielung dennoch. *In den letzten Tagen* war Jesse launisch. Es lag also an ihrer Gegenwart. Und schon geriet sie wieder ins Grübeln.

Resolut nahm sie den letzten Schluck aus ihrer Tasse und ging in die Kombüse, um Bob zu danken. Da es noch keine Arbeit für sie gab, holte sie sich ihr aktuelles Buch – *Moby Dick*, das sie beim nächsten Treffen des Buchklubs besprechen wollten – und zog sich damit aufs Heck zurück.

Damals, als Will diese Lektüre vorgeschlagen hatte, hätte sie nicht einmal im Traum daran gedacht, dass sie das Buch auf einem Walforschungsschiff lesen würde. Was seit damals alles passiert war!

Der Tag verlief ruhig. Nach ein paar Stunden hatten sie die Spur der Buckelwale aufgenommen und folgten ihnen in einigem Abstand. Immer wieder kam Aufregung ins Schiff, wenn die Wale auftauchten. Ferngläser wurden gezückt, mit Namen herumjongliert.

Eine Walkuh hatte eine deutlich markante Kerbe an der Fluke, sie hieß Wakanda, dies war der indianische Name für »innere magische Kraft«. Sie schwamm neben ihrem vier Monate alten Jungbullen Ahanu, was »er lacht« bedeutete. Einen Walbullen, erkennbar an einer Scharte in der Finne, der besonders schön sang, hatten die Wissenschaftler nach Louis Armstrong »Satchmo« getauft, wie Jesse ihr erzählte.

Er reichte ihr das Fernglas, damit sie die Buckelwale auch genauer beobachten konnte. Wenn er über seine geliebten Meeressäuger sprach, funkelten Jesses Augen, und er wirkte völlig eins mit sich. Das waren die Momente, in denen ihr Herz beinahe überfloss. Ansonsten war er eher zurückhaltend und vermied Persönliches.

Ein paarmal sah auch Mel mit bloßem Auge einen Blas aufsteigen oder wie sich eine Walfluke beim Abtauchen elegant gen Himmel reckte.

Sie hatte in ihrer Kindheit schon Wale gesehen, aber noch nie aus der Nähe beobachtet, wie sich solch ein riesiger Körper aus dem Wasser katapultierte und mit einem lauten Platschen wieder ins Wasser fiel. Da ging ihr jedes Mal das Herz auf.

Die Informationen, die Jesse oder auch Mary Lou und Nick ihr beiläufig gaben, saugte Mel wie ein Schwamm in sich auf. Das war alles so spannend!

Dann gab es wieder lange Zeiten, in denen die Wissenschaftler sich zurückzogen und Daten auswerteten. Versuchten, anhand von Geräuschen oder Fotos zu identifizieren, wer sich in ihrer Nähe befand. Oder den Tönen lauschten und die Bedeutung zu interpretieren versuchten, denn es sangen nur die Walbullen – und zwar während der Paarungszeit, die vorüber war –, die anderen Töne hatten unterschiedliche Bedeutungen.

Dann zog sich Mel zurück, um die Biologen nicht zu stören.

Die nächsten beiden Tage liefen alle nach dem ähnlichen Schema ab. Zwischendurch half sie Bob in der Küche oder zog sich zum Lesen zurück, wobei die Umgebung meist zu spannend war – auch wenn sie nur aus dem tiefblauen Meer, dem stahlblauen Himmel und den Wolken, die aussahen wie Wattebäusche, sowie gelegentlich einigen Tölpeln oder Tropikvögeln bestand, die um die *Cetus* kreisten.

Ihre Haut hatte schon einen goldbraunen Ton angenommen, sie konnte sich mittags auch ausnahmsweise ohne Sonnenschutz zum Lesen aufs Deck legen und die warmen Strahlen genießen, obwohl es mit jeder Seemeile, die sie nördlicher kamen, auch etwas kühler wurde. Mel hatte sich gerade wieder so richtig in *Moby Dick* eingelesen, als Jesse auf sie zukam.

Sein Lächeln konnte sie zuerst nicht richtig deuten. »Was gibt's?«

»Eine Nachricht von Elly. Will hat dir gemailt. Wenn du magst, kannst du die E-Mail auf meinem Rechner lesen.«

Unwillkürlich beschleunigte sich ihr Herzschlag, als sie ihm in seinen Arbeitsraum folgte.

Diskret drehte sie den Kopf weg, als Jesse sein Passwort eingab und ihr dann seinen Stuhl zuschob.

»Ich hole mir einen Kaffee, möchtest du auch einen?«

»Sehr gern. Mit einem Schuss Milch und einem Löffel Zucker, bitte.« Ihr Blick fiel auf die Wand neben seinem Arbeitsplatz. Dort hing ein Bild seiner damals sichtbar schwangeren Frau und der kleinen Tochter. Ein Stechen fuhr ihr durch die Brust. Schnell wandte sie den Kopf ab; sie hatte auf einmal das Gefühl, in Jesses Privatsphäre einzudringen.

Sie öffnete ihr Mailprogramm und fing an zu lesen. Eigentlich hätte sie gar keinen Kaffee gebraucht, so wie ihr Puls nach oben schnellte, als sie den Text gelesen hatte. Schnell dankte sie Will für seine Mühe und die Info und erlaubte ihm, auch Hope und die anderen zu informieren. Danach setzte sie Mark in Kenntnis. Mit geschlossenen Augen lehnte sie sich zurück.

Mel zuckte zusammen, als Jesse ihr die Hand auf die Schulter legte. Sie hatte ihn nicht kommen hören, nicht einmal mitbekommen, wie er die Tassen auf dem Tisch abgesetzt hatte.

In seinem Blick spiegelte sich Besorgnis, die ihr unendlich guttat. »Alles okay?«

Sie lächelte. »Ja, und wie!«

Ein kurzer Seitenblick zu Mary Lou, die Micky-Maus-Kopfhörer über ihre Krauslocken gestülpt hatte, sagte Mel, dass diese gänzlich auf ihre Arbeit konzentriert war. Über den Bildschirm zuckte eine Linie wie bei einem EKG, die die Töne visualisierte.

Mel stand auf, um beim Reden mit Jesse nicht ständig den Kopf in den Nacken legen zu müssen. Sie grinste. »Hast du das Beben an Deck nicht gespürt, als mir der Felsbrocken vom Herzen gefallen ist?«

Sein Lachen ging ihr unter die Haut. »Das heißt, gute Nachrichten?«

Sie nickte. »Die Kontaktsperre ist durch. Und Will konnte sogar mithilfe der Staatsanwältin durchsetzen, dass Arthur fürs Erste eine elektronische Fußfessel bekommt. Das heißt, wir wissen nun jederzeit, wo er sich aufhält.«

»Oh, das ist ja großartig!« Jesse schien sich ehrlich mit ihr zu freuen. Seine Hand zuckte kurz nach oben, und für einen Moment hatte sie den Eindruck, er wollte sie umarmen, doch dann ließ er den Arm wieder sinken.

»Ja, das ist es. Zudem hat Will Arthur auf den Zahn gefühlt und einiges zutage gefördert. Anscheinend hat er einige seiner Aufträge dank Schmiergelder erhalten. Nichts Wildes, doch allemal genug, um Arthurs Ruf zu ruinieren. Er hat ihm nun gedroht, ihn auffliegen zu lassen, wenn er mir nur ein Mal wieder zu nahe kommt oder Einspruch gegen die Scheidung einlegt. Das heißt, auch die wird vermutlich bald durch sein.«

»Das ist wirklich eine gute Nachricht! Und wie hat er reagiert?«

»Will hat es nicht detailliert beschrieben, doch ich vermute, cholerisch. Und sich dann zähneknirschend gefügt. Er war zwar besessen davon, seine Macht auszuüben, aber ich denke, wenn ihm klar wird, was es für ihn bedeutet, die Machtposition bei seiner Arbeit zu verlieren, wird er klug genug sein, das nicht auch noch aufs Spiel zu setzen.«

Nun zog Jesse sie doch an sich. Sie verschwand in seinen Armen, Geborgenheit hüllte sie ein. *Wie schön es ist, Freud und Leid mit jemandem teilen zu können*, schoss es ihr durch den Kopf.

Sie hatte Mark. Aber vor ihm hatte sie viele schmutzige Details ihrer Ehe ferngehalten, um ihn zu schonen. Sie hatte Hope und Elly oder auch Doris und Becky. Doch dieser eine Mensch, der das Leben mit allen Höhen und Tiefen mit einem teilte … Würde sie das jemals haben können? Noch ein paar Formalitäten, dann war sie endlich frei! Wie ging es dann weiter?

Jesse löste die Umarmung vorsichtig. »Komm, darauf müssen wir anstoßen. Erst mal mit Kaffee, aber wenn die Sonne untergeht, genehmigen wir uns heute mal ein Bier. Das muss sein!«

Normalerweise wurde auf hoher See selten Alkohol konsumiert, aus Sicherheitsgründen. Zum Sonnenuntergang – der an Bord zelebriert wurde – gab es gelegentlich Ausnahmen. Und diese Nachricht war tatsächlich ein Grund, bei dem man sich auch einmal über Regeln hinwegsetzen konnte.

Obwohl es im Grunde kein Rendezvous war, stieg die Aufregung in Mel im Laufe des Nachmittags.

Es ist doch kein Date, dieses Bier als Sundowner, sagte sie sich. Dennoch merkte sie, wie sie die Sonne fixierte, die sich heute ausnahmsweise so gar nicht über den Himmel schieben wollte. Endlich neigte sie sich langsam dem Horizont entgegen. Um kurz nach fünf ging sie duschen, trug heute sogar eine Haarkur auf und cremte sich anschließend ein, was sie die letzten Tage gern vernachlässigt hatte.

Ihre Haut schimmerte bronzefarben. Sie brauchte kein Make-up. Ihre ursprünglich hellen Wimpern ließ sie immer färben. Also trug sie nur ganz dezent einen Eyeliner auf, zog eine Jeansshorts und ein türkisfarbenes T-Shirt mit Rundhalsausschnitt und kurzen Puffärmeln an, das am Bauch gerafft war. Es hob ihre Bräune so schön hervor. Die noch feuchten Haare fasste sie zu einem Zopf zusammen. Sie wollte nicht, dass sie die Strähnen ständig zurückstreichen musste, wenn der Fahrtwind ihr sie ins Gesicht blies.

Als sie nach oben kam, färbte sich der Himmel bereits langsam orange. Heute war wieder ein ruhiger Tag gewesen, mit eher wenig Wind. Ein Segelboot, das sie überholt hatten, hatte die Segel gestrichen und war auch unter Motor gefahren. Die Wasseroberfläche glänzte wie in Öl getaucht, sie spiegelte golden vom Widerschein der Sonne.

Da kam Jesse auf sie zu. Auch er schien frisch geduscht zu sein; seine Haare ringelten sich feucht im Nacken. Er trug ein olivgrünes T-Shirt, eine an den Knien ausgefranste Jeans mit einigen Rissen sowie eine Sonnenbrille – und sah dabei ziemlich cool aus. Nur leider hätte sie gern seine Augen gesehen, irgendwie hatte sie den Eindruck, dass er sie verstohlen musterte.

Auf einmal kam sie sich albern vor. Seit sie an Bord war, hatte sie noch nie einen Eyeliner oder Lipgloss getragen. Ob Jesse merkte, dass sie sich extra für ihn hübsch gemacht hatte? Nun wünschte sie sich, sie hätte wenigstens auch eine Sonnenbrille mitgebracht, hinter der sie sich verstecken könnte. Immerhin spielte ein Lächeln um seine Mundwinkel, als er ihr einen Cooler reichte, in dem eine Dose bahamaisches Kalik-Bier steckte.

»Dann lass uns mal schnell anstoßen, bevor die anderen kommen!« Er hob die Dose und schob dann zögernd die Sonnenbrille auf den Kopf, um ihr in die Augen zu sehen. »Willst du den Toast sprechen?«

Auf uns!, lag ihr auf der Zunge, stattdessen sagte sie: »Auf die Freiheit!«

»Auf die Freiheit!«, echote er.

Kurz versanken ihre Blicke ineinander, bis Mel den Kopf in den Nacken legte, um zu trinken. Das Bier floss eiskalt ihre Kehle hinunter.

»Ah, herrlich!«, seufzte sie.

»Du sagst es.« Jesse lachte.

In dem Augenblick kamen Nick, Mary Lou und Robin auf sie zu.

Nick wirkte neugierig. »Gibt's was zu feiern?«

»Mel hat gute Nachrichten von zu Hause erhalten«, erklärte Jesse. Trotz der Freundlichkeit und des Lächelns, das seine Worte begleitete, schaffte er es, dass sein Tonfall keine Rückfragen zuließ.

»Das freut mich für dich.« Mary Lous Zähne blitzten weiß auf, als sie erfreut lächelte. Sie hielt Mel ihr Glas mit Orangensaft zum Anstoßen entgegen.

»Danke schön!« Mel nahm noch einen großen Schluck.

Nach und nach traf der Rest der Mannschaft an Deck ein – vom Maschinisten über die Technikerin bis hin zur Küchencrew. Bob, der bereits mitten in den Essensvorbereitungen steckte, stieß als Letzter zu ihnen, kurz bevor die Sonne den Horizont küsste.

Da sie momentan ziemlich genau nach Norden fuhren, hatten sie die Sonne im Westen an ihrer Breitseite, so blieb genügend Platz für alle.

Trotzdem rückte Jesse ein Stück auf. Mel hatte die Hände auf die hölzerne Reling gestützt, ihre Arme berührten seine beinahe. Es war wie im Physikunterricht bei diesem Versuch, als ihr Lehrer Elektroden nebeneinandergehalten und in Überspannung versetzt hatte. Als würden zwischen ihrer Haut ebenso winzige Funken hin- und herfliegen. Ob er es auch spürte? Er zog den Arm nicht weg.

Ihr Herzschlag beschleunigte sich, während der Himmel sich von Blau zu Orange färbte und die Sonne erst fast grellweiß, dann als ein glühender Ball den Horizont berührte.

»So klar es heute ist, ist es ein Tag für einen Green Flash«, bemerkte Robin.

»Du musst aufpassen – in der letzten Sekunde, wenn die Sonne im Meer versinkt, gibt es manchmal eine Lichtbrechung«, erklärte Jesse. »Dann erscheint ein grüner Blitz am Horizont.«

Sie verkniff sich die Erwiderung, dass sie im Westen, am Pazifik, aufgewachsen war und unzählige Sonnenuntergänge gesehen hatte, also auch dieses Phänomen kannte. Denn sie liebte es, wenn Jesse versuchte, sie teilhaben zu lassen an seinem Leben, an dem, was ihm wichtig war. So lächelte sie nur und schob ihren Ellbogen scheinbar zufällig ein bisschen näher, sodass sie sich ganz leicht berührten. Jesse zog seinen Arm immer noch nicht weg.

Der gesamte Horizont leuchtete goldorange, als das letzte Eckchen der Sonne in einem grünen Blitz im Meer verschwand.

»Wow!«, hauchte jemand, und für einen Moment herrschte ehrfürchtiges Schweigen, bis die Gespräche wieder einsetzten. Mel begnügte sich damit, Jesses sonnengewärmte Haut an ihrer zu spüren und zuzusehen, wie die Wolkenfetzen sich erst rosa, dann purpurrot färbten, während der Himmel ein Farbenspektakel von Hellblau über Mint zu Ockergelb und einem zarten Pink bot, bevor das Dunkelblau dominierte und sich die ersten Sterne am Firmament zeigten.

»Schade, dass es im Osten so bewölkt ist, sonst hätten wir den Mondaufgang gesehen. Es ist gerade Vollmond, da geht der Mond genau dann auf, wenn die Sonne untergeht. Vielleicht haben wir ja morgen früh Glück, dass sich Sonnenaufgang und Monduntergang überschneiden«, sagte Jesse, und Mel beschloss sofort, sich den Wecker zu stellen.

Nur widerwillig riss sie sich los. »Ich … gehe mal schauen, ob ich Bob und den Jungs etwas helfen kann.«

Kurz dachte sie, Jesse wollte sie aufhalten, dann nickte er. »Ich komme auch gleich.«

Zum Abendessen briet Bob eine riesige Platte mit Shrimp Cakes, dazu gab es Okraschoten und Gemüsereis, serviert mit verschiedenen Dips. Außerdem bereitete Mel einen gemischten Salat zu.

Alle griffen kräftig zu. Doch natürlich durfte auch der Nachtisch nicht fehlen. Nick trug eine Platte mit frischen Ananas in Stücken herein. Schon beim Anblick und dem süßen Duft lief Mel das Wasser im Mund zusammen. Sie wartete gespannt, was passieren würde, und tauschte mit Bob vielsagende Blicke.

Jesse stibitzte sich ein Stück von der Platte, als Nick an ihm vorbeilief. »Hm, die sind köstlich.« Er runzelte die Stirn, als Nick sich hinsetzte und Bob keine Anstalten machte aufzustehen. »Ich habe vorher Gebäck gerochen. Da kommt doch noch was, oder?«

Bob schlug sich lachend auf die Schenkel, und auch Mel prustete heraus. Der Koch hatte ihr den Scherz angekündigt und prophezeit, dass Jesse nachhaken würde. Auch Mary Lou war wohl eingeweiht, denn sie lachte und stand auf, um den saftigen Kokoskuchen zu holen, den Bob gebacken hatte.

Also wenn du Jesse irgendwann einmal betören willst, musst du ihm einfach nur etwas Süßes backen, schoss es Mel durch den Kopf. Schnell rief sie sich zur Vernunft. Weder sie noch er waren aktuell bereit!

Jesse, der ordentlich zugelangt hatte, lehnte sich zurück und rieb sich den Bauch. »Das ist Piña Colada in Reinform.« Er grinste. »Jetzt fehlt nur noch der Rum dazu.«

»Yo ho ho and a bottle of rum«, stimmte Nick sofort das Seemannslied an, in das alle einfielen. Als den anderen die Verszeilen ausgingen, half Mel aus.

Gelächter schallte durch den Raum, nachdem sie geendet hatten.

Chan staunte. »Alle Achtung! Du kennst den ganzen Text?«

Mel zuckte mit den Schultern. »Enkelin eines Fischers – ich bin quasi in Seeemannskneipen aufgewachsen.« Sie grinste. »Außerdem stammt das Lied aus *Die Schatzinsel* von Robert Louis Stevenson.«

»Und du kennst das Buch auswendig?«, foppte Nick sie.

Sie hob schmunzelnd die Hände. »Ich habe Literaturwissenschaften studiert, darüber habe ich dissertiert.«

»Alle Achtung! Eine Frau, die nicht nur schön und taff, sondern auch klug ist!«, warf Samuel, der erste Steuermann, ein und zuckte anerkennend mit den Augenbrauen.

Die Aufmerksamkeit, die ihr plötzlich zuteilwurde, war Mel peinlich.

Zum Glück erlöste Nick sie, indem er rief: »Was war denn nun mit der Pulle voll Rum zum Digestiv?«

Bob, der nicht nur das Essen, sondern auch die Getränke verwaltete, sah Steven fragend an.

Der Kapitän nickte zögernd. »Okay, jeder einen Fingerbreit.«

Ruckzuck war der Tisch abgeräumt, und die Jungs holten Gläser.

Mel lehnte dankend ab, als Chan ihr eines hinstellen wollte. »Ich nehme Rum nur in Form von Piña Colada zu mir, und den Kuchen und die Ananas habe ich ja leider schon gegessen«, sagte sie schmunzelnd.

»Ich mache dir eine Piña Colada, wenn du magst«, schlug Bob sofort vor.

»Nein, Quatsch, nicht nötig, das war nur ein Scherz«, wiegelte Mel verschämt ab.

»Von wegen Scherz, ich würde auch lieber eine Piña Colada nehmen«, sagte Mary Lou sofort und zwinkerte ihr verschwörerisch zu.

Chan und Frank, der dritte Steuermann, schlossen sich ihnen an.

»Und warum nehmen wir die Getränke nicht mit nach draußen? Es ist eine wundervolle Mondnacht«, schlug Robin vor, wofür er von seiner Frau einen Kuss auf die Wange erhielt.

Robin hatte recht gehabt. Es war wirklich eine wundervolle Nacht. Ganz lau, die Luft recht trocken, sonst zog um diese Zeit schon oft die Luftfeuchtigkeit an, und das Deck wurde feucht. Der Mond warf einen Silberstreifen auf das glatte Meer, während über ihnen die Sterne funkelten.

Jesse drückte ihr seinen Drink in die Hand. »Hältst du mal bitte kurz?«

Zusammen mit Nick holte er die Rettungswesten aus der Backskiste zum Draufsetzen.

Mels Herz jubilierte, als er seine zuletzt, neben ihre, vor die Backskiste legte, sodass sie sich daran anlehnen konnten.

Er stieß sein Glas gegen ihres und sah sie bedeutungsvoll an. »Auf die Freiheit!«

»Auf die Freiheit!«, schallten die anderen Stimmen im Chor, und Mel überrieselte eine wohlige Gänsehaut.

Die Feier zum Beginn ihrer echten Eigenständigkeit hätte kaum schöner ausfallen können.

Eine ganze Weile unterhielten sie sich alle; meist ging es um die Buckelwale, die sie nicht weit entfernt begleiteten. Mel genoss es, neben Jesse zu sitzen, seinen warmen Arm an ihrem zu spüren, ab und zu eine Frage einzuwerfen, eine maritime Anekdote beizusteuern oder einfach zuzuhören.

Nach und nach löste sich die Runde auf. Es war Wachwechsel, die neue Navigationscrew war an der Reihe. Nick und Steven wollten eine Partie Schach spielen, während Mary Lou, Robin, Bob und Linsey sich zu ihrer allabendlichen Runde Bridge zusammenfanden.

Auch der Rest der Crew ging sukzessive hinein.

Mel wollte nicht, dass Jesse sich ebenfalls zurückzog, wie er es schon manchmal getan hatte, so fragte sie das Erste, was ihr in den Kopf kam: »Wie schlafen die Wale eigentlich? Ich habe schon gehört, dass Delfine nur mit einer Gehirnhälfte schlafen.«

Jesses Gesicht leuchtete im Mondschein. »Das ist bei den Walen das Gleiche. Auch sie schalten die Hälfte des Gehirns ab, schlafen sozusagen mit der einen Hälfte, die andere ist wach. Schließlich atmen Meeressäuger ja nicht unbewusst wie wir Menschen, sondern sie müssen ganz bewusst auftauchen, um Luft zu holen. Aber jede Art hat so ihre eigenen Angewohnheiten. Delfine schließen zum Bespiel das Auge auf der wachen Hälfte. Pottwale schlafen, während sie an der Oberfläche treiben. Und unsere Buckelwale haben eine ganz coole Art zu schlafen: Sie hängen senkrecht im Wasser, die Fluke nach oben.« Er lächelte. »Uns ist es einmal gelungen, ein Weibchen, unsere Wakanda, beim Schlafen zu filmen. Erinnere mich morgen daran, dann zeige ich dir die Aufnahmen. Ich habe sie zwar auch auf dem Handy, aber auf dem großen Rechner sieht es beeindruckender aus.«

Sein Gesichtsausdruck wurde schwärmerisch. »Es ist einfach großartig, wie das aussieht, wenn diese riesigen Tiere kopfüber im Wasser hängen.«

»Oh, das glaube ich. Das Video würde ich sehr gern sehen! Ich finde das alles wahnsinnig faszinierend.«

»Deine Begeisterung für all das hier ist süß.« Sein Gesichtsausdruck sagte ihr, dass ihm das rausgerutscht war. Aber zumindest war es dann seine ehrliche Meinung. Ihr Herz machte einen Satz.

»Danke!«, erwiderte sie, weil ihr auf die Schnelle nichts Geistreicheres einfiel. Zu kokettieren lag ihr nicht. »Es ist auch … einfach alles wundervoll hier«, setzte sie hinzu.

In dem Moment sah sie einen Lichtschweif im Augenwinkel. »Da, eine Sternschnuppe.«

»Du darfst dir etwas wünschen!«

Mel sah auf Jesses Profil, das sich scharf gegen das Mondlicht abhob. Hier, neben ihm, war sie eigentlich wunschlos glücklich. Sie sah auf seine Lippen. Ein Kuss. Ein Kuss wäre schön. Der perfekte Abschluss für diesen Tag. Aber war sie überhaupt schon bereit dafür? Oder genügte ihr das Träumen davon?

Jesse wandte den Kopf. Musterte seinerseits ihren Mund, als hätte er ihre Gedanken gespürt. Doch keiner von ihnen machte den ersten Schritt, und so verpuffte der Moment.

»Wenn ich mir tatsächlich etwas wünschen könnte, wäre es, dass es weltweit keinen Walfang mehr gäbe. Kein Abschlachten für Trophäen oder sinnloses Töten mehr«, sprach sie das Nächste aus, das ihr in den Sinn kam.

Jesse seufzte. »Da werden wohl noch viele Sternschnuppen vom Himmel fallen müssen, bis sich dieser Wunsch erfüllt. Leider! Das bedeutet noch harte Arbeit!«

»Ich finde es großartig, dass ihr darum kämpft, dass die Wale geschützt werden!« Sie atmete hörbar aus. »Manchmal wünschte ich mir, ich könnte auch etwas Sinnvolleres zum Allgemeinwohl beitragen.«

»Na, hör mal! Was du in der *Carly Martin Memorial Library* beiträgst, ist absolut sinnvoll. Die Vorlese-Nachmittage, die du eingerichtet hast. Ihr lest Bücher mit Hintergrund, die schon die Kleinen früh für wichtige Themen sensibilisieren. Vermeidung von Plastikmüll. Tierschutz. Inklusion. Das ist extrem wichtig … und eben ein Beitrag der anderen Art! Nur durch Bildung kann weiteres Unheil verhindert werden, und dazu trägst du bei!«

Mel wäre beinahe der Mund vor Staunen offen stehen geblieben. Jesse wusste, was sie aufgebaut hatte? Das bedeutete, er hatte sich in Gedanken schon mit ihr beschäftigt! Vermutlich hatte ihm seine Mutter davon erzählt. Dennoch hatte er zugehört und es sich gemerkt. Ein warmes Glücksgefühl strömte in ihren Bauch.

»So habe ich das noch nie gesehen, aber da hast du natürlich recht. Das war mein Bestreben!«

»Auch der Buchklub, den du eingerichtet hast, ist doch klasse, er schafft ein Gemeinschaftsgefühl«, lobte er.

»Ja, das stimmt. Wir lesen übrigens gerade *Moby Dick*. Zufällig. Will hatte das schon im Februar angeregt. Es … ist irgendwie … lustig, dass ich das nun gerade hier lese.«

»Ich bin froh, dass diese Zeiten des sinnlosen Abschlachtens wenigstens teilweise vorüber sind. Zufälligerweise lese ich es auch gerade. Das Buch fiel mir in der Bibliothek in die Hände.«

Sie schluckte. »Das Leben hält manchmal eigenartige Zufälle für einen bereit.«

Jesse nickte. Ihre Blicke verfingen sich. Auch sein Adamsapfel hüpfte.

Das Gluckern der Wellen am Bootsrumpf entlang, das sanfte Dröhnen des Motors und das Säuseln des Windes wurden übertönt vom Pulsschlag in ihren Ohren.

Zufall oder Schicksal? Was ist es, das uns hier zusammengeführt hat? Uns schon als Partner bei Ellys Hochzeit vereint hat? Das uns nun das gleiche Buch lesen lässt?

In ihrer Brust begann es zu ziehen. Die Sehnsucht, ihn zu berühren, wurde übermächtig. Sie schob ihren Arm ein Stück nach links, bis er seinen berührte.

Jesse nahm ihr Handgelenk. Fuhr zart mit den Fingern über ihren Unterarm. »Du hast trotz der Bräune so unglaublich weiche Haut.«

Sie tat es ihm gleich. »Deine ist auch nicht ledrig«, erwiderte sie genauso leise, als könnte lautes Sprechen den Zauber zerstören.

»Aber ich habe viele Haare!«

Sanft fuhr Mel über die weichen, von der Sonne ausgebleichten Härchen auf seinem Unterarm. »Na, es wäre ja auch schlimm, wenn ich ebenso viele Haare am Arm hätte wie du als Mann.«

Jesse fing an zu lachen. Da war es wieder, diese Unbeschwertheit, die sie so liebte, wenn er in sie verfiel.

Sie stimmte ein.

Er legte den Arm um ihre Schultern. »Du bist unglaublich, weißt du das?«, raunte er ihr ins Ohr. Sein warmer Atem streichelte ihren Hals, und seine Lippen berührten für einen Sekundenbruchteil ihre Ohrmuschel.

Am liebsten hätte sie wohlig geschnurrt.

Jesse zog ihren Kopf an seine Schulter, streichelte mit dem Daumen ihren Hals. So saßen sie eine ganze Weile. Schweigend. Schauten aufs Meer hinaus. Genossen ganz vorsichtig die Nähe des anderen. Die Körperwärme des einen schien auf den anderen überzuströmen. Er küsste sie nicht. Aber es war etwas ganz Intensives. Eine vorsichtige Annäherung. Ein Anfang. Und vielleicht mehr wert als ein bloßer Kuss.

Sie philosophierten über den Mikrokosmos auf dem Walfänger *Pequod* in *Moby Dick* und die Parallelen oder Unterschiede zu ihrer Welt auf der *Cetus* oder auch in Lynnwood Falls und genossen dabei die äußerliche und innere Nähe. Als sie eine ganze Weile später zu ihren Kabinen gingen, umarmte Jesse sie vor der Tür und küsste sie sanft auf die Wange. Nur ein Hauch, ein zartes Streicheln mit seinen Lippen.

»Danke für den schönen Abend«, wisperte Mel, nachdem sie ihn ebenfalls auf die weichen Stoppeln seines Dreitagebarts geküsst hatte.

»Ich … fand es auch total schön«, erwiderte Jesse heiser, bevor er sie – fast schon abrupt – losließ und schnell in seine Kabine ging. Als würde er flüchten.

Mel betrat ihr »kleines Reich« und ließ sich von innen gegen das Türblatt sinken. Ein glückseliges Lächeln umspielte ihre Mundwinkel. Und ihre letzten Gedanken vor dem Einschlafen galten Jesse und seinem unbeschwerten Lachen.

Jesse

An Bord des Forschungsschiffes *Cetus*

Jesse konnte gar nicht sagen, was ihn aufgeweckt hatte. Ein Geräusch an Deck oder das Klatschen einer Welle gegen den Rumpf. Draußen war es noch dunkel, die Helligkeit kam vom Licht des Vollmondes. Es würde eine Weile dauern, bis es Tag wurde, der Mond stand noch hoch am Himmel.

Vielleicht war es auch einfach etwas in seinem unruhigen Traum gewesen, was ihn aufgeweckt hatte. Vor seinem Auge zuckte ein Oszillogramm, doch in dem Fall war es nicht die Walkommunikation, sondern seine Stimmung. Ein Auf und Ab. Sein Verstand sagte ihm, dass Elly recht hatte. Er musste nach vorn blicken. Das hätte er jedem anderen in seiner Situation auch geraten. Doch seine Gefühlswelt war durcheinandergeraten. Das Loslassen fiel ihm so schwer. Er hatte konstant ein schlechtes Gewissen und wusste nicht einmal, ob er fürchtete, Beth oder Mel um etwas zu betrügen, das er nicht beim Namen nennen konnte.

Er knipste die Lampe über seinem Bett an und drehte den Strahler so, dass das Licht auf Beth' Foto fiel. Er lächelte es an und legte die Finger auf ihr Gesicht. Doch absurderweise fühlte er nur das kalte Fotopapier, und da war plötzlich die Erinnerung, wie Mels Haut sich angefühlt hatte. So zart. Und weich. Er zog die Finger zurück, als hätte er sich verbrannt.

»Weißt du, du hättest sie gemocht!« Er hätte nicht einmal sagen können, ob er laut sprach oder nur in Gedanken, wenn er mit Beth kommunizierte. Aber das spielte auch keine Rolle. »Ich kann mich noch genau erinnern, wie du damals nach Hause gekommen bist. Du hast erzählt, dass Mrs Dubois eine

Nachfolgerin bekommen hat, die das krasse Gegenteil ist. ›Ganz süße Grübchen hat sie‹, hast du gesagt, ›und sie schaut überhaupt nicht so verbissen aus wie die alte Mrs Dubois.‹ Du mochtest sie ja nie so. Dir hat die Kinderecke gefallen, die Mel eingerichtet hat. Dort wolltest du mit Sophia und später Olivia hingehen.«

Er schluckte, und das Schlucken schmerzte. »Ihr wärt bestimmt gute Freundinnen geworden, Mel und du. Sie ist … ein ganz toller Mensch.« *Und süße Grübchen hat sie tatsächlich.* Das dachte er besser nur ganz leise. »Ich … bin gern mit ihr zusammen. Der Austausch mit ihr ist toll. Sie besitzt ein unglaubliches Wissen, man merkt, dass sie viel liest. Und über das Meer hat sie so einiges von ihrem Großvater gelernt. Womöglich kennt sie es besser als ich. Es ist so schön, ihre Freude zu sehen, wenn man ihr etwas zeigt. Sie hat … so eine Art – selbst Kleinigkeiten, die anderen nicht auffallen, bringen sie zum Strahlen.«

Und dann waren da wieder diese süßen Grübchen. Auf die er sie am liebsten immer küssen würde. Am vergangenen Abend hatte er sich extra die Stelle für seinen Gutenachtkuss ausgesucht. Er war sich hinterher seltsam dabei vorgekommen, wie ein Pennäler bei einem gestohlenen Kuss von seiner Angebeteten. Jesse freute sich jetzt schon auf ihre Augen, darauf, wie sie nachher strahlen würden – vermutlich in der gleichen Farbe wie der Himmel. Sie hatten sich verabredet, den Sonnenauf- und Monduntergang anzusehen.

Doch es war nicht nur seine eigene Zerrissenheit, die ihn beschäftigte. Er konnte Mel nicht einordnen.

»Weißt du, sie hat auch viel Schlimmes in ihrem Leben erlebt. Ich habe das Gefühl, sie ist der erste Mensch, der mich versteht. Der nicht nur Mitleid hat, sondern genau weiß, wie es sich anfühlt. Das erzeugt …« *Solch eine Nähe*, hatte er sagen wollen, doch irgendwie erschien ihm das zu intim. Wieder war da dieses seltsame Gefühl, einen Verrat zu begehen.

Ob an Mel, weil er seine Gefühle für sie einer anderen Person verriet, oder an Beth, weil er Nähe zu einer anderen Frau verspürte.

Beth hätte nichts dagegen, das wusste er genau. Sie wollte sicherlich, dass er glücklich war. Wenn es anders herum wäre, würde er sich das Gleiche für Beth wünschen.

Andererseits konnte er ja auch überhaupt nicht sagen, was Mel wollte. Fragen konnte er sie schlecht, solange er sich selbst nicht sicher war. Sie war gern mit ihm zusammen, das spürte er. Sie hatte gelegentlich das Bedürfnis nach Geborgenheit, das sie ebenfalls nicht verbergen konnte, vermutlich auch nicht verbergen wollte. Und das er – ebenso gelegentlich – auch sehr gern stillte. Es fühlte sich gut an. Sehr gut.

Doch wollte sie überhaupt jemals mehr? Er könnte sehr gut nachvollziehen, wenn sie die Nase voll hätte von Männern. Sie kokettierte nicht, sie flirtete nicht. Und schien überhaupt nicht zu merken, dass ihr drei Viertel der männlichen Besatzung an Bord verfallen waren. Mindestens. Und das war vermutlich untertrieben. Bob war süß in seiner Euphorie, ihr zu gefallen. Mel fiel es wahrscheinlich gar nicht auf, aber der Koch rasierte sich jeden Morgen – was er früher nicht getan hatte – und trug sogar Rasierwasser auf.

Ein komisches Gefühl regte sich in Jesse, das er nicht genau einzuordnen wusste … oder wollte. Er konnte doch nicht eifersüchtig sein, oder? Denn plötzlich fiel ihm auf, dass Mel sich ihm gegenüber nicht viel anders verhielt als Bob gegenüber. Oder Nick. Oder Chan. Oder dem Rest der Crew. Sie war nett und unverbindlich. Einfühlsam. Mit ihm verband sie, dass sie beide aus Lynnwood Falls kamen und sie durch ihn hergekommen war. Vermutlich verbrachte sie deshalb die meiste Zeit mit ihm. Aber hatte das überhaupt etwas zu bedeuten?

Am liebsten hätte er die Uhrzeiger an seiner Taucheruhr mit Gewalt vorgerückt. Oder den Mond vorangeschoben. Die

Zeit zog sich wie altes Neopren, bis es endlich so weit war, dass er aufstehen konnte.

In der Nacht hatte er geschwitzt, deshalb duschte er kurz. Danach putzte er sich die Zähne. Es blieb sogar Zeit, sich mal wieder zu rasieren. Am Morgen war es noch frisch, also schlüpfte er in eine verwaschene Jeans und ein langärmeliges dunkelblaues T-Shirt. Bobs gute Küche hatte ihn wieder zunehmen lassen. Die Jeans saß eng an den Hüften, und das T-Shirt spannte sich über den Brustkorb, aber zum Glück ging es noch. Bis er Fett ansetzte, dauerte es ein Weilchen.

Er war gerade fertig, als sein Handy-Wecker anging. Eigentlich hatte er noch ein wenig Zeit, aber sie wollten sich ohnehin draußen treffen. Dann ging er eben schon mal vor.

Doch kaum hatte er seine Tür geöffnet, öffnete sich auch Mels Kabinentür. Sofort vertieften sich ihre Grübchen, und die Augen strahlten.

»Guten Morgen!«, wisperte sie.

»Selber guten Morgen!« Er grinste. »Du bist früh dran.«

»Das sagt der Richtige.« Sie lachte leise, dann hob sie die Nase und schnupperte. »Du riechst gut!«

Ein übermütiges Lachen stieg in ihm auf, das er nur mühsam unterdrücken konnte, um die anderen nicht zu wecken. »Wenn es schon auffällt, dass ich geduscht habe, sollte ich das vielleicht öfter tun«, witzelte er.

Mel schlug sich die Hand vor den Mund, um nicht laut herauszuprusten. Sie boxte ihn gegen die Brust. »Quatschkopf!«

Er deutete ihr an, vorzugehen. Sie trug wie er eine lange, verwaschene Jeans und Turnschuhe. Und auch ihre saß knackig eng. Jesse kam nicht umhin, ihr auf den Po zu schauen, der – obwohl sie ihn ganz bestimmt nicht betören wollte – beim Seegang verführerisch hin und her wackelte. Seine Mom hätte ihn nun ermahnt, dass man Frauen nicht auf das Hinterteil starrte, aber die war ja zum Glück nicht da.

Dazu trug Mel einen kurzen, ebenfalls dunkelblauen Kapuzenpulli. Es war noch düster, als sie nach draußen kamen, doch im Osten zeigte sich bereits ein heller Schweif am Horizont. Auch der Mond, der nur noch zwei Handbreit über dem Horizont stand, hatte nicht mehr solch eine Kraft, sodass man noch genügend Sterne sehen konnte.

»Komm, stellen wir uns ans Heck. Da sind wir etwas windgeschützt und sehen in beide Richtungen«, schlug er vor. Außerdem würden sie am Bug direkt im Blickfeld des Steuermanns sein, und auf Franks Frotzeleien – der es sicherlich als romantisches Date sah – hatte Jesse keine Lust, doch das behielt er besser für sich.

»Gute Idee, es ist noch etwas frisch.« Mel zog fröstelnd die Schultern zusammen.

Jesse zögerte kurz, dann legte er den Arm um sie. Schließlich hatte seine Mom ihm beigebracht, ein Gentleman zu sein, und seine Mutter war – so lustig und gutherzig sie war – in vielen Dingen auch streng gewesen. Vor allem, wenn es um gutes Benehmen ging. Man ließ eine Frau schließlich nicht frieren.

Mel dankte es ihm mit zwei bezaubernden Grübchen und kuschelte sich an ihn. »Zum Glück haben wir jetzt keine Wolken am Horizont.« Sie sprach leise, obwohl sie hier sicherlich niemand hörte. Vermutlich ging es ihr ähnlich, dass sie vor dem Naturschauspiel eine Art Ehrfurcht empfand.

Der Mond hing im Westen wie ein überdimensionaler Pfannkuchen. So langsam färbte er sich von Silber in Gold, während sich der Horizont im Osten immer weiter kuppelförmig aufhellte. Hoch am Himmel hingen einige Federwolken, die ins Rosa wechselten. Für einen Moment wirkte es, als würde der Mond in die Wasseroberfläche fließen, bevor er sich von Hellrot zu Purpur färbte. Auf der Ostseite erschienen die ersten Strahlen am Horizont. Fächergleich. Und genau in dem Moment, als im Westen die leuchtend rote Kugel des Mondes im Meer versank, schob sich im Osten die Sonne über den Horizont. Und es prustete. Buckelwale! Sie waren direkt neben ihnen! Es wirkte, als wäre der Blas in einen goldenen Dunst getaucht, ein Glimmerregen fiel vom Himmel. Kurz blitzten die schwarzen Walrücken in der Sonne auf, und es sah aus, als höbe einer von ihnen den Kopf, die weiße Kopfunterseite leuchtete direkt unter der Wasseroberfläche auf.

»Wow!«, hauchte Mel – und sprach Jesse damit aus der Seele.

Am liebsten wäre er sofort in seinen Neoprenanzug gestiegen und hätte sich ins Wasser gestürzt, doch da tauchten die Wale ab. Die Scharte in der Fluke, die sich stolz in den gold gefärbten Himmel reckte, und der kleine helle Schatten an ihrer Seite zeigten ihm, dass es Wakanda und ihr Junges gewesen waren.

Die leuchtenden Strahlen der Sonne fächerten sich immer weiter auf, bis schließlich der ganze goldgelbe Ball am Himmel stand und mit Mel um die Wette strahlte.

Die Nacht endete, und der Tag begann. Jesse kam nicht umhin, die symbolische Bedeutung zu realisieren.

»Das war wunderwunderschön!« Mels Gesicht war von der Sonne angestrahlt, doch es schien auch von innen heraus zu leuchten. Er nahm es in die Hände. Fuhr mit den Daumen über die Grübchen. Er schluckte mühsam. Sein Herz hämmerte. Es war, als wäre dieses Leuchten in Mel magnetisch. Es zog ihn immer näher zu ihr.

Im selben Moment, wie sie auf die Zehenspitzen ging, beugte er sich nach unten. Ihre Köpfe stießen gegeneinander.

»Ups. Sorry!« Mel blinzelte.

»Ich bin etwas aus der Übung«, murmelte er.

»Wem sagst du das?«, erwiderte sie ebenso leise.

Eine fast schon ängstliche Erwartung lag in ihrem Blick, die ihn zu bitten schien, sich nicht wieder zurückzuziehen.

Mel machte ihm ein kostbares Geschenk – nämlich ihr Vertrauen –, das er einfach nicht ablehnen *durfte.*

Und bevor er darüber nachdenken konnte, streifte er ihre weichen Lippen mit seinen. Sie schien kurz genauso überrascht zu sein wie er. Mit einem fast unhörbaren Seufzer, der ihm unter die Haut ging, schlang sie die Arme um seine Taille und drückte sich an ihn. Sein Widerstand bröckelte. Er wollte sie richtig küssen. Sie schmeckte nach Zahnpasta und zugleich unwahrscheinlich süß. Und vor allem nach mehr. Viel mehr. Dennoch küssten sie sich im Zeitlupentempo. Ihre Lippen, ihre Zungen streichelten einander – ganz langsam. So, als wäre jede Bewegung unglaublich kostbar. Eine Wärme durchströmte ihn, als hätte jemand flüssiges Blei in seine Adern gegossen.

Jesse konnte nicht sagen, wie lange der Kuss anhielt. Wie lange es dauerte, bis sein Gewissen wieder einsetzte. Wie konnte sich etwas so richtig anfühlen und doch so falsch sein? Oder fühlte es sich falsch an und war doch so richtig? Er war schon völlig durcheinander.

Verstört schlug er die Augen auf.

Mel lockerte den Griff um seine Taille, als hätte sie seine Bedenken gespürt. Ganz langsam nahm sie den Kopf zurück. Blinzelte, als müsste sie erst in die Wirklichkeit zurückkehren.

Sie machte eine weitschweifende Handbewegung über den Himmel. »Es hat so dazu gepasst.« Die Unsicherheit in ihrer Stimme verursachte ein Ziehen in seinem Magen. Er war sich nicht sicher, ob sie es vor ihm oder vor sich selbst rechtfertigte. Deshalb nickte er nur.

Auf einmal hatte er das Bedürfnis, allein zu sein. »Es ist noch früh. Lass uns noch ein bisschen schlafen gehen, der Tag wird anstrengend. Wir wollen heute, falls möglich, noch ein paar Unterwasseraufnahmen machen.«

Ihr Lächeln wirkte wehmütig. »Geh ruhig schon rein, ich komme gleich.«

Anscheinend musste auch sie es verarbeiten. Kurz legte er ihr die Hand auf die Wange, strich mit dem Daumen über ihr Grübchen, dann eilte er nach drinnen. Auch wenn er wusste, dass aus dem Schlaf vermutlich nicht mehr viel werden würde.

Kapitel 8

Melanie

An Bord der *Cetus*, Atlantik

Er ist aus der Übung, hat er gesagt! Mel schüttelte den Kopf. Wenn dieser Kuss »aus der Übung« bedeutete, dann wollte sie nicht wissen, wie Jesse küsste, wenn er gut im Training war. Sie hätte ihm jetzt nicht zu den Kabinen folgen können. Ihre Knie waren immer noch viel zu weich, um sie zu tragen. Das war kein Kuss gewesen, sondern die reinste Offenbarung. In ihrem ganzen Leben war sie noch niemals so geküsst worden. So innig! Als hätte er beim Küssen geradewegs ihre Seele berührt.

Ein wohliger Schauer kroch über ihren Rücken. Sanft strich sie mit den Fingerspitzen über ihre Lippen, als könnte sie den Kuss damit versiegeln.

Dann schüttelte sie über sich selbst den Kopf. Sie war doch sonst nicht der Typ für romantische Schwärmereien, eigentlich noch nie gewesen. Was war nur mit ihr los?

Dennoch drängte es sie ebenfalls danach, zurück in ihre Koje zu kriechen. Sich einzurollen und in Tagträumen zu versinken.

Sie schlummerte tatsächlich nochmals ein. Als sie wieder aufwachte, war es schon halb neun, die Sonne stand hoch am Himmel.

Eilig schwang sie die Beine aus dem Bett, schlüpfte in eine Shorts und ein T-Shirt und band die Haare zum Zopf.

»Ich habe dir ein paar Rühreier warm gehalten«, sagte

Bob, als sie in die Kombüse kam, und lächelte sie mit roten Wangen an.

»Ach, du bist der Beste!« Sie umarmte ihn spontan. Sie war immer noch in Hochstimmung, heute hätte sie die ganze Welt umarmen können. »Danke!«

Er tätschelte ihren Rücken. »Schon gut!«

In dem Moment prickelte es zwischen ihren Schulterblättern. Sie drehte langsam den Kopf. Da stand Jesse. Und wirkte irgendwie grimmig.

Oh, nein! Nun ging das wieder los! Seine Launenhaftigkeit! Vermutlich bereute er den Kuss. Irgendwie hatte sie gehofft, seine zeitweise Abwehr würde sich nach dem gestrigen Abend und dem heutigen Morgen legen. Aber anscheinend hatte sie sich geirrt. Doch sie hatte nicht vor, sich die Hochstimmung von ihm verderben zu lassen.

Sie nahm den Teller mit den Eiern, schnappte sich einen Toast dazu und schlängelte sich – mit einem unverbindlichen Lächeln und Guten-Morgen-Gruß – an Jesse vorbei in den Salon. Jetzt hatte sie auch noch ihren Kaffee stehen lassen und musste noch einmal an ihm vorbei. Doch da kam schon Bob und brachte ihr die Tasse. Sie bedankte sich mit einem strahlenden Lächeln. Er war wirklich ein lieber Kerl – und vor allem unkompliziert! Sofort bekam sie ein schlechtes Gewissen. Sie verstand Jesse doch. Vermutlich besser als sich selbst.

Und der Gedanke, der ebenso durch ihren Kopf schoss, nahm ihr den Atem. Hatte Jesse nicht nur sie, sondern auch Bob grimmig angesehen, weil sie den Koch umarmt hatte? War Jesse etwa eifersüchtig? Ihr Herzschlag geriet aus dem Takt, und auf einmal schmeckten ihr die Eier gleich doppelt so gut.

Als sie nach draußen kam, herrschte bereits ein emsiges Treiben an Bord. Tauchausrüstungen und Unterwasserkameras wurden gerichtet. Die Wale befanden sich nun stetig in Bewegung, und die Tauch-Crew wollte noch einige Aufnahmen von ihnen machen. Mel freute sich schon darauf; bestimmt durfte sie sie später ansehen.

Die anderen wirkten alle routiniert in ihren Aufgaben, deshalb versuchte sie, möglichst nicht im Weg zu sein.

Auf einmal ertönte ein Aufschrei. Samuel, der das Schlauchboot steuern sollte, war wohl beim Einladen der Tauchausrüstung ein Bleigurt auf die Hand gefallen. Sein Mittelfinger war am Nagel gequetscht, es blutete heftig.

Zum Glück hatte Mel noch ein frisches Papiertaschentuch in der Hosentasche, das sie ihm reichte.

Linsey, die wohl neben der Technikerin auch die Ersthelferin war, eilte mit dem Erste-Hilfe-Koffer herbei. »Das müssen wir gleich kühlen. Komm mit zu Bob, er soll dir ein Eis-Pack geben.«

Mary Lou runzelte die Stirn. »Der Arme! Was machen wir denn nun? Kann Frank fahren?«

»Er hatte heute Frühschicht«, erwiderte Jesse. »Er hat sich sicherlich gerade erst hingelegt.«

Die beiden sahen sich an, hielten stumme Zwiesprache. Schließlich zuckte Mary Lou unwillig die Schultern. »Dann eben Carlos. Und Steven steuert die *Cetus.*«

»Steven soll lieber den Überblick behalten. Lass Carlos hier am Steuer bleiben.« Jesse runzelte die Stirn. »Er gibt zu viel Gas. Und vertreibt uns die Wale.« Sein Blick fiel auf Mel. »Sie kann uns fahren!«

»Was, ich?« Mel riss die Augen auf.

Auch Mary Lou wirkte überrascht. Doch bevor sie Einwände erheben konnte, fügte er hinzu: »Mel ist mit Booten aufgewachsen und besitzt einen Führerschein. Und sie hat das Schlauchboot schon gesteuert, sie kann das. Würdest du uns begleiten, Mel?«

Sie wollte ablehnen, hatte Angst zu versagen und war erstaunt, als sie sich sagen hörte: »Natürlich fahre ich euch. Du musst mir nur erklären, was ich tun soll.« Und plötzlich überwog die Freude über das in sie gesetzte Vertrauen die Unsicherheit.

Er nickte, als hätte er nichts anderes erwartet. »Danke. Ich fahre hin und weise dich unterwegs ein. Wir werden sicherlich rund eine Stunde draußen bleiben. Es kann frisch werden, wenn du nass bist. Du ziehst am besten auch einen Neoprenanzug an. Hol dir dein Badezeug, dann probieren wir, was dir passt!«

Sie eilte unter Deck und schlüpfte in den schwarzen Badeanzug. Die anderen waren bereits im Umkleideraum, als sie zurückkam.

Die *Cetus* war ausrüstungstechnisch tatsächlich gut bestückt. Sie fanden schnell einen Neoprenzug, der Mel einigermaßen passte.

Jesse drückte ihr noch eine Wasserflasche und eine Schirmmütze sowie eine polarisierte Sonnenbrille in die Hand. »Diese Brille nimmt die Spiegelungen von der Wasseroberfläche. Damit kannst du besser sehen, was sich darunter abspielt.«

Und plötzlich war sie nicht mehr außen vor bei den Vorbereitungen, nicht mehr nur stille Beobachterin, sondern mittendrin im Geschehen und in die Vorfreude der Wissenschaftler involviert. Ein Teil des Ganzen. Ein Teil von Jesses Leben. Sie war aufgeregt bis ins Mark, und trotzdem konnte sie das Strahlen nicht unterdrücken, das ihre Gesichtszüge beherrschte.

Das Schlauchboot, das für die Fahrt an Deck montiert war, wurde mitsamt der Ausrüstung über den Kran ins Wasser gelassen. Wieder reichte Jesse ihr die Hand beim Einsteigen, obwohl er sicherlich nur zu gut wusste, dass sie keine Hilfe nötig hatte. Auf einmal fiel ihr auf, warum es sie bei ihm nicht störte. Bei ihm war es stets ein kameradschaftlicher Akt, keine Bevormundung. Er sah sie als gleichwertig an, das gefiel ihr.

Sie stellte sich neben ihn an den Steuerstand, während er

das Schlauchboot in Richtung der Signale der Buckelwale steuerte, die sich auf dem Gerät abzeichneten, das Mary Lou in der Hand hielt.

»Wir sind in ständiger Funkverbindung unter Wasser, doch die Entfernung zur *Cetus* ist zu weit. Da bist du quasi die Relaisstation. Ein Funkgerät kannst du bedienen?«

Mel nickte.

»Wir funken mit der *Cetus* auf Kanal achtundsechzig. Hier auf dem zweiten Funkgerät ist unsere Frequenz eingestellt. Du kannst uns unter Wasser hören und auch im Notfall kontaktieren.« Er deutete auf den Bildschirm. »Das ist das Echolot, ein Fishfinder. Im Moment zeigt es dir keine Tiefe und Echos an, weil es hier über tausend Meter tief ist. Sollten ein Wal oder wir unter dir durchschwimmen, wird es das anzeigen.«

Sie nickte abermals und versuchte, sich die Anspannung nicht anmerken zu lassen.

»Lass den Motor im Standgas laufen. Versuch einfach, stets in unserer Nähe zu bleiben, in Ordnung? Wir tauchen mit Kreislaufgeräten. Das heißt, du wirst nicht unseren Luftblasen folgen können. Aber da wir nicht tief hinuntergehen, wirst du entweder uns oder die Wale sehen können. Nur bitte die Wale keinesfalls jagen!«

Als hätte er ihre Anspannung gespürt, nahm er die Hand vom Steuer und legte sie ihr auf die Schulter. »Das machst du mit links!«

Mel sah in die Gesichter der restlichen Crew. Mary Lou nickte ihr aufmunternd zu. Auch Robin und Chan wirkten zuversichtlicher, als sie sich fühlte. Nick schenkte ihr ein Augenzwinkern. Diese Jungs und Mädels vertrauten ihr ihr Leben an. Mitten auf hoher See unter Wasser. Dann fand sie sich selbst ein bisschen melodramatisch und lächelte.

Es blieb auch keine Zeit mehr, sich Gedanken zu machen. Mary Lou deutete nach schräg vorn. »Dort, auf zwei Uhr.«

Jesse übergab Mel das Steuer, um sich sein Tauchgerät anzulegen. »Fahr in Schrittgeschwindigkeit in die Richtung, die Mary Lou dir anzeigt.«

Inzwischen kannte Mel die Reaktionen des Schlauchbootes, und sie schaffte es tatsächlich, ganz sanft voranzutuckern, ohne die anderen umzuwerfen.

Unweit vor ihnen schoss eine Fontäne aus dem Wasser. Wale! Da tauchten voraus die schwarzen Rücken der Buckelwale auf. Sie glänzten in der Sonne. Mels Herzschlag beschleunigte sich nochmals um ein paar Takte, obwohl sie eigentlich schon gedacht hätte, ihr Puls rase bereits.

Es war ein wundervoller Anblick. Sie manövrierte das Boot in die Nähe, blieb jedoch etwas vor den Walen und kuppelte aus. Als Erste ließen sich Chan und Robin ins Wasser gleiten. Jesse, Nick und Mary Lou reichten ihnen die schweren, mit Scheinwerfern bestückten Unterwasserkameras nach.

Das süße Lächeln, das Jesse ihr hinter seiner Vollgesichtsmaske schenkte, bevor er sich selbst ins Wasser gleiten ließ, brachte ihre Magennerven zum Vibrieren.

»Bis gleich!« Seine Stimme klang blechern durch das Unterwassermikrofon. Dann war auch er abgetaucht.

Tatsächlich waren ihre Konturen gut unter der Wasseroberfläche auszumachen. Sie gab Steven per Funk durch, dass die Crew unter Wasser war. Wie winzig die Menschenkörper im Vergleich zu den riesigen Walen wirkten! Es war beeindruckend. Wie ein Fingernagel neben einem ganzen Arm. Hätte in dem Moment jemand ihren Adrenalinspiegel gemessen, hätte sie vermutlich mit der Menge Endorphine in ihrem Blut mit einer ganzen Horde Sprinter mithalten können.

Sie versuchte, vorausschauend zu fahren. Immer ein Stückchen vor die Gruppe, sodass sie sich dann eine Weile treiben lassen konnte, um so wenig wie möglich Motorgeräusche zu verursachen. Schließlich besaßen Meeressäuger ein unglaublich empfindsames Gehör; es war ihr Ortungsorgan.

Mel vergaß Zeit und Raum, wie sie inmitten von Buckelwalen und Tauchern weit draußen auf dem offenen Meer trieb. Nur darauf konzentriert, die Gruppe nicht aus den Augen zu lassen. Die polarisierte Brille half ihr tatsächlich dabei. Die Truppe beschränkte die Kommunikation auf ein Minimum: nur knappe Anweisungen. Sie schienen ein eingespieltes Team zu sein. Die Buckelwale zogen gemächlich voran, ohne sich von den Tauchern stören zu lassen, die ihnen den nötigen Respekt entgegenbrachten.

Immer wieder holten die Wale Luft. Es zischte laut, wenn sie durch den Blas ausatmeten, manchmal roch es dabei nach Algen. Gelegentlich zeigte sich eine Schwanzflosse beim Abtauchen, ein Anblick, der ihr Herz immer höherschlagen ließ.

Ohne den Blick auf die Uhr hätte Mel nicht sagen können, wie lange es gedauert hatte, bis Jesse ihr ankündigte, dass sie jetzt zurück an Bord kämen. Sie waren über eine Stunde im Wasser gewesen.

Direkt unter der Oberfläche tauchten sie auf sie zu. Plötzlich folgte einer der Wale ihnen, schwamm direkt auf die Fünfergruppe zu. Kurz blitzte die vernarbte Finne auf – war es Satchmo? Mel hielt die Luft an. Die Sekunden dehnten sich zu Stunden, bis der Wal die Gruppe fast erreicht hatte. Hatte er sich gestört gefühlt? Mels Herz raste. Sie wollte rufen, doch ihr versagte die Stimme. Sollte sie die anderen warnen? Aber dann ging alles blitzschnell. Direkt hinter den Fünfen tauchte er ab. Streckte die Fluke in die Luft und tauchte unter der Gruppe hindurch. Kurz sah sie sein Echo auf ihrem Fischfinder, dann war er verschwunden. Hatte er sich nur verabschieden wollen? Mel blinzelte, als ihr Tränen der Rührung in die Augen stiegen.

Auf den Gesichtern der Taucher lag unendliche Glückseligkeit. Die Liebe zu ihrem Beruf war den Fünfen anzumerken. Sie half ihnen an Bord und alles zu verzurren, während die Taucher wild durcheinanderredeten.

Mel lächelte verständnisvoll. Bis sie merkte, dass Jesse sie nachdenklich musterte.

Er wandte sich an Mary Lou. »Haben wir noch ein paar Minuten?« Mit dem Kopf wies er leicht auf Mel.

Nun zog ein verständiges Lächeln über Mary Lous Züge. »Wakanda ist noch da. Versuch es.«

»Willst du rein?«

Es dauerte einen Moment, bis Mel registrierte, dass Jesse mit ihr sprach. »Was, ich?«

»Na, wir waren schon drin.« Er lachte dunkel. »Ich begleite dich natürlich.«

»Das kannst du dir einfach nicht entgehen lassen«, pflichtete Nick bei.

Vor Aufregung und Freude hämmerte der Puls in ihren Ohren. »Aber ich … bin noch nie getaucht!«

»Wir gehen nur schnorcheln.«

Sie konnte nur nicken und zog wie in Trance die Maske und Flossen über, die Mary Lou ihr reichte. Nick übernahm das Steuer. Chan, der nur eine kleine Unterwasserkamera mitnahm, begleitete sie.

War sie jemals zuvor so aufgeregt gewesen? Diese Tiere waren riesig! Vorsichtig ließ sie sich ins Wasser gleiten, nahm dankbar Jesses Hand und versuchte, nicht daran zu denken, was sich alles unter ihr aufhielt.

Voraus schälte sich ein schwarzer Schatten aus dem tiefen Blau des Meeres. Zuerst sah sie die helle Unterseite des Kopfes leuchten. Der Schädel allein war doppelt so groß wie sie selbst. Die langen Brustflossen schimmerten markant im tiefen Blau. Und dann sah sie das Auge. Es schien sie neugierig anzublicken. Und plötzlich war die Angst wie weggeblasen. Es war, als hätte dieser Blick eine magische Wirkung. Es lag so viel Weisheit darin. Solch eine Ruhe, die auf sie überzuströmen schien. Eine tiefe Ergriffenheit überkam Mel.

Erst als Jesse vorsichtig die Hand bewegte, merkte sie, dass sie seine Finger zusammenquetschte. Schnell lockerte sie den Griff. Wakanda tauchte ab, drehte sich ein wenig auf die Seite und schien sie unverwandt anzusehen.

Hinter ihr war ein kleinerer Schatten auszumachen – immer noch größer als Jesse und sie zusammen. Das Walkalb Ahanu!

Abermals musste Jesses Hand herhalten, die sie vor Aufregung fest drückte. Er erwiderte den Druck leicht. Und sie wusste: Er verstand.

Plötzlich ertönten aus der Ferne Geräusche. Ein tiefes Brummen, das ihren Brustkorb vibrieren ließ. Es war melodisch. Mel blinzelte, sah Jesse fragend an. Er nickte. Dort sang ein Walmännchen – oder rief zumindest etwas. Die Schallwellen übertrugen die Geräusche in Form von Schwingungen, die sie körperlich spürte.

Wakanda und ihr Junges Ahanu, das tatsächlich ein bisschen so aussah, als würde es lachen, holten noch einmal Luft und tauchten dann ab. Vielleicht folgten sie dem Ruf des Männchens.

Mel schickte ihnen einen stummen Dank hinterher. Und abermals musste sie mit Tränen der Ergriffenheit kämpfen. Eine solch tiefe Dankbarkeit überkam sie, dass sie beinahe daran erstickte. Sie galt Elly, dass sie sie hierher geschickt hatte. Und Jesse, der ihr all diese wundervollen Erlebnisse schenkte.

Ihr Körper war derartig von Glück erfüllt, dass sie meinte zu platzen.

Sie wusste nicht, wie viele Male sie später den anderen für dieses Erlebnis dankte – auf jeden Fall so lange, bis Nick ihr schließlich lachend drohte, sie müsse das Deck mit ihrer Zahnbürste schrubben, wenn sie noch einmal das Wort »Danke« in den Mund nähme.

»Okay, ich bin schon still. Aber wie Wakanda mich angesehen hat …« Schon beim Gedanken daran überlief Mel wieder eine Gänsehaut.

»Man sagt, das Leben wäre nicht mehr dasselbe, wenn man einmal in das Auge eines Wals geblickt hat.« Mary Lou lächelte verständnisvoll.

Mel kostete es Mühe, das Lächeln zu erwidern, sie war zu ergriffen. Ihr Leben war definitiv nach dieser Zeit hier, an Bord der *Cetus* – oder auch an Jesses Seite –, nicht mehr dasselbe. Doch der Wal war nur ein Teil davon, wenn auch ein großartiger. All das hatte Spuren in ihrem Herzen hinterlassen, die sich tief hineinbrannten – egal, was noch geschehen mochte.

Die nächsten Stunden und schließlich auch den ganzen nächsten Tag bekam sie Jesse nur sporadisch und in Gesellschaft der anderen zu Gesicht. Er war nicht abweisend – im Gegenteil –, machte aber auch keine Anstalten, sie irgendwie unter vier Augen zu treffen. Allerdings waren die Wissenschaftler auch alle in ihre Arbeit vertieft; das Bildmaterial wurde sortiert und katalogisiert, die Tonaufnahmen ausgewertet.

Je näher sie der amerikanischen Festlandküste kamen, desto trübsinniger wurde Mels Stimmung, auch wenn sie versuchte, sich vor den anderen nichts anmerken zu lassen. So sehr sie sich einerseits wieder auf ihre Arbeit und Lynnwood Falls freute, so schwer wurde ihr Herz andererseits beim Gedanken daran, von hier wegzugehen. Das alles für immer hinter sich zu lassen. Am liebsten hätte sie den Walen zugerufen, sie mögen doch langsamer schwimmen, um den Abschied hinauszuzögern, doch auch sie schien es zunehmend in den Norden zu ziehen, in die nahrungsreichen Gewässer. Langsam, aber stetig zogen sie voran, mit der *Cetus* in ihrem Kielwasser.

Mel kuschelte sich enger in ihren Kapuzenpullover. Es wurde zunehmend kühler. Sie lehnte, die Arme aufgestützt, an der Reling und sah nach vorn. Satchmo, mit der Scharte in der Finne, schlug mit der Schwanzflosse auf die Wasseroberfläche. Mel konnte den Drang der Wissenschaftler verstehen, alles über die Wale herausfinden zu wollen.

Sie schrak zusammen, als Jesse sie von der Seite ansprach: »Hey!« Er legte ihr die Hand auf die Schulter. »Sorry, ich wollte dich nicht erschrecken.«

»Hast du nicht. Ich habe nur gerade über die Wale nachgedacht.«

»Deshalb komme ich.« Er lächelte. »Ich hatte dir doch versprochen, das Video der schlafenden Wakanda zu zeigen.«

»Oh, sehr gern!« Daran erinnerte er sich also noch. Ob auch er manchmal an den Kuss dachte? Wieder einmal hatte sie den Eindruck, er könne Gedanken lesen. Verschämt wandte sie den Blick ab und deutete aufs Meer hinaus. »Die Dünung ist höher als gestern, auch ohne Wind.« Sie sah zum Himmel, an dem sich einige Zirruswolken wie überdimensionale Federn entlangzogen. »Es sieht fast so aus, als bekämen wir eine Wetteränderung.«

In Jesses Augen stand Bewunderung. »Alle Achtung! Tatsächlich. Ich habe vorhin mit Steven gesprochen. Er meint, aus Nordosten zieht eine Störung heran. Gut erkannt!«

»Zu Zeiten meines Grumpys gab's noch keine verlässlichen Wettervorhersagen. Er sagte immer, er bräuchte bloß die Nase vor die Tür zu stecken, dann könne er den Sturm riechen.«

Jesse strich sanft über ihren Arm. »Ich hätte ihn gern kennengelernt.«

»Ihr hättet euch vermutlich gut verstanden!« Sie seufzte wehmütig. »Er war ein raubeiniger Kerl, hatte jedoch das Herz am rechten Fleck.«

»Und deine Großmutter?«

»Sie war auch in Ordnung. Aber irgendwie verbittert. Sie hasste das Meer. Weil es ihr den Mann wegnahm. Sie sagte immer, Grumpy liebe den Ozean mehr als seine Frau.« Wie zu sich selbst fügte sie hinzu: »Vermutlich hat es mich deshalb anfangs so beeindruckt, dass es einen Mann gab, der stets an meiner Seite sein wollte.« Warum hatte sie nur ständig das Bedürfnis, sich dafür zu entschuldigen, dass sie die falsche Wahl getroffen hatte? Schnell schwenkte sie wieder zurück. »Ich wollte als Erwachsene auf jeden Fall nicht so bitter werden wie meine Großmutter.«

»Ich denke, das ist dir hervorragend gelungen.« Jesses anerkennendes Lächeln und die Worte ließen ihr Herz vor Freude hüpfen. Auch sein Interesse freute sie, als er weiterfragte: »Hast du das in Bezug auf euch Kinder auch so empfunden, dass euer Grandpa euch vernachlässigt?«

»Mark und ich haben diese Liebe zum Meer mit ihm geteilt. Von daher hat es mich nicht gestört – im Gegenteil. Es hat uns verbunden.«

Jesses Lächeln war nun voller Verständnis. »Wieso hat es dich ausgerechnet nach Lynnwood Falls verschlagen und nicht an einen Ort am Meer?«

Mel kratzte mit dem Fingernagel Muster in die Salzkruste auf der hölzernen Reling. »Weil Arthur mich am Meer als Erstes gesucht hätte. Er weiß, wie sehr ich es liebe.« Sie zuckte mit den Schultern. »Zudem war irgendetwas an diesem Ort, das mich sofort angesprochen hat. Ich wusste gleich, dort möchte ich bleiben, und ich war heilfroh, dass ich diesen Job bekam.« Ein Lachen stieg in ihr auf. »Vermutlich habe ich mich deshalb gleich so gut mit Mrs Dubois verstanden, weil sie mich an meine Großmutter erinnert hat. Es sind beide zutiefst unglückliche Menschen, die sich vom Leben enttäuscht fühlen.«

Jesses Seitenblick streifte sie. »Siehst du mich auch so?«

»Was? Nein!«, erwiderte sie verblüfft. »Wie kommst du denn darauf? Du …«, sie schluckte, »hast auch viel durchgemacht, aber du bist beileibe kein negativer Mensch! Du liebst deinen Job, tust etwas Sinnvolles und gehst darin auf. Nein, überhaupt nicht!«

»Gut!« Jesse wirkte erleichtert. Er zögerte. »Wirst du … in Lynnwood Falls bleiben?«

Mel schaute zu ihm auf, doch er sah blicklos aufs Meer hinaus, als hätte da nicht eine spürbare Anspannung in dieser Frage gelegen. »Ich … denke schon. Lynnwood Falls ist jetzt mein Zuhause. Ich … liebe es, dort zu sein. Wenn mich die Sehnsucht nach dem Meer packt, bin ich in einer guten halben Stunde am Atlantik. Und ich mag auch das Kleinstadtleben, vor allem der Zusammenhalt ist in Lynnwood Falls einzigartig. Natürlich gibt es auch dort Menschen, die ich weniger mag, aber im Großen und Ganzen ist es einfach wundervoll dort.«

Jesse nickte nur.

Sag doch etwas, ob du es gut findest, dass ich dort bleibe!, flehte Mel ihn stumm an, doch seiner verschlossenen Miene konnte sie nichts entnehmen. Na ja, zumindest hatte es ihn schon mal interessiert, vielleicht war das ein Anfang.

Resigniert rieb sie sich über die Wangen, hinterließ eine Salzspur von ihren Fingern auf der Haut, die sie schnell wegwischte.

»Sollen wir das Video ansehen?«

»Natürlich!« Sie folgte ihm zu seinem Arbeitsplatz.

Jesse überließ ihr seinen Stuhl und zog sich einen Hocker heran. Heute gab es tatsächlich etwas mehr Seegang als an den vorigen Tagen; er musste sich an der Tischkante festhalten. Es sah beeindruckend aus, wie Wakanda kopfüber im Wasser hing. Er zeigte Mel auch noch einige andere, ganz großartige Aufnahmen, doch auf einmal fiel Mel auf, wie nah sie beieinandersaßen. Obwohl die Bilder und Videos sie fesselten, hatte sie Mühe, sich darauf zu konzentrieren. Es kam ihr vor, als wäre es Ewigkeiten her, dass sie sich so nahe gewesen waren und sich geküsst hatten.

Jesse beugte sich gerade nach vorn, um die Maus zu greifen, damit er einen neuen Ordner öffnen konnte, als sie den Kopf zu ihm drehte. Ihre Gesichter waren nur eine Handbreit voneinander entfernt.

Jesse stockte.

Kurz war Mel versucht, einfach seinen Kopf zu sich heranzuziehen, da lehnte Jesse sich wieder zurück. »Willst du die Bilder von dir und Wakanda sehen?«

»Sehr gern!« Sie unterdrückte ein Seufzen, wurde gleich darauf jedoch von den Fotos überwältigt, die Chan von Jesse und ihr mit den Walen geschossen hatte. Die Aufnahmen waren wirklich großartig geworden.

»Ich ziehe sie dir auf einen Stick, dann kannst du sie mitnehmen.«

Mitnehmen! Da war er wieder, der Abschied. Schon jetzt wusste sie, dass sie die Bilder vermutlich unendliche Male ansehen würde.

»Wann ...«, sie schluckte den Kloß in ihrem Hals hinunter, »werden wir denn das nächste Mal anlanden?«

»Vermutlich übermorgen, das kommt etwas aufs Wetter an. Wir machen dort nur einen kurzen Stopp, zum Auftanken und Proviantfassen, und danach geht's weiter.«

Er hatte nicht gesagt, dass sie aussteigen musste. Was würde passieren, wenn sie den Stopp einfach ignorierte? Einfach hierblieb, bis man sie rauswarf? *Du spinnst!*

»Okay, dann ... schaue ich nach Flügen, sobald ich weiß, wo es hingeht.«

Jesse nickte nur, ohne ihr zu widersprechen. Seine Miene verriet ihr nicht, ob er erleichtert oder traurig über ihren Weggang war. Vielleicht ja auch beides.

Im Laufe des Tages nahm der Seegang zu, auch die Wolken

verdichteten sich. Es war, als würde sich die Luft zunehmend elektrisch aufladen. Die Anspannung in Mel wuchs. Sie fürchtete sich nicht vor dem Unwetter auf See, dennoch war es irgendwie, als läutete es den Abschluss der schönen Zeit an Bord ein. Dieser wahr gewordene Traum steuerte unweigerlich auf sein Ende zu, und es fühlte sich an, als griffe sie in Wasser, um es festhalten zu wollen. Dabei rann es unvermeidbar durch ihre Finger.

An Bord brach emsige Betriebsamkeit aus. Alles, was während der letzten Tage lax befestigt gewesen war, wurde sturmfest verzurrt.

Da der Seegang am Abend schon recht kräftig war – die Wellen hatten sich aufgetürmt und rollten in hohen Bergen heran, klatschten mit einem lauten Knall gegen die Bordwand und ließen die *Cetus* erzittern –, bereitete Bob nur einen Gemüse-Eintopf vor. Zum Nachtisch gab es bloß mit Schokocreme gefüllte Waffeln aus der Packung. Jesse beschwerte sich nicht, doch zum ersten Mal zelebrierte er seinen Nachtisch nicht.

Nick, der nicht ganz so seefest zu sein schien, wurde blass um die Nase, die Sommersprossen stachen markant hervor. Auch Linsey fühlte sich offenbar nicht ganz so wohl; sie griff in die Bordapotheke und nahm eine Reisetablette. Robin wurde ebenfalls recht still.

Die Fortbewegung an Bord war erschwert. Man musste sich beim Gehen gut festhalten, um nicht von den Füßen gerissen zu werden. Die Bewegungen wurden eingeschränkt. Sie saßen zwar alle noch im Salon zusammen, aber die Unterhaltung verlief ungewöhnlich schleppend. Nach und nach zogen sich die anderen zurück.

»Ich schaue draußen noch kurz nach, ob alles in Ordnung ist, dann verziehe ich mich auch in die Koje«, sagte Jesse.

Mel stand auf. »Ich begleite dich.«

»Es ist stürmisch«, wehrte er ab.

»Ich weiß. Aber ich wollte ohnehin mal raus, ich finde es faszinierend. Ob du es glaubst oder nicht – ich war schon in einem Sturm an Bord. Aber bei solch einem Wetter geht man nicht allein an Deck«, erwiderte sie bestimmt.

»Aye, aye, Ma'am!« Er salutierte, sichtlich amüsiert. »Für solch eine kleine Person kannst du ganz schön energisch sein!« Zum ersten Mal lachte Jesse wieder von Herzen.

Mel boxte ihn gegen den Oberarm. »Muss ich sein, bei solch einem Sturkopf, der du manchmal bist.«

Sie schlüpften in wasserdichte GoreTex-Jacken, Gummistiefel und selbst aufblasende Rettungsgurte. Der Wind riss ihr beinahe die stählerne Tür aus der Hand, als sie sie öffnete. Geistesgegenwärtig griff Jesse danach, während sich seine andere Hand um ihre Taille legte.

Sie lehnten sich gegen das Deckshaus. Immer wieder erhellte ein gleißendes Licht weitab entfernt den Himmel – Wetterleuchten. Das einzig Helle in der Düsternis, der Vollmond, wurde von bleischweren Wolken verhängt. Die Wellen zischten tosend heran, donnerten gegen die Bordwand und spritzten nach oben. Der Bug der *Cetus* wurde auf den Wellenkamm angehoben, bevor sie kurz darauf wieder bergab ins Wellental surfte. Manche Wellen durchpflügte sie auch einfach, sodass es meterhoch spritzte. Mel hob das Gesicht in die Gischt, der Wind riss ihr die Kapuze vom Kopf.

»Naturgewalt hat etwas so Faszinierendes«, brüllte sie gegen die tosenden Windgeräusche an.

»Ich habe es zwar lieber ruhiger, aber ich stimme dir zu«, schrie Jesse zurück. »Beeindruckend und beängstigend zugleich.«

Sie mussten sich gegen den Wind stemmen, um einen Rundgang über Deck zu machen. Sie hangelten sich zwischen Deckshaus und Reling entlang und hielten sich gut dabei fest. *Immer eine Hand fürs Boot*, wie ihr Grumpy stets gesagt hatte.

Es quietschte und knarrte an Deck, rauschte und knallte außerhalb. Eisige Böen pfiffen durch die Aufbauten.

Ein greller Blitz ließ sie zusammenzucken, gefolgt von einem tiefen Grollen. Eine Regenfront wälzte sich auf sie zu, begleitet von heftigen Böen, die die *Cetus* erzittern ließen.

»Lass uns reingehen, gleich wird's richtig nass«, rief Jesse.

Kaum hatte er ausgesprochen, öffnete der Himmel die Schleusen. Regentropfen donnerten wie Kanonenkugeln aufs Deck, es prasselte nur so auf sie nieder. Die Kaltfront war da.

Sie hasteten auf die windabgewandte Seite zum Unterstand, doch ihre Haare waren sofort durchnässt.

»Süßwasserdusche gleich inklusive«, kommentierte Mel, als sie sich in den Tauchumkleideraum geflüchtet hatten und sich aus den nassen Jacken und Stiefeln schälten. »Dann brauchen wir uns schon nicht mehr zu duschen, und wir sparen Wasser.«

Abermals fing Jesse an zu lachen. »Du bist unglaublich, weißt du das?«

»Findest du?« Sie leckte sich die Tropfen von der Oberlippe, die noch leicht salzig schmeckten, und klimperte mit den Wimpern. Was tat sie da eigentlich? Flirtete sie etwa mit ihm?

Er wirkte ebenfalls überrascht. Ein gequälter Ausdruck trat auf sein Gesicht.

»Jesse …«

»Mel …«, setzten sie gleichzeitig an.

Und abermals unisono: »Du zuerst.«

Obwohl ihr eigentlich gar nicht nach Lachen zumute war, weil sie sich vor dem fürchtete, was er ihr sagen wollte, sprudelte Gelächter in ihr auf. Jesse stimmte ein. Bis dieser gewisse Ausdruck in seine Augen trat, der ihre Magennerven zum Vibrieren brachte.

Das Lachen verstummte. Die Jacken waren zwar wasserdicht, aber der Regen war ihr in den Kragen gelaufen, hatte ihr T-Shirt durchweicht – es klebte feucht an ihren Brüsten.

Und es war nicht übermäßig warm hier drin. Was Jesse auch nicht zu entgehen schien. Bei seinem Blick zogen sich ihre Brustwarzen noch weiter zusammen, dieses Mal nicht von der Kälte.

Mit einem Aufstöhnen zog er sie an sich. Dieser Kuss war nicht langsam und zärtlich, sondern voller hungriger Leidenschaft, die zu dem Sturm passte, der draußen tobte. Er setzte sich direkt in Mels Innerem fort, als sie die Hände in Jesses noch feuchten Haaren vergrub und sich an ihn presste, gegen die Wand.

Jesses Lippen schmeckten noch salzig. Das Salz vermischte sich mit dem auf ihren. Mit jeder Welle wurden ihre Körper gegeneinandergepresst, es hatte etwas Erotisches. Seine Hände glitten fieberhaft über ihren Rücken, an den Bund ihrer Jeans. Es war, als entlüde sich die Anspannung der letzten Tage in diesem einen Kuss.

Ein Geräusch an der Tür ließ sie auseinanderfahren. »Jesse?« Mary Lou kam um die Ecke, stockte.

Ein Blinder mit Krückstock musste erkennen, was sich hier soeben abgespielt hatte. Jesses Haare waren zerwühlt, seine Lippen gerötet, und die Augen glänzten, und Mel zweifelte nicht daran, dass sie einen ganz ähnlichen Anblick bot.

»Entschuldigung!« Mary Lou wirkte zerknirscht.

Jesse winkte barsch ab. »Was gibt's?«

»Ich … wusste nicht, dass ihr beide hier seid.«

»Wir haben gerade draußen nach dem Rechten gesehen und die nassen Jacken abgelegt«, wiegelte er ab, nicht weniger kurz angebunden als zuvor. Um ihn herum war wieder diese meterdicke Mauer.

Irgendwie traf es Mel, wie erpicht er darauf war, das Ganze herunterzuspielen. Vor allem spürte sie instinktiv, dass er nicht nur wegen der Störung aufgebracht war, sondern den Kuss als einen Fehler ansah – mal wieder! Sie hatte immer noch Mühe, das abrupte Ende zu verarbeiten. Am liebsten hätte sie Mary Lou weggeschickt. Vor allem, als sie auch noch sagte:

»Ich wollte fragen, ob du mal nach Nick sehen kannst. Ich glaube, ihm geht's nicht so gut. Robin hat ja auch etwas Mühe mit dem Seegang, deshalb wollte ich nicht länger weg, aber ich kann auch Chan fragen.«

Ja, frag Chan!, hätte Mel am liebsten gesagt, doch natürlich erklärte Jesse sofort:

»Nein, ich gehe nach ihm sehen.«

Am meisten schmerzte Mel, dass sie den Eindruck hatte, er war froh zu flüchten.

Als er draußen war, drehte sich Mary Lou in der Tür nochmals um. »Es tut mir leid.«

Ihr Lachen hörte sich selbst in ihren eigenen Ohren unecht an. »Kein Problem«, erwiderte Mel, »ich kann die Jacken auch allein aufhängen.«

Kurz wirkte Mary Lou, als hätte sie noch etwas sagen wollen, dann verabschiedete sie sich mit der Begründung, nach Robin sehen zu wollen.

Mel verstaute Jacken und Schuhe, bevor sie nach unten ging. Am liebsten hätte sie das Ohr gegen Nicks Tür gelegt, sie hörte leises Murmeln dahinter. Sie wusste selbst nicht einmal, warum. Doch der Gedanke daran, beim Lauschen erwischt zu werden, hielt sie ab. Das wäre doch zu peinlich! Zudem war es nicht ihre Art. So ging sie in ihre Kabine. Sie putzte sich die Zähne, wusch sich das restliche Salz vom Gesicht, cremte sich ein und zog sich dann ihr dunkelblaues Satin-Nachthemd mit den Spaghettiträgern an, das sie am Vortag ausgewaschen hatte. Jede Bewegung war bei dem Seegang ein mühseliges Unterfangen, daher brauchte sie die doppelte Zeit für jeden Handgriff.

Sie hatte gerade das Bett aufgedeckt, als sie ein Geräusch auf dem Flur hörte. Bevor sie bewusst darüber nachdenken konnte, was sie tat, eilte sie zur Tür und riss sie auf. Und sah sich einem fassungslosen Jesse gegenüber.

»Ich wollte nur fragen, wie es Nick geht«, murmelte sie kleinlaut.

Jesse blinzelte, schluckte. »Er hat sich erbrochen.«

»Hat er eine Tablette genommen?«

»Ja, aber sie bleibt nicht drin. Ich habe ihm ein Zäpfchen gebracht.« Er hob die Augenbrauen. »Das er sich nun verabreicht hat. Selbst«, betonte er. »Ich denke, er schläft jetzt.«

Obwohl sie Mitleid mit Nick hatte, konnte sie nur mühsam ein Schmunzeln darüber unterdrücken, wie Jesse dieses »Selbst« betont hatte. »Ingwer hilft auch gegen Seekrankheit. Ich kann Bob schnell fragen …«

»Wenn du in dem Aufzug zu Bob gehst, kriegt er einen Herzinfarkt«, kommentierte Jesse, und ein vielsagender Blick glitt über ihr dünnes Nachthemd.

Hitze schoss Mel in die Wangen. »Ups.« Sie verschränkte die Arme vor der Brust. Eigentlich hatte sie jetzt mehr an als in ihrem Bikini. Und trotzdem war es etwas anderes. Die Hitze kroch von ihren Wangen in ihren Bauchraum, als die Leidenschaft in Jesses Blick zurückkehrte.

Sie konnte sehen, wie er mit sich kämpfte. Zumindest schien auch ihn ihr Anblick nicht kaltzulassen. Der Kuss wurde wieder präsent. Den sie von ihrer Seite aus noch nicht als abgeschlossen erachtete. Ihr Aufenthalt an Bord endete so bald, die Panik überkam sie. So richtig konnte sie selbst nicht sagen, was sie überhaupt wollte; sie reagierte instinktiv und machte einen Schritt auf Jesse zu. In dem Moment half eine Welle nach. Mel prallte gegen seinen harten Körper. Er griff nach ihr, streifte dabei ihre Brust.

Mit einem Aufstöhnen und einem verzweifelt hervorgestoßenen »Verdammt noch mal, Mel« küsste er sie, abermals voller Leidenschaft. Dass sich alles um sie herum drehte, lag nicht nur am Wellengang.

Ihr gesamter Körper wurde von einer Wärme erfüllt, als glitte sie in heißes Badewasser. Ein Glücksgefühl nahm von ihr Besitz, als sie sich in die Geborgenheit von Jesses Armen schmiegte.

Das automatische Licht ging aus. Im Schutz der Dunkelheit küsste Jesse ihre Wangen, ihren Hals und ihr Schlüsselbein, schob dabei den Träger ihres Nachthemdes beiseite, sodass es ein Stück nach unten rutschte.

Als hätte Jesse gespürt, dass sie sich fragte, ob ihr das alles zu schnell ging, strich er mit seinen Lippen wieder nach oben. Über ihren Hals, liebkoste ihr Ohrläppchen, ihre Wangen, ihren Mund.

»Wir sollten das nicht tun«, murmelte er gegen ihre Lippen, was ihn aber nicht davon abhielt, diese erneut zu erobern, während sie die Hände über seinen Rücken und seine Oberarme, seinen Nacken und seine Haare gleiten ließ, als müsste sie sich jedes Detail von ihm einprägen.

Ihre Körper bewegten sich im Takt der Wellen wie in einem überirdischen Tanz, als wären sie eins. Sie wiegten sich miteinander, drückten sich aneinander, einfach nur, um die Wärme des anderen auszukosten.

Abermals küsste Jesse ihren Hals bis hinunter zu ihrer Schulter. Seine Hand ruhte an ihrer Taille, strich ein Stück höher, bis sie an ihrer Achsel lag.

Die verworrensten Gefühle durchströmten Mel. Da waren wieder der Wunsch, er möge weitermachen, und gleichzeitig diese Unsicherheit. Ob sie schon dazu bereit waren?

Jesse schob sie schwer atmend von sich, küsste sie sanft auf die Stirn, auf die Nase, auf die Wangen. »Ich … denke, es ist spät.« Er klang heiser. »Wir sollten jetzt ins Bett gehen.« Als sie ihn verwirrt anblinzelte, fügte er mit einem zärtlichen Lächeln hinzu: »Jeder in sein eigenes.«

Sie legte die Hand auf seine Wange. Ihre Augen hatten sich an die Dunkelheit gewöhnt, sie konnte schwach seine

Konturen erahnen. Diese Züge, die so viele Schattierungen von Gefühlsregungen ausdrücken konnten. Da sie ihrer Stimme nicht traute, nickte sie nur.

Er küsste sie nochmals sanft auf die Lippen und wollte sich zurückziehen. Mel wusste selbst nicht, warum sie sich noch einmal verzweifelt an ihn drückte, sich in seine Arme schmiegte.

Für einen Moment hielt er sie ganz fest, dann löste er sich von ihr. »Schlaf gut!«

Und sie konnte sich selbst nicht erklären, warum sie auf einmal das Gefühl hatte, dass es das letzte Mal an Bord war, dass Jesse sie im Arm gehalten hatte.

Jesse

An Bord der *Cetus*, Atlantikküste USA

Der Sturm flaute gegen Morgen ab, aber Jesse hatte nach wie vor das Gefühl, dass in ihm ein Orkan tobte. Er hatte sich fest vorgenommen, nicht mehr schwach zu werden, bis er sich selbst im Klaren darüber war, wo das hinführen sollte. Es war Mel gegenüber nicht fair, ihr Hoffnungen zu machen.

Auch ihn selbst zerriss dieses Auf und Ab. Natürlich sagte ihm sein Verstand, dass er frei war. Doch innerlich war er es noch nicht. Und zudem hatte er das Gefühl, dass auch Mel erst mit dieser neuen Situation klarkommen musste; sie sollten nichts überstürzen.

Sie war so taff. Wie sie gestern ganz selbstverständlich mit ihm im Sturm nach draußen gegangen war. An Bord konnte sie sich behaupten. Doch andererseits wirkte sie manchmal im Verborgenen so verletzlich, dass ihn das Bedürfnis überkam, sie in die Arme zu nehmen und zu beschützen.

Als er völlig gerädert von den Selbstvorwürfen, die ihn quälten, nach oben kam, verdrehte Mel schon wieder Bob den

Kopf. Nicht absichtlich, so war sie nicht. Aber Bobs Wangen leuchteten, als hätte er sie rot angemalt. Und das ganz sicher nicht nur wegen der Hitze in der Küche – er briet am Herd Eier, die lecker dufteten.

Auch das war ein Punkt an Mel, den er irgendwie mochte. Sie war überhaupt nicht eingebildet, kam gar nicht auf die Idee, dass sie jemandem gefallen könnte. Sie war ein echter Kamerad an Bord. Dennoch überkam ihn überraschend Eifersucht, als Mel so völlig arglos mit Bob scherzte. Wie schon am Vortag. Auch mit ihm selbst machte sie ihre Witze, doch da war sie öfter gehemmt. Er war sich völlig klar darüber, dass es an ihm lag, weil er manchmal so abweisend zu ihr war. Sie hüllte sich – wie ein Papageifisch zum Schlafen – in eine schützende Blase. Seinetwegen.

Noch zwei Tage!

Dann würde Mel von Bord gehen. Und er konnte sich über seine Gefühle klar werden – in ihrer Gegenwart war es ihm nicht möglich, vernünftig zu denken. Vergangene Nacht war er nah daran gewesen, einen Schritt weiterzugehen. Doch er hatte nur zu genau gespürt, dass ihr dies zu schnell gegangen wäre. Aber würde er sich noch länger zurückhalten können, wenn sie ihn so küsste? Dabei war es doch seine Aufgabe, sie hier an Bord zu beschützen.

Am besten hielt er sich von ihr fern, solange sie noch hier war.

Was gar nicht so einfach war. Denn jetzt drehte sie sich zu ihm um, und die Mischung aus Freude und ängstlicher Erwartung in ihren Augen, wie er auf sie reagieren würde, verursachte sofort wieder ein Ziehen in seinem Brustkorb.

Er zwang sich zu einem Lächeln, das hoffentlich freundlich, aber unverbindlich genug war. »Guten Morgen, zusammen!«

Das Strahlen auf Mels Zügen erlosch, und sofort brodelte Wut in ihm auf. Er war ein seelischer Krüppel. So eine wunderbare Frau wie Mel brauchte einen netten Mann, der ihre Gefühle ohne Vorbehalte erwidern konnte.

Mürrisch wandte er sich an Bob, der ihn nach Frühstück fragte. »Erst mal nur eine Tasse Tee und Cracker. Ich sehe zuerst nach Nick, vielleicht kann er schon wieder was vertragen.«

»Brauchst du Hilfe?«, rief Mel ihm hinterher.

Ja, die brauche ich, aber nicht das, was du jetzt meinst, lag ihm auf der Zunge zu erwidern. »Ich werde es gerade noch schaffen, eine Tasse nach unten zu tragen«, gab er spöttisch zurück – und hasste sich selbst dafür.

Und das Schlimmste war, dass sie darüber traurig und verständnisvoll zugleich wirkte.

Die nächsten beiden Tage durchlebte er die reinste Hölle. Er wollte bei Mel sein, jede verbleibende Minute mit ihr zusammen verbringen, und gleichzeitig fürchtete er sich davor. Es war, als wohnten zwei Seelen in seiner Brust – Dr. Jeckyll, der nette Meeresbiologe, der Mel alles erklärte und gern eine schöne Zeit mit ihr erlebte, und Mr Hyde, das Monster, das sie absichtlich verletzte, damit sie ihn nicht mochte und ihn somit nicht in die Bredouille brachte, sich über seine eigenen Gefühle klar werden zu müssen. Oder seine Selbstbeherrschung auszutesten.

Er vergrub sich in seine Arbeit, und da sie gerade versuchten, die Bedeutung der bislang unbekannten Töne von Satchmo zu eruieren, so hatte er wenigstens einen Grund, sich hinter seinem tristen grauen Resopal-Schreibtisch zu vergraben, während sich die *Cetus* Seemeile um Seemeile der Küste von North Carolina näherte.

Jesse hatte sich schon darauf eingestellt, Mel nach Lynnwood Falls zu bringen, damit sie sicher heimkam, und dies mit einem Besuch bei seinen Eltern zu verbinden. Doch dann schloss sich Nick ihr als Begleitung an. Er wollte ebenfalls nach New York City fliegen, um ein verlängertes Wochenende mit seiner Freundin zu verbringen, die dort wohnte. Im Big Apple würde Mels Bruder Mark übernehmen. Es war Mels erster Besuch bei ihrem Bruder zu Hause, und sie freute sich darauf, das merkte Jesse. Sie wollte zwei Nächte bleiben, und Mark sollte sie daraufhin nach Lynnwood Falls begleiten.

Es gab so viel, das für Mel gerade neu und aufregend war – er musste ihr auch die Zeit lassen, dies alles zu verarbeiten, bevor er sie in ein erneutes Chaos stürzte, redete Jesse sich ein. Dabei war ihm im Unterbewusstsein durchaus klar, dass er sich vor seinem eigenen Abschiedsschmerz fürchtete, der unweigerlich kommen würde, wenn er sich noch mehr auf sie einließ.

So hielt er sich von ihr fern. Zumal er auch schon die Blicke der anderen – vor allem Mary Lous – bemerkt hatte, die sie zwischen ihm und Mel hin- und herwandern ließen. Er hatte keine Lust auf Neckereien oder – noch schlimmer – womöglich noch mehr Mitleid, wenn Mel wieder abfuhr.

Nach dem kurzen Sonnenschein nach der Kaltfront zog nun die nächste Front heran und hüllte die Welt in eine zähe graue Schicht, die hervorragend zu Jesses Stimmung passte.

Die Konturen von Wilmington schälten sich langsam aus der Küste heraus. Markant waren die stählernen Türme der Cape Fear Bridge zu sehen.

Mel stand auf ihrem Lieblingsplatz am Bug, um das Anlegen des Schiffes zu beobachten. Irgendwie wirkte sie verloren. Der Anblick schnitt Jesse ins Herz. Am liebsten wäre er zu ihr geeilt. Doch er wusste selbst nicht, was ihn davon abhielt. Vermutlich waren es eher seine eigenen Gefühle, denen er nicht traute. Er wollte zu ihr laufen, sie bitten zu bleiben. Doch da war diese Angst, es zu vermasseln. Ihr nicht das bieten zu können, was sie verdiente, nämlich seine vollständige Aufmerksamkeit, die alleinige Konzentration auf sie.

So stand er im Verborgenen und beobachtete sie – noch ein Stalker in Mels Leben. Er fühlte ihren Abschiedsschmerz wie seinen eigenen. Und war nicht in der Lage, irgendetwas dagegen zu unternehmen.

Bevor er reagieren konnte, hatte Bob schon Mels Rucksack nach oben getragen. Mels Augen glänzten, die Grübchen bogen sich melancholisch nach unten, als sie einen nach dem anderen umarmte. Jesse schob sich irgendwo mitten in die Reihe, um nicht gezwungen zu sein, als Letzter die richtigen Worte zu finden. Kurz machte sie den Eindruck, als wollte sie ihn auslassen, um später noch mal zu ihm zurückzukehren, doch dann umarmte sie ihn. Er spürte ihren Körper an seinem – die Erinnerungen an all die Momente mit ihr erwischten ihn eiskalt wie ein Schwall Gischt.

Sie biss sich auf die Unterlippe, und der Glanz in ihren Augen wurde stärker, bevor sie sich Carlos zuwandte. Beide hatten sie kein Wort gesprochen. Jesse merkte, wie der Kloß in seiner Kehle wuchs. Wie in Trance sah er zu, wie sie den Rest der Mannschaft umarmte. Wie zugetan ihr alle waren!

»Ich hoffe, wir sehen uns wieder, Mel«, sagte Mary Lou, und ihr bedeutungsvoller Blick streifte auch ihn.

Mel ging zu ihrem Rucksack. Da erwachte Jesse aus seiner Starre und eilte zu ihr. Fast schon rüde riss er ihn ihr aus der Hand.

»Ich nehme den!«

Kurz wirkte sie, als wollte sie widersprechen, doch dann war da wieder dieses erleichterte Lächeln. In dem kurz eine Hoffnung aufblitzte, die ihn unendlich schmerzte.

Er folgte ihr die Gangway hinunter. Das Taxi stand schon bereit. Mechanisch legte er den Rucksack in den Kofferraum. Mel stand an der offenen Hecktür und sah ihn an. Ungeachtet aller auf ihn gerichteten Augen zog er sie an sich. Vermutlich bekam sie keine Luft, doch das war ihm egal. Ihr anscheinend auch, denn sie presste sich ganz fest an ihn. Am liebsten hätte er sie nicht wieder losgelassen.

»Wir … sehen uns«, sagte sie schließlich mit erstickter

Stimme, und die ängstliche Frage, die in diesen Worten lag, bohrte sich abermals tief in sein Herz.

»Auf jeden Fall!«, erwiderte er heiser.

Als sich die Autotür hinter Mel geschlossen hatte, sah er, wie sie sich verstohlen über die Wange wischte.

Das Taxi fuhr ab. Und auf einmal war da so viel, was er ihr noch hatte sagen wollen. Wie wundervoll die Zeit mit ihr gewesen war. Dass er sie vermissen würde. Die Leere, die ihn plötzlich erfüllte, raubte ihm beinahe den Atem. Wäre er nicht in diese lähmende Starre verfallen, wäre er vermutlich dem Taxi hinterhergelaufen. So blieb ihm nur, den Rücklichtern hinterherzustarren.

Er blieb auf der Straße stehen, völlig verloren. Bis Mary Lou ihm sanft die Hand auf die Schulter legte.

»Sie hat gut hierher gepasst«, murmelte sie.

Er verstand, was sie ihm damit sagen wollte.

Am liebsten hätte er sich vor den Kopf geschlagen. Er war ein Volltrottel! Und was für einer! Doch das Taxi war bereits um die nächste Ecke verschwunden.

Kapitel 9

Melanie

Lynnwood Falls

Mel sah zum Fenster der *Carly Martin Memorial Library* hinaus. Der Frühling war mit aller Macht in Lynnwood Falls eingekehrt. Die Rasen in den Vorgärten leuchteten in einem satten Grün. Bepflanzte Blumenkübel standen überall, vor allem die Blüten in den Terrakotta-Kübeln vor *Annabella's Café* leuchteten in allen Farben. Mel seufzte. Frühling hatte immer so etwas Wundervolles von Neuanfang. Von Frühlingsgefühlen.

Alle um sie herum schienen verliebt zu sein. Die Frischverheirateten Elly und Brandon. Hope und Ryan, die sich gerade Gedanken über einen Hochzeitstermin im Sommer machten. Auch das »altvermählte« Paar Becky und Ian schien sich öfter zu küssen. Selbst Lizzy und Jim, die sich liebten und zerstritten, waren ungewöhnlich friedfertig.

Einzig Jack wirkte betrübt – auch wenn er es gern hinter seinen üblichen Scherzen zu verbergen suchte. Manja war inzwischen nach Deutschland zum Studieren gegangen. Sie würde einige Jahre fortbleiben, und die beiden hatten vereinbart, keine Fernbeziehung zu führen, damit jeder frei sein konnte für eine Liebe.

Da die EDV-Firma von Jack und Jim auch die Computer in der Bibliothek betreute, kam er gelegentlich in der Bibliothek vorbei, um Updates zu installieren oder Wartungsarbeiten durchzuführen. Nach getaner Arbeit setzte er sich gern auf ihre Schreibtischkante und erzählte von Manja. Sein Blick hatte dann immer etwas Sehnsüchtiges.

Mel konnte das gut nachvollziehen. Ob Jesse an Bord der *Cetus* auch manchmal von ihr sprach? Oder war er ganz normal zum Bordalltag übergegangen? Froh, dass sie ihn nicht mehr von der Arbeit abhielt?

Mel war noch nie jemand gewesen, der mit seinen Gefühlen hausieren ging. Deshalb sprach sie selbst nicht viel über die Zeit an Bord, sondern konzentrierte sich auf die tägliche Routine in der Bibliothek und die Abende mit Doris.

Sie war froh, dass sie von Arthur, der nach San Francisco zurückgekehrt war, nur über Will hörte, der ihr gelegentlich Papiere vorlegte. Sie verzichtete auf jegliches Geld von ihm, sie wollte einfach nur Ruhe vor ihm haben.

Die Unterzeichnung der Scheidungspapiere feierten sie mit einer rauschenden Party im *The Eighties.* Passenderweise hatte Jack mit seiner Band an diesem Abend einen Auftritt dort. Die Jungs waren wirklich gut. Es reichte Mel, sich einfach in der rockigen Musik und der heimeligen Atmosphäre in Tagträumen zu verlieren und den zuckenden Lichtern zuzusehen, die von der Discokugel reflektiert wurden.

Jack, der trotz seiner manchmal flapsigen Art durchaus einfühlsam war, kam in den Pausen zu ihr und legte den Arm um ihre Schultern. Es war schön, Freunde zu haben.

Auch beim sonntäglichen Brunch in *Annabella's Café*, der inzwischen meist im Freien stattfinden konnte, war es schön, Teil dieser großen Runde zu sein. Einmal ging Mel auch zusammen mit Jack, Hope, Ryan, Elly, Brandon sowie Will und Annabella abends nach Portland ins Kino.

Hatte sie sich anfangs noch versucht einzureden, dass ihre Gefühle für Jesse daher rührten, dass sie ihre Freiheit neu entdeckt hatte, so stellte sie nun zunehmend fest, dass noch mehr dahintersteckte, viel mehr.

Nach Feierabend hatte sie sich neuerdings angewöhnt, einen Spaziergang durch den nach Frühlingsblüten duftenden Ort zu unternehmen. Ganz zufällig führte sie dieser gelegentlich auch an Jesses Haus vorbei, einem in freundlichem Ozeanblau gestrichenen Haus mit roten Fensterläden und einer hölzernen Schaukel im Vorgarten, die verwaist im lauen Wind baumelte.

Bei dem Anblick blutete Mel jedes Mal das Herz. Der Rasen war sorgfältig gestutzt, vermutlich kümmerte sich Jesses Vater darum. Auch die Rosen vor der Veranda standen in voller Blüte. Die Hollywood-Schaukel, die ohne Polster trostlos wirkte, pendelte einsam vor sich hin.

Auf der alten Eiche rechts vom Gebäude gab es ein Baumhaus. Man sah ihm an, dass der Bau nicht lange zurücklag, das Holz war kaum verwittert. Vor ihrem geistigen Auge sah Mel Jesse mit seiner Tochter dort oben sitzen, ihr aus einem Buch vorlesen, vielleicht einem Kinderbuch über Wale. Für einen Moment wünschte sich Mel Annabellas Zeichentalent. Dann hätte sie ein Bild angefertigt von Jesses Haus, in dem es vor Leben nur so strotzte.

Zu gern wäre sie einmal zu einem der weißen Sprossenfenster gegangen und hätte hineingespäht. Irgendetwas sagte ihr, dass Jesse es seit dem Tod seiner Frau nicht verändert hatte. Vermutlich hingen sogar noch die Kleider im Schrank, das Kinderzimmer unberührt. Bestimmt standen Familienfotos über dem offenen Kamin. Ein Mausoleum. Wie Jesses Seele.

Als Mel aus dem Augenwinkel sah, wie Mr Albright mit seinem Cockerspaniel Chuck die Straße entlangkam, riss sie sich schnell los. Sie ging ihm entgegen, kraulte das weiche Fell des Hundes und wechselte ein paar Worte mit ihm.

Vielleicht sollte sie sich auch einen Hund zulegen. Doris mochte Tiere, hatte selbst bis vor Kurzem einen Irish Setter besessen, doch sie wollte erst über den Verlust hinwegkommen, bevor sie sich einen neuen Hund zulegte. Trauer benötigte eben Zeit.

Mel hatte zeitlebens von einem Bearded Collie geträumt – dem etwas kleineren »Bruder« des Bobtails –, doch ihre Großmutter hatte kein Haustier haben wollen. Und auch Arthur war strikt dagegen gewesen. Tierhaare im Haus? Die Vorstellung war ihm ein Gräuel gewesen. Sein Ara genügte ihm.

Da Mel einige Jahre auf der Flucht gewesen war, war ein Hund nicht für sie infrage gekommen. Hier war sie aber heimisch. Sie könnte sich vielleicht einen zulegen.

Zum ersten Mal gestattete sie sich den Gedanken, was passieren würde, wenn Jesse wieder in Lynnwood Falls war. Was, wenn er noch immer nicht bereit war loszulassen? Könnte sie es tatsächlich ertragen, ihn gelegentlich oder gar tagtäglich zu treffen? Was, wenn sie eben nicht die Richtige war, um ihn aus seiner Lethargie zu reißen, und Jesse eine Frau traf, auf die er sich einlassen konnte? Würde sie es aushalten können, ihn hier mit einer anderen zu sehen?

In ihrem Magen bildete sich ein harter Knoten. Hätte sich Jesse nicht längst einmal bei ihr gemeldet, wenn sie ihm wichtig gewesen wäre? Nach über zwei Wochen, die seit ihrer Rückkehr vergangen waren? Sie hatte ihm geschrieben, dass sie gut nach Hause gekommen war, und er hatte ihr nüchtern alles Gute gewünscht. Seitdem herrschte Funkstille. Er hatte ihre Handynummer – wären da nicht eine weitere Nachricht, ein paar liebe Grüße möglich gewesen? Und selbst wenn er die Nummer verloren hatte, hätte er sie durchaus erfragen können.

Besser, sie blickte endlich den Tatsachen ins Auge, dass sie vermutlich nicht die Frau war, die ihn aus seinem Kerker befreien konnte …

Inzwischen war Mel wieder auf dem Marktplatz angekommen. Sie saugte die Details in sich auf. Das ehrwürdige, mit weißen Latten verzierte Rathaus, das steinerne Gebäude der

Polizeistation, das dunkelgrüne Haus von *Doris' Lynnwood Falls Grocery and Deli.* Im Hintergrund der steinerne Kirchturm, bei dem die Gemeinde immer wieder stolz war, wenn er den Herbststürmen trotzte. Gedankenverloren schlenderte sie weiter.

Das Heimatgefühl, die Verbundenheit mit Lynnwood Falls, war auf einmal so tiefgehend, dass es in ihrem Herzen schmerzte. Es war ihr Zuhause geworden. Dennoch war ihr plötzlich glasklar, dass sie erneut würde weiterziehen müssen, wenn Jesse eine andere Frau fand.

Mark hatte ihr erst bei ihrem Besuch in New York in den Ohren gelegen, zu ihm zu ziehen – jetzt, da sie frei war. Sie könnten sich ein Haus in Long Island nehmen, am Meer, hatte er vorgeschlagen. Sie hatte abgelehnt – in der stillen Hoffnung, Jesse würde sich bei ihr melden, doch langsam glaubte sie nicht mehr daran, dass das noch passieren würde.

Ein Stück voraus lag *Annabella's Café.* Sie wusste selbst nicht, warum ihre Schritte sie dorthin lenkten. Es war schon nach sieben, das Café hatte seit über zwei Stunden geschlossen. Doch im Inneren brannte noch Licht. Annabella und Jay saßen über den Tisch gebeugt, sie schienen etwas zu schreiben.

Mel wollte gerade wieder umkehren, als Jay aufblickte. Er winkte sie herein. Die Tür war tatsächlich noch nicht abgeschlossen. Wie immer roch es im Inneren herrlich nach Kaffee, Vanille und süßem Gebäck. *Jesse fühlt sich hier bestimmt wohl,* schoss es Mel unweigerlich durch den Kopf.

»Hey!« Jay stand auf, kam auf sie zu und küsste sie auf die Wange. Sie war froh, dass er ihr nicht übelgenommen hatte, dass er von Arthur verletzt worden war – obwohl es nicht ihre Schuld war, fühlte sie sich verantwortlich. Er strich ihr über die Wange und musterte sie. »Du siehst aus, als könntest du eine heiße Schokolade vertragen?«

»Ach was, ich … wollte einfach nur Hallo sagen«, wiegelte sie verlegen ab, doch er eilte schon hinter die Theke.

»Wir haben die Maschine sowieso noch nicht geputzt«, wehrte Annabella den Einwand ab und umarmte sie.

»Ich wollte euch aber nicht stören!«, beharrte Mel.

»Kein Problem. Wir saßen gerade nur über der Einkaufsliste.« Annabella beugte sich verschwörerisch näher. »Es ist ganz gut, dass wir aufhören, sonst fällt Jay bloß noch mehr ein, was er mal ausprobieren könnte«, sagte sie so laut, dass er es hören konnte.

»Das könnte gut passieren.« Lachend nahm Jay sich einen Teller und packte etwas kringelförmiges Spritzgebäck darauf. »Du kommst gerade richtig, ich hatte vorher ein neues Rezept für Churros ausprobiert. Koste mal!«

Bevor Mel sich's versah, hatte er sie auf das rote Sitzkissen auf dem schmiedeeisernen Stuhl gedrückt. Auf dem Marmortischchen vor ihr standen eine Tasse heiße Schokolade sowie köstlich duftendes Gebäck, und Annabella hatte ihr den Arm um die Schultern gelegt. »Möchtest du uns erzählen, wo der Schuh drückt?«

In dem Moment ertönte die Türklingel, und Will und Elly kamen herein. Die beiden waren chic in Anzug und Kostüm gekleidet, vermutlich kamen sie vom Gericht.

Über Annabellas Gesicht ging ein Leuchten, das Mel irgendwie naheging. Annabella schmiegte sich in Wills Arme, und man konnte förmlich sehen, dass für die beiden die Welt um sie herum für einen Augenblick versank.

Elly grinste über das ganze Gesicht und wandte sich an Jay. »Eigentlich wollte ich ja nur mein Auto holen und gleich wieder los: nach Hause zum Kochen. Aber ich rieche heiße Schokolade!«

Annabella löste sich aus Wills Umarmung. »Nimm doch eine Portion Reste von heute Mittag mit, und du trinkst eine heiße Schokolade und hast das Essen auf dem Tisch, wenn

Brandon nach Hause kommt?«, schlug sie augenzwinkernd vor.

»Das ist die beste Idee des Jahrhunderts.« Elly schlang den Arm um Jays Taille. »Und wenn mir der Bruder meines Bosses auch noch ein Stück seiner neuesten Kreation besorgt«, sie deutete auf Mels Teller, »ist mein Glück perfekt.«

Jay salutierte grinsend. »Ist gebongt, Ma'am!«

Annabella setzte sich wieder neben Mel. »Ich mache Will kurz eine Portion Kartoffelgratin mit Bohnen warm. Möchtest du auch etwas?«

»Nein, danke, ich habe keinen Appetit«, lehnte sie lächelnd ab, was ihr einen fragenden Blick von Will einbrachte. Sie hätte es vielleicht anders formulieren sollen, doch dafür war es jetzt zu spät.

Will, der selbst schon viel in seinem Leben hatte durchmachen müssen, besaß feine Antennen. Als er sein Jackett ausgezogen, die Krawatte abgelegt, das Hemd geöffnet und die Ärmel aufgerollt hatte, lehnte er sich zurück. »Haben wir vorhin euer Gespräch unterbrochen?«

Mel zögerte. In den ihr zugewandten Gesichtern lag so viel Freundschaft und Verständnis. Sie sagte das Erste, was ihr in den Sinn kam: »Mein Bruder hat mich gefragt, ob ich zusammen mit ihm in ein Haus nach Long Island ziehe.«

Elly, die gerade ein Stück Churros in ihre heiße Schokolade gedippt hatte und sich in den Mund stecken wollte, hielt in der Bewegung inne. Das weich gewordene Gebäckstück platschte in ihre Tasse, doch sie schien es gar nicht wahrzunehmen. »Du willst *fort* von hier?«, fragte sie fassungslos. »Ich dachte, Lynnwood Falls ist jetzt dein Zuhause?«

»Nein, ich … will nicht fort, das war so eine Überlegung«, wiegelte Mel schnell ab. »Ein Angebot von Mark, über das ich nachdenken sollte …«

Will musterte sie nachdenklich. »Befürchtest du immer

noch, dass dein Ex-Mann dich hier nochmals aufsuchen wird?«

»Nein! Ganz und gar nicht.« Sie warf ihm einen dankbaren Blick zu. »Ich denke, das hast du ihm ein für alle Mal verleidet, und dafür bin ich dir ewig verbunden.«

»Aber wieso willst du dann weg?«, erkundigte sich Jay.

»Ich habe nicht gesagt, dass ich weg *will.* Ich sagte nur, dass mein Bruder mich gefragt hat. Und ich darüber nachdenken soll. Wir … standen uns immer nahe …«

»Ich stehe meinem Bruder auch nahe, aber deshalb würde ich trotzdem nicht mit Jesse zusammenziehen«, erwiderte Elly langsam.

Mel wand sich unbehaglich unter dem durchdringenden Blick. Wieso hatte sie nur den Eindruck, dass Elly – und vielleicht auch die anderen drei – nur zu genau wussten, was in ihr vorging? Und dass Elly ganz absichtlich den Namen ihres Bruders ins Spiel gebracht hatte? Schnell beugte sich Mel über ihre Tasse. »Die Churros sind übrigens ganz köstlich.«

Auf Ellys Züge trat ein entschlossener Gesichtsausdruck, der sicherlich nichts mit dem Gebäckstück zu tun hatte, das sie gerade mit dem Löffel aus ihrer Tasse fischte, bevor es sich auflösen konnte. »Also, ich würde solch eine tragende Entscheidung nicht übers Knie brechen. Jetzt warte doch einfach mal ab …« Es machte den Eindruck, als hätte sie sich mitten im Satz unterbrochen. Hatte sie sagen wollen: … bis Jesse wieder da war?

Mel biss sich auf die Unterlippe. Oder war nur ihr Wunsch Vater des Gedankens? Bis zu Jesses Rückkehr würden noch Wochen vergehen. Bis dahin würde sie ein reines Nervenbündel sein. Trotzdem antwortete Mel: »Ja, ich … werde noch einige Male darüber schlafen und es mir gut überlegen.« Sie rieb sich das Kinn und sah die anderen zerknirscht an. »Ihr würdet mir alle ganz schrecklich fehlen.«

»Na, das hoffen wir doch!«, brummte Will augenzwinkernd, während Annabella ihr den Arm um die Schultern legte.

»Wusstest du nicht, dass Lynnwood Falls ein ›Hotel California‹ ist?«, sagte Jay grinsend. »Du kannst jederzeit auschecken, kommst aber niemals weg.«

Das darauffolgende herzliche Gelächter sorgte dafür, dass Mels Herz wieder ein wenig leichter wurde.

Jesse

An Bord der *Cetus* / Lynnwood Falls

»Sie jagen wieder!« Mary Lou winkte Jesse zu sich heran und drückte ihm ein Paar Kopfhörer in die Hand.

Mehrere dunkle Rufe ertönten, die ihm unweigerlich eine Gänsehaut über die Arme laufen ließen. Die Buckelwale trieben Sardinen mit ihrem Blas zusammen und schwammen dann nur mit geöffnetem Maul durch den Schwarm hindurch. Um möglichst viele zu sein, damit sie die Sardinen auch richtig einkesseln konnten, riefen die Wale einander. Noch nie hatten sie die Rufe so markant und eindringlich gehört – die Nahrungsaufnahme hatte eindeutig wieder eingesetzt. Eine ganze Weile lauschten Jesse und Mary Lou, während sie mit den Ferngläsern aufs Wasser hinaussahen.

Wie so häufig in letzter Zeit kam ihm Mel in den Sinn. Auch ihr hätte es gefallen, das mitzuerleben. Er sah ihren strahlenden Blick förmlich vor sich. Die Grübchen.

Die letzten beiden Wochen waren schwer für ihn gewesen. Ständig war Mels Name in Gesprächen gefallen. Es war, als wohnte ihr Geist noch weiterhin an Bord. Manchmal hätte er am liebsten seine Kollegen oder Mary Lou angefahren, ob sie ihn absichtlich quälten, doch das war natürlich Unsinn. Es hatte ja in seiner Hand gelegen. Unzählige Male hatte er sein Mobiltelefon ergriffen, um ihr eine Nachricht zu schreiben.

Vielleicht ein unverfängliches Foto zu schicken. Ihnen war beim letzten Tauchgang wieder eine großartige Aufnahme von Wakanda und Ahanu gelungen, die Mel bestimmt gefallen hätte. Doch dies hätte einen Schritt in die Richtung bedeutet, von dem er sich noch nicht sicher war, ob er ihn gehen wollte beziehungsweise konnte.

Als er wieder an seinen Schreibtisch kam, sah er, dass er einen Anruf von Elly verpasst hatte. Sein schlechtes Gewissen regte sich. Er hatte auch seine Schwester in den letzten beiden Wochen vernachlässigt. Nur so konnte er vermeiden, dass sie ihn auf Mel ansprach. Doch nun bat sie ihn um Rückruf. Die Bitte konnte er schlecht ignorieren, zumal er bei solchen Nachrichten automatisch immer nervös wurde und sich vor schlechten Neuigkeiten fürchtete.

Also ging er hinaus – sie waren schon so nahe an der Küste, dass er Handy-Empfang hatte – und drückte die Rückruftaste.

»Hey, Bruderherz. Wie geht's dir?«

Auch solche Fragen hasste er. Niemand antwortete darauf, dass es ihm schlecht ging. »Wir haben gerade Futterrufen der Wale gelauscht«, erwiderte er stattdessen. »Gibt's was Wichtiges?«

»Willst du mich schon wieder abwürgen?«, kam es spitz zurück.

Jesse atmete tief durch. »Nein, natürlich nicht. Ich wollte nur wissen, ob alles in Ordnung ist bei euch.«

»Ja, Mom und Dad und Brandon und mir geht's gut«, beruhigte sie ihn. »Ich wollte nur wissen, ob du bald mal nach Lynnwood Falls kommst.«

Jesse zögerte. Seine Kollegen nahmen sich gelegentlich zwei, drei Tage frei. Nick traf seine Freundin. Mary Lou und Robin hatten ihre bereits erwachsenen Kinder besucht. Niemand würde sich daran stören, wenn er auch nochmals für ein verlängertes Wochenende nach Hause fuhr, bevor seine

Zeit an Bord in gut sechs Wochen endete. Seit der Hochzeit hatte er sich nicht mehr freigenommen. »Ich hatte es eigentlich nicht geplant, warum?«

»Ich frage nur so. Ob es dich vielleicht hierher zieht?«

Hierher, hatte sie gesagt. Nicht: *zu uns*.

Den Braten konnte selbst er auf die paar Hundert Seemeilen riechen. Er bemühte sich um eine ruhige Stimmlage: »Hatten wir nicht vereinbart, dass du es bei mir nicht versuchst?«

»Was denn?« Niemand konnte besser die Unschuld in Person spielen als seine Schwester.

»Du weißt ganz genau, was ich meine.«

»Falls du auf meine Vorliebe zu kuppeln und auf Mel anspielst – keine Sorge! Sie ist ja bald weg.«

Es fühlte sich an, als hätte er einen Schlag in den Magen erhalten. »Was?«, fragte er tonlos.

»Sie überlegt, zu ihrem Bruder nach Long Island zu ziehen – sie wollen zusammen ein Haus kaufen«, sagte Elly im Plauderton, doch Jesse konnte genau hören, dass sie auf seine Reaktion wartete.

»Wie … was … seit wann … ist das geplant?«, stammelte er. In seiner Brust tobte ein Tornado.

»Gäbe es denn einen Grund für sie, nicht zu fahren?«, kam die süffisante Nachfrage.

Jesse sah sich um. Er musste sich hinsetzen. Auf die Backskiste. Die Erinnerung überflutete ihn. Daran, wie er mit Mel hier gesessen hatte. Wie sie sich an ihn gekuschelt und ihm von ihrem Schicksal erzählt hatte.

Er schrak zusammen, als Elly wieder sprach. Dieses Mal klang ihre Stimme ganz weich: »Ich werde dir keine Vorträge mehr halten. Du kennst meine Einstellung. Aber ich wollte es dich einfach wissen lassen, okay?«

»Danke«, war alles, was er hervorbrachte, bevor er das Gespräch mit den üblichen Grüßen beendete.

Er wusste nur zu gut, wie es sich anfühlte, wenn man einen geliebten Menschen verlor. Diesen brennenden Schmerz im Brustraum kannte er zur Genüge. Mit einem Schlag wurde ihm klar, dass es nicht nur das Schuldbewusstsein gewesen war, das ihn zurückgehalten hatte. Er hatte Angst gehabt. Vor genau diesem Gefühl, das ihn gerade überkam. Diesem bohrenden, ätzenden, alles verzehrenden Schmerz. Dieser Leere. Diesem Gefühl, ins Bodenlose zu fallen. Er hatte die glücklichen Momente vergessen, die langen Jahre, die diesem Schmerz vorangegangen waren. Vergessen, dass eine Beziehung nicht nur aus Schmerz bestand.

Und plötzlich wisperte diese kleine Stimme ihm ins Ohr: *Sie ist noch da! Das ist deine zweite Chance. Du kannst Mel noch aufhalten!*

Auf einmal hielt ihn nichts mehr. Er eilte zu Mary Lou. »Am Donnerstag legen wir in Atlantik City an. Ich würde gern übers Wochenende nach Hause fliegen. Ich muss … einiges erledigen.«

Ihr Lächeln war voller Wärme. »Das ist gut!«

Er fragte nicht, was genau sie damit meinte, aber er ahnte es bereits. Doch dieses Mal würde er nichts verbergen.

Wieder einmal war der Himmel grau verhangen, als sie die Küste anliefen. Die Wolkenkratzer der Stadt machten ihrem Namen alle Ehre, die Spitzen steckten in den tief hängenden Wolken. Doch Jesse war es gleichgültig. Die paar hundert Kilometer nördlich in Lynnwood Falls konnte das Wetter schon ganz anderes sein.

Bereits über Boston wurde der Himmel lichter, und in Portland schien die Sonne.

Im Flugzeug hatte eine gesprächige alte Dame neben Jesse gesessen. Auf der Strecke nach Lynnwood Falls, die durch dichten Kiefernwald führte, kam er zum ersten Mal richtig zum Nachdenken. Er kurbelte die Scheibe hinunter und sog die würzige Luft nach Kiefern tief in sich auf, die hier im

Wald noch frühlingshaft frisch war. Die Lärchen trieben hellgrün aus. So sehr er das Meer liebte, so liebte er auch seine Heimat. Gerade die Kombination fand er so großartig.

An der Hügelkuppe hielt er kurz an. Lynnwood Falls lag in goldenes Licht getaucht unter ihm. Die Rapsfelder standen in voller Blüte, auf den saftigen grünen Weiden graste das Vieh: Rinder, Pferde und Schafe. Er meinte das Muhen, Wiehern und Blöken zu vernehmen. Irgendwo meckerten auch ein paar Ziegen, ein Hahn krähte. Sein Blick fiel auf das große weiße Holzgebäude der *Carly Martin Memorial Library*, und sein Herzschlag beschleunigte sich. Am liebsten wäre er sofort dorthin geeilt, doch er hatte noch einiges zu erledigen.

Wie immer führte ihn sein erster Weg zu seiner Mom. Sie empfing ihn mit Kaffee und Cheesecake und freute sich übermäßig, ihn zu sehen.

Im Anschluss fuhr Jesse zu seinem Haus. Er ging hinein, öffnete alle Fenster. Obwohl seine Mutter regelmäßig lüftete, hatte er das Gefühl, es röche staubig, muffig – fast wie in einer Gruft. Am Kamin blieb er stehen und fuhr mit dem Finger über die Fotos. Obwohl Maggy auch Staub wischte, hatte er das Gefühl, eine Staubschichte haftete an seinem Finger, als er ihn zurück nahm. Der alte Schmerz, der ständig in ihm wohnte, loderte heiß auf.

Jesse ging in die Küche, die verwaist wirkte, nahm eine Schere in die Hand. Der nächste Schritt würde der schwierigste werden. Einen Augenblick lang war er versucht, alles von sich zu werfen, sich zu verkriechen. Doch das hatte er viel zu lange getan.

Nachdenklich blickte er auf die Schere in seiner Hand. Dann riss er sich zusammen und ging hinaus. Die Rosen vor der Veranda hatte Beth gepflanzt. Sie hatte sie geliebt. Kurz sah er ihr lachendes Gesicht vor sich, dann schnitt er einige Blütenstängel ab.

Seine Beine fühlten sich ungewohnt schwer an, als er in

Richtung Friedhof ging. Es war ein Fußweg von einigen Minuten, doch die Bewegung tat ihm gut. Die meisten der Gräber hier in Lynnwood Falls waren gepflegt. Selbst wenn es keine Angehörigen mehr gab, sorgten die Bewohner dafür, dass jeder in einer angenehmen Umgebung ruhen durfte.

Seine Eltern und Elly kümmerten sich um die Ruhestätte seiner Familie. Auch Beths Familie, die etwas nördlich aus der Ecke Lewingston stammte, besuchte das Grab regelmäßig.

Jesse kniete sich neben dem Grabstein nieder und entfernte einige Blüten, die vom nahe stehenden Kastanienbaum hinabgerieselt waren, von dem rauen Stein. Er steckte die Rosen in die bereitstehende Vase, stach sich dabei in den Finger, doch er merkte es kaum. Der Schmerz in seiner Brust war übermächtig. Er strich mit den Fingern über die Rosenblüten, ein Blatt schwebte auf die Erde. Jesse hob es auf, zerrieb es zwischen den Fingern und saugte den betörenden Duft in sich auf.

»Du … hattest so ein Rosenschaumbad, erinnerst du dich noch?«, murmelte er und fuhr mit der Fingerkuppe über das Foto, das in den Grabstein eingelassen war. »Ich …«, er schluckte. »Mel hat ein Shampoo, das nach grünen Äpfeln riecht.« Hinter seinen Lidern begann es zu brennen. Auf einmal waren sie wieder da, die Zweifel. Er hatte die *Cetus* so überstürzt verlassen und war hierher geeilt. Doch plötzlich wurde ihm klar, warum sein Weg ihn nicht sofort zu Mel geführt hatte.

Nachdenklich betrachtete er Beth' Fotografie.

»Ich … in vielen Dingen seid ihr euch ähnlich. Ihr habt beide ein großes Herz. Aber sie ist … ganz anders als du. Ich muss euch nicht vergleichen. Sie … ist keine Konkurrenz für dich, sondern sie ist einfach anders. Sie hat … ihren Platz an einer anderen Stelle in meinem Herzen als du. Es ist genug Raum vorhanden … für euch alle.«

Er fuhr sich mit der Zunge über die Lippen. Sie schmeckten salzig, als wäre er getaucht. »Ich … habe Angst, auch sie zu verlieren. Aber ich …«, er schluckte trocken, »weiß nicht, ob es schon der richtige Zeitpunkt ist. Woher weiß man, wann der da ist? Was, wenn ich immer nur warte und warte, und irgendwann habe ich zu lange gewartet?«

Ein Geräusch ließ ihn zusammenzucken. Er sah sich um, doch er war immer noch allein auf dem Friedhof. Von außerhalb ertönte das satte Tuckern einer Harley.

Jesse wandte seine Aufmerksamkeit wieder Beth zu. Sie schien ihm von dem Foto aus anzulächeln. »Weißt du noch, wie wir zusammen diesen traurigen Film angesehen haben, in dem die Frau starb? Und du sagtest, du würdest wollen, dass ich ein neues Glück finde. Ich … das ist nicht so einfach.« Er rieb sich über die Wangen.

Das Knirschen des Torscharniers schreckte ihn abermals auf. Jemand betrat den Friedhof. Es dauerte einen Moment, bis Jesse erkannte, dass dieser blonde Typ in schwarzer Lederhose, Boots und einem schwarzen Shirt der neue Reverend war. Ohne Soutane hätte er ihn beinahe nicht erkannt. Jesse richtete sich auf.

Die Störung kam ihm gar nicht gelegen. Er hatte gehofft, in diesem Gespräch die Zweifel ausräumen zu können und Antworten zu finden, doch diese unbestimmte Angst wollte nicht weichen.

Reverend Owens zögerte, dann kam er langsam auf ihn zu.

»Guten Tag, Reverend«, erwiderte Jesse steif.

»Ich möchte nicht stören und bin auch schon wieder weg!« Er wandte sich zum Gehen.

»Nein, schon gut«, erwiderte Jesse beschämt. Er sollte nicht ständig unhöflich zu seinen Mitmenschen sein, bloß weil sie ihm gerade ungelegen kamen.

Der Reverend drehte sich um. Grüne Augen musterten ihn, dann streckte er die Hand aus. »Ich bin Daniel – Reverend Owens nur in der Kirche. Wir beide sind vermutlich im selben Alter.«

Jesse nahm die Hand, die sich eher wie die raue, starke eines Waldarbeiters anfühlte. Auch Daniels Oberkörper wirkte muskulös wie der eines Ringers. »Ich bin Jesse Johnson, aber das weißt du vermutlich.«

Daniel nickte. »Der Meeresbiologe. Ich bin im Bilde.« Zumindest hatte er nicht gleich auf den Unfall angespielt. Stattdessen fuhr er fort: »Wir haben uns auch auf der Hochzeit deiner Schwester getroffen.«

Jesse hob die Mundwinkel. »Wie ein Reverend siehst du gerade wirklich nicht aus.« Er deutete auf die Motorradkleidung.

Daniel lachte – es war ein sympathisches Lachen. »Neben meinem Beruf bin ich auch ein ganz normaler Mensch, der das Leben zu schätzen weiß.«

Irgendwas an seinen Worten berührte Jesse. Er nickte.

Daniels Blick ruhte auf ihm. »Ich kann aber jederzeit auch in den Klerus-Modus schwenken, wenn Bedarf besteht?« Er betonte es als Frage.

»Ich … fürchte, ich bin kein gutes Schäflein«, gestand Jesse. Er war schon früher kein großer Kirchgänger gewesen, doch nach dem Tod seiner Frau und Kinder hatte er dem Glauben völlig abgeschworen und mit allem gehadert.

Daniel lächelte. »Das spielt keine Rolle. Ich sehe meine Rolle hier in Lynnwood Falls darin, für die gesamte Gemeinde da zu sein, unabhängig davon, an was oder wen sie glauben.«

»Kein Fegefeuer für die Abtrünnigen?«, spöttelte Jesse.

Daniel lachte. »Ich weiß, dass Reverend Pickert eine etwas starrere Sichtweise hatte, doch jeder muss nach seiner Façon leben und handeln, nicht wahr?«

Wieder war es Jesse, als wollte Daniel ihm etwas mitteilen.

»Manchmal stehen Menschen auch an einem Scheideweg.

Und dann sehe ich es als meine Aufgabe, ihnen zuzuhören – falls sie das denn wünschen«, fuhr Daniel fort.

»Siehst du mich an einem Scheideweg?« Jesse hörte selbst, dass er herausfordernd klang.

Doch Daniel ließ sich nicht provozieren, er lächelte. »Fühlst du dich denn angesprochen?«

Obwohl ein Gespräch mit einem Gottesmann sicherlich das Letzte war, was Jesse beabsichtigt hatte, fragte er. »Weißt du denn immer, was das Richtige ist?«

»Du liebe Güte, nein!« Daniel schüttelte den Kopf. Er deutete in den stahlblauen Himmel. »Das überlasse ich ihm. Aber manchmal kann es helfen, mit einem völlig Fremden zu sprechen.«

»Hast du nie Zweifel?« Jesse hob die Augenbrauen.

»Natürlich habe ich die. Deshalb sind wir Menschen. Es ist uns Menschen zu eigen zu zweifeln.«

»Und was tust du dann?«

»Dann versuche ich, auf das Schicksal zu vertrauen, dass es mir meinen Weg weisen wird. Und ergreife im richtigen Moment die Chance.«

»Auch, wenn das Schicksal dir übel mitspielt?«, fragte Jesse rau.

Daniels Gesichtszüge wurden weich. »Gerade bei den Prüfungen, die wir Menschen durchlaufen müssen, hadere auch ich manchmal. Zweifle, suche nach dem Sinn, dem Warum. Muss mich dann darauf besinnen, dass auch wieder gute Zeiten für mich kommen werden. So übel einem die Fügung manchmal mitspielt, es gibt immer ein Licht am Ende des Tunnels. Und dann ist es an uns Menschen, diesen einen Schritt nach vorn zu wagen, um wieder selbst ins Licht zurückzukehren.«

Mels leuchtendes Gesicht schob sich vor Jesses inneres Auge. Er schluckte. »Aber ist das denn in Ordnung …« Er verstummte, doch Daniel schien ihn zu verstehen.

Wieder lächelte er. »Die Vergangenheit vergeht dadurch nicht. Sie bleibt bestehen. Und doch leben wir für die Zukunft, von der das Vergangene immer ein Teil bleiben wird. Die Menschen, die uns ein Stück des Weges begleitet haben, bleiben unvergessen, auch wenn wir nach vorn sehen und weitergehen. Jeder Mensch hat es verdient, glücklich zu sein. Aber das Glück muss man sich auch selbst verdienen und die Chance dazu mit den Händen ergreifen.«

Daniel lachte abermals. »Ich weiß, du willst jetzt keine frommen Sprüche hören, doch es heißt nicht umsonst, Gott hilft denen, die sich selbst helfen. Er eröffnet uns Möglichkeiten. Es liegt an jedem Einzelnen von uns, das eigene Leben zu formen und es nicht nur dem Zufall zu überlassen, denn sonst wirst du immer nur dahintreiben wie ein Blatt im Wind.«

Daniels Worte wirbelten durch Jesses Kopf.

Als hätte dieser gespürt, dass er Zeit zum Verinnerlichen brauchte, legte er ihm die Hand auf die Schulter. »Ich würde mich freuen, wenn wir uns mal wiedersehen. Muss ja nicht in der Kirche sein – gern auch auf ein Bier.« Er grinste. »Das Schicksal hat *mir* heute sonniges Wetter zum Motorradfahren beschert, das muss *ich* jetzt nutzen.«

Ein Lachen stieg in Jesses Kehle auf. Und auf einmal war es, als wäre ein Druck von seiner Brust genommen. Er konnte richtig frei heraus lachen. »Gern! Es war schön, dich zu treffen, Daniel.«

Der andere hob nur grüßend die Hand, bevor das Gartentor quietschte und das satte Blubbern einer Harley hinter dem weiß gestrichenen hölzernen Lattenzaun ertönte.

Jesse kniete sich wieder nieder, spürte, wie die feuchte Erde durch den Stoff seiner Jeans drang, roch den Duft, der sich mit dem der Rosen vermischte. Er spürte die laue Luft, die durch sein Haar strich, und hörte das Rascheln der Blätter im Wind. Es war, als wären seine Sinne plötzlich geschärft, als hätte sich der zähe Nebel gelichtet.

»Du hast das Gespräch gehört, nicht wahr?« Er strich sanft über Beth' Foto. »Das Schicksal hat mir … viel genommen. Aber vielleicht hat es tatsächlich nicht nur dunkle Seiten. Vielleicht war es auch das Schicksal, das mir gerade Daniel hier vorbeigeschickt hat … oder Mel bei Ellys Hochzeit an meine Seite gestellt und zu mir auf die *Cetus* gebracht hat. Sie liebt das Meer wie ich, weißt du? Ich … wäre dumm, wenn ich die Chance nicht ergreifen würde, oder?«

Beth Lächeln blieb unverändert. Und auf einmal wurde ihm klar, dass das die Gegenwart war. Sie hatte ihren unveränderlichen Platz in seinem Herzen gefunden. Den ihr niemand streitig machen würde. Doch seine Zukunft war eine andere.

Er küsste seine nach Erde schmeckenden Fingerspitzen und drückte sie gegen das Foto. Gegen Beth, ihren Bauch mit Olivia darin und gegen Sophia, seine Prinzessin. Die er mehr vermisste, als er sagen konnte. Und auf einmal schien sich sein Herz zu weiten. Er konnte seine beiden Kinder und Beth lieben und trotzdem eine neue Familie gründen. Dieser andere Traum war noch nicht ganz ausgeträumt.

Plötzlich hatte Jesse es eilig wegzukommen.

Ihm blieben noch gut drei Stunden, bis Mel Feierabend hatte. Er wollte sie nicht in der Bibliothek aufsuchen. Und schließlich hatte er noch einiges zu erledigen. Deshalb eilte er zurück zu seinem Haus, stieg in seinen Geländewagen und fuhr ins *Home- und Garden Center.* Dort besorgte er sich einen Stapel Umzugskartons und Packsäcke.

Zurück in seinem Haus, riss er alle Türen sperrangelweit auf, um so viel frische Frühlingsluft wie möglich hereinzulassen. Als Erstes ging er ins Schlafzimmer, öffnete die Schränke und räumte alle Kleider von Beth in Plastiksäcke. Er würde Elly bitten, sie durchzusehen und zu entscheiden, was man davon weitergeben konnte. Fotoalben und DVDs mit Familienfilmen packte er in Kartons und brachte sie auf den Dachboden.

Der Gang ins Kinderzimmer fiel ihm unendlich schwer. Er setzte sich eine Weile neben das Gitterbett, wie er es immer getan hatte, wenn er Sophia eine Gutenachtgeschichte erzählt hatte. Nur mühsam riss er sich los. Auch die Kinderkleidung und die Kuscheltiere kamen in Kartons auf den Speicher – vielleicht würde er sie ja noch einmal brauchen. Der Dachboden war staubig, es war schon länger niemand mehr hier gewesen.

Als er am Spiegel im Flur vorbeilief, sah er helle Streifen in einem schmutzigen Gesicht. Er hatte gar nicht gemerkt, dass ihm Tränen die Wangen hinuntergelaufen waren, doch sie hatten etwas Reinigendes gehabt. Monatelang, während die schwere Last auf seiner Brust gelegen hatte, war er gar nicht in der Lage gewesen, Gefühlsregungen zu empfinden.

Seltsamerweise fiel es ihm – neben den Kindersachen – am schwersten, die Trockenblumensträuße zu entfernen, die Beth so geliebt hatte. Ihm hatten sie nie so gefallen, er bevorzugte frische Blumen im Garten. Auch die Sträuße packte er in einen Karton, den er seiner Mutter geben würde. Vielleicht hatte sie noch Verwertung dafür. Dazu kamen sämtliche Kosmetikartikel für Frauen.

Obwohl er äußerlich völlig schmutzig und verschwitzt war, fühlte er sich seltsam gereinigt, als er fertig war. Höchste Zeit, auch seinen Körper zu säubern. Das warme Wasser aus dem Duschkopf prasselte wohltuend auf seinen Körper. Jesse schäumte sich ein, wusch die letzten Reste dessen ab, was ihn belastet hatte. Die Erinnerungen würden bleiben, sie waren kostbar verschlossen in einer Ecke seines Herzens.

Als Jesse kurz darauf vor seinem Kleiderschrank stand, war er auf einmal aufgeregt wie vor seinem allerersten Date. Er entschied sich für eine ausgebleichte enge Jeans, ein leichtes, helles Hemd mit Stehkragen, von dem Elly immer sagte, dass es wie für ihn geschneidert schien, dazu Sneakers. Sicherlich hatte Mel schon gehört, dass er in Lynnwood Falls war – so etwas sprach sich im Ort schnell herum. Ob sie wohl damit rechnete, dass er zu ihr kam? Oder sich fragte, warum er nicht schon längst gekommen war?

Plötzlich schoss ihm der Gedanke durch den Kopf, dass sie vielleicht gar nicht zu Hause war. Oder – noch schlimmer – womöglich war sie nicht allein?

Doch er wollte sich nicht vorher ankündigen. Es drängte ihn danach, endlich loszustürmen – zu ihr. Kurz erwog er, ihr einen Strauß Blumen zu pflücken, dann zögerte er. Vielleicht mochte Mel ja gar keine Blumensträuße? Auch solche Frauen gab es.

Es gab noch so viel, was er über Mel in Erfahrung bringen konnte – was sie liebte oder nicht so gern mochte; und er freute sich jetzt schon darauf, sie richtig kennenzulernen! Zudem wollte er sie sofort in den Arm nehmen, ihre Grübchen küssen; sie sollte nicht erst noch nach einer Vase suchen müssen. So pflückte er ihr nur einige Maiglöckchen von der schattigen Stelle neben der Veranda und eilte los. Wenn Mel Blumensträuße mochte, hatte er noch so viel Zeit, ihr welche zu bringen – ihre Zukunft begann ja erst …

Den Defender ließ er stehen, er musste zu Fuß gehen; zu viel Adrenalin jagte durch seinen Körper. Sein Weg führte ihn quer durchs frühlingshafte Lynnwood Falls, das genau seiner Stimmung entsprach. Doris' Geschäft war noch geöffnet. Insgeheim war er erleichtert. Seine Chancen, Mel allein zu Hause anzutreffen, stiegen.

Die weiße Haustür war wie immer nicht verschlossen. Er betätigte den Türklopfer und stieß sie auf. Öffnete das Mückenschutzgitter. Ein schwacher Blütenduft empfing ihn.

»Hallo? Mel?«

Als sich abermals nichts rührte, rief er wieder. »Mel? Ist jemand zu Hause?«

Sie erschien am Treppenabsatz, die Haare in ein Handtuch gewickelt. Sie musste eilig ein Long-Shirt übergestreift haben, denn sie trug es falsch herum. Ein zärtliches Gefühl übermannte ihn, das noch stärker wurde, als er die Unsicherheit auf ihren Zügen bemerkte, die er am liebsten weggeküsst hätte.

Scham überkam ihn. Er war solch ein Trottel – er hätte seinen Besuch doch ankündigen sollen! Sicherlich hätte sich Mel auch gern in Ruhe gerichtet. Außerdem: Er hatte noch keinen Gedanken daran verschwendet, was er überhaupt zu ihr sagen wollte.

So sagte er einfach nur: »Hi!« Und war erleichtert, als sich ihre Grübchen zeigten. »Störe ich? Soll ich später wiederkommen?«, fragte er, als sie stumm blieb.

»Nein … komm hoch!«

Er wollte gerade Doris' wundervoll gedrechselte Lärchenholz-Treppe nach oben stürmen, als Mel sich nochmals umdrehte. »Das heißt, warte bitte! Gib mir dreißig Sekunden!«

So stieg er langsam, Stufe um Stufe, die Treppe hinauf. Wenn sie wüsste, wie gleichgültig es ihm war, was sie trug, wie sie aussah oder ob es in ihrem Zimmer aufgeräumt war – was immer sie gerade meinte, erledigen zu müssen! Alles, was er wollte, war, ihre Grübchen und das Leuchten auf ihrem Gesicht zu sehen und sie endlich in den Arm zu nehmen. Und zu küssen, bis ihnen beiden schwindelig wurde.

Mel war wirklich keine Frau, die große Umstände machte. Kaum war er oben angekommen, öffnete sie auch schon die Tür. Die noch feuchten Haare fielen ihr in weichen Wellen auf die bloßen Schultern. Sie trug ein hellgrünes Trägershirt, dazu Stretchjeans, die Füße steckten in Flip-Flops. Sie sah verdammt sexy aus. Doch das Anziehendste an ihr war das Lächeln, das sie ihm schenkte. Ein echtes Mel-Strahlen! Es versetzte ihm einen glücklichen Stich.

Er machte einen Schritt auf sie zu, breitete die Arme aus.

Und sie flog auf ihn zu. Schmiegte sich an ihn – auf ihre ganz spezielle Art. Eine Weile hielt er sie einfach nur fest. Dann nahm er den Kopf zurück, und sie hob ihm ihr Gesicht entgegen. Jesse legte die linke Hand auf ihre Wange. Strich ihr über die Stirn, die Nase, die Grübchen und ließ seine Lippen den gleichen Weg folgen, bis er sich ganz langsam ihrem Mund näherte. Dabei fuhr er mit den Händen nach unten über ihren Rücken. Es prickelte schon, bevor sich ihre Lippen berührten.

Und dann küssten sie sich. Jesse konnte gar nicht genug von ihr bekommen. Ohne den Mund von ihrem zu lösen, schob er sie zu dem dunkelblauen Sessel und zog sie auf seinen Schoß. Die Maiglöckchen legte er achtlos auf das Fensterbrett neben sich. Sie küssten sich ungestüm wie Teenager.

Bis Jesse sie nach einer Weile von sich schob.

Mel schlug die Augen auf. Sie waren dunkel vor Leidenschaft. Ozeanblau. »Was ist?«

»Ich muss dich einfach zwischendurch ansehen.« Er streichelte ihr Gesicht ganz zart mit den Fingerspitzen.

Sie lachte, strich auch ihm über die Wangen. »Du trägst wieder einen Dreitagebart.«

»Ist das gut oder schlecht?« Auf einmal wollte er ihre Meinung wissen. Wollte hören, was ihr gefiel.

»Es steht dir beides. Rasiert oder Dreitagebart. So ist er auch schön weich.« Sie lächelte, strich abermals darüber. »Nur ganz lang gefällt es mir nicht, wie damals, als ...« Sie biss sich auf die Unterlippe.

Vermutlich sprach sie von dem zotteligen Bart, den er sich im vergangenen Jahr hatte wachsen lassen, als er sich völlig hatte gehen lassen. Bedeutungsvoll sah er ihr in die Augen. »Diese Zeit ist vorüber.«

Mel schluckte. Und lächelte. »Was ... führt dich eigentlich hierher? Eure Exkursion geht doch noch eine Weile?«

Jetzt war der Zeitpunkt der Aussprache gekommen. Doch auf einmal fehlten ihm die Worte. »Ja, wir haben noch gut fünf Wochen vor uns. Ich muss auch am Montag schon wieder zurück. Ich soll dich übrigens herzlich von den anderen grüßen. Sie vermissen dich alle!«

Sie strahlte. »Oh, das ist schön, danke. Ich vermisse die Zeit mit allen auch. Es … war ganz wundervoll.«

»Das war es.« Er strich ihr über die nackten Arme, die weiche Haut. »Ich … mir hast du auch gefehlt. Sehr sogar.«

In ihre Augen trat ein Leuchten, das ihm naheging.

Plötzlich brauchte er ein bisschen Abstand, um das zu sagen, was ihm auf dem Herzen lag. Er hob sie sanft von seinem Schoß und setzte sie wieder auf den Sessel, während er sich ans Fenster stellte und auf den Hinterhof hinaussah. Auf die Apfelbäume, die in voller Blüte standen. Die Kirschbäume waren schon verblüht, sie würden bald die ersten Früchte zeigen.

»Nach der Zeit auf der *Cetus* werde ich nach Lynnwood Falls zurückkehren. Ich … möchte mit dir zusammen sein, Mel.« Er wandte den Kopf. Hinter ihrem Strahlen lauerte Unsicherheit.

»Und …?« Sie biss sich auf die Unterlippe, doch er wusste, was sie meinte.

Jesse schluckte. »Ich will dich nicht anlügen. Ich habe meine Frau und meine Töchter geliebt. Und sie werden immer einen wichtigen Platz in meinem Herzen haben.« Er schluckte abermals. »Ich hätte nicht gedacht, dass es passiert, es traf mich völlig unerwartet. Aber ich … habe mich in dich verliebt, Mel. Bis über beide Ohren.«

Nun ging er doch wieder zu ihr, kniete sich neben ihren Sessel. Er nahm ihre Hände in seine. Sog das Leuchten in ihren Augen in sich auf. »Ich habe mich in diese süßen Grübchen verliebt.« Er küsste sie darauf. »Und in deine verflucht süße Art, dich über etwas zu freuen.«

Sie lachte. Dieses Mal nahm sie seinen Kopf in die Hände und küsste ihn innig.

Jesse stand wieder auf, stellte sich ans Fenster. Ein Spatz flatterte draußen vom Fensterbrett auf. »Ich … hatte immer zwei Träume, die mir viel bedeutet haben: Walforscher zu werden und eine große Familie zu haben. Eine Frau, die das Meer genauso liebt wie ich, ist wie ein wahr gewordener Traum. Ich möchte keine Zeit mehr verlieren, ich will dich lieben …« Er drehte sich wieder zurück. Und erschrak. Das Strahlen auf Mels Gesicht war mit einem Mal erloschen, die Züge wirkten maskenhaft starr, die Augen unnatürlich groß.

Jesse hätte sich am liebsten die Hand vor den Kopf geschlagen, zurückgespult und noch mal von vorn angefangen. Er war – schon wieder – so ein Volltrottel gewesen! Mel hatte viel durchgemacht; er wusste im Grunde nicht, wie schlimm es mit ihrem Ex-Mann gewesen war. Und er fiel so mit der Tür ins Haus. Er hätte sich wirklich vorher überlegen sollen, *was* er sagte!

Jesse eilte zu ihr und ließ sich wieder neben ihr auf die Knie sinken. Ihre Hände, die er in seine nahm, waren eiskalt. »Also, wir überstürzen natürlich überhaupt nichts, wir haben ja alle Zeit der Welt …«

Sie entzog ihm ihre Hände wieder. Ihre Stimme wirkte tonlos. »Ich kann das nicht!«

Er wollte wieder nach ihr greifen, doch sie schob ihn sanft von sich.

»Tu das nicht, Mel, bitte! Es tut mir leid, dass ich so unsensibel war. Ich … Es ist auch für mich eine ungewohnte Situation. Ich … bin nicht wie er. Ich würde dich nie zu etwas zwingen, dir nicht wehtun.«

»Darum geht es nicht!« Sie schob ihn dieses Mal entschlossen zurück und stand auf, flüchtete sich in die hinterste Ecke des Raumes. »Ich … Es ist besser, wir lassen das! Und beenden es, bevor es angefangen hat!«

Verständnislos starrte Jesse sie an. Irgendetwas lief hier verdammt falsch. In seinem Brustraum breitete sich ein bohrender Schmerz aus. An irgendeiner Stelle hatte er einen Fehler gemacht. »Ist es, weil ich gesagt habe, dass ich Beth und die Kinder immer in meinem Herzen haben werde?«, fragte er gepresst.

»Nein, nein, auf keinen Fall. Ich ... werde Fiona auch stets in meinem Herzen behalten. Es ... geht einfach nicht«, wiegelte sie ab und wich seinem Blick aus. Sie wirkte blass unter der Bräune.

»Wenn es die körperliche Seite ist ... Wir können warten ...«

Plötzlich kam wieder Leben in sie. »Herrje, behandle mich nicht wie einen Krüppel! Damit hat es nichts zu tun, okay?«, stieß sie zornig hervor.

Verzweiflung übermannte ihn. »Hilf mir doch, Mel! Dann sag mir, was los ist! Was habe ich falsch gemacht?«

»Es hat keine Zukunft! Besser, wir beenden es, bevor es richtig anfängt und jemand von uns zu Schaden kommt!« Ihre Gesichtszüge wirkten beinahe steinern. »Ich werde mit meinem Bruder nach Long Island ziehen. Am besten, du gehst jetzt.«

Als er einen Schritt auf sie zumachte, zuckte sie zusammen. Er wollte zu ihr gehen, sie an sich ziehen, sie anflehen, mit ihm zu sprechen, doch irgendetwas sagte ihm, dass er damit alles noch schlimmer machen würde. Zumindest im Augenblick.

Vielleicht hatte er sie tatsächlich nur überrumpelt, und sie brauchte Zeit. Wie auch er die Zeit gebraucht hatte. Schließlich wusste er nur zu gut, wie es war, keinen Ausweg zu sehen.

»Ich bitte dich nur, dass du noch einmal darüber nachdenkst und das noch nicht dein letztes Wort war«, stammelte er, bevor er nach draußen taumelte.

Irgendwann fand er sich vor Ellys und Brandons lindgrün gestrichenem Holzhaus wieder. Ellys Lieblingsfarbe. Mel hatte heute auch ein ähnlich grünes Shirt getragen.

Es fühlte sich an, als hätte er einen Eisklotz in der Brust, als er kraftlos den Türklopfer betätigte. Elly und er kabbelten sich gelegentlich. Sie ging ihm manchmal auf die Nerven mit ihrer Fürsorglichkeit, aber wenn einer von ihnen Sorgen hatte, hielten sie sie zusammen wie Pech und Schwefel. So war es von jeher gewesen. Seine Schwester war immer für ihn da; damals, nach dem Unfall, war sie ebenfalls seine erste Anlaufstelle gewesen. In den richtigen Momenten konnte Elly auch schweigen. Vermutlich war es reiner Instinkt gewesen, der ihn nun hierhergeführt hatte.

Sie öffnete die Tür, sah ihm ins Gesicht und zog ihn wortlos ins Haus. Im Wohnbereich drückte sie ihn auf das helle Ledersofa, holte einen Tumbler, packte Eiswürfel hinein und schenkte ihm zwei Fingerbreit voll Whiskey ein.

Er wartete nicht, bis das Eis schmelzen konnte, sondern nahm direkt einen großen Schluck. Das Brennen in der Kehle vermischte sich mit dem in seinem Magen. »Sie will mich nicht«, stieß er schließlich hervor.

Elly riss die Augen auf. »Was? Aber ... ich war mir so sicher ...« Zumindest stellte sie sich nicht unwissend, dafür war er ihr dankbar. »Ach, herrje, was für eine Scheiße!«

Er lachte freudlos. »Du sagst es!«

»Hat sie dir denn erklärt, warum?«

»Nein, ich ... weiß es ehrlich gesagt nicht. Zuerst schien sie sich zu freuen, dass ich da war. Vielleicht ... habe ich etwas Falsches gesagt. Ich ... glaube, ich habe viel Mist geredet. Vielleicht habe ich sie auch überrumpelt.«

»Was genau hast du denn gesagt?«

Er versuchte, sich zu erinnern, doch plötzlich war nur noch eine gähnende Leere in seinem Kopf. »Ich ... weiß es nicht«, murmelte er, bevor er noch einen Schluck nahm.

»Soll ich mit ihr reden?«

»Hör bloß auf, auf *keinen* Fall!« Er sah Elly eindringlich an. »Versprich mir, dass du das nicht tust!«

Ihr war anzusehen, dass ihr das Versprechen schwerfiel. »Meinetwegen.«

»Schwöre es!«

Sie rollte mit den Augen, dann hob sie Zeige- und Mittelfinger der linken Hand. »Ich schwöre es auf Billy Jos Grab, dass ich nicht zu Mel gehen werde, um mit ihr über dich zu reden.«

Jesses Mundwinkel hoben sich. Ihr Kinderschwur! Billy Jo war ihr heiß geliebter getigerter Kater gewesen, den ihre Mutter in die Ehe gebracht und den es schon lange vor Jesses Geburt gegeben hatte. Billy Jo hatte zwar einen verkrüppelten Hinterlauf gehabt, aber sie beide hatten ihn innig geliebt. Und trotz seines Handikaps war er immerhin siebzehn Jahre alt geworden. »Okay.«

»Was wirst du jetzt tun?«, erkundigte Elly sich besorgt.

Jesse nahm noch einen großen Schluck. »Erst mal austrinken. Und ihr Zeit lassen, das bin ich ihr schuldig.« Er sah die Zweifel in Ellys Augen. »Aber keine Sorge, ich gebe nicht auf. Und werde es noch mal versuchen, bevor ich sie gehen lasse. Natürlich bin ich kein Mann, der ihren Willen nicht akzeptiert, aber ich habe doch gespürt, dass da etwas zwischen uns ist.« Wieder drohte die Verzweiflung, ihn zu übermannen. »Da ist …«, er blinzelte und sah seine Schwester verständnisheischend an, »… etwas Besonderes. So etwas, wofür man keine Worte braucht und auch keine hat, verstehst du?«

Elly küsste ihn auf die Wange. »Ja, ganz genau sogar.« Sie boxte ihn sanft gegen das Kinn. »Ich bin trotzdem froh, dass du dich wieder verliebt hast, auch wenn es gerade ein bisschen kacke aussieht.«

Wider Willen musste er lachen. »Ein *bisschen* kacke? Seit wann neigst *du* zu Untertreibungen?«

Sie grinste. »So gefällst du mir schon besser!«

Jesse seufzte. Er wusste nicht, ob es der Whiskey oder das Gespräch mit Elly gewesen war, dass ihm wieder ein klein Wenig leichter ums Herz wurde. »Danke fürs Zuhören!«

»Gern, Lieblingsbruder! Was wirst du jetzt tun? Also, ich meine, jetzt direkt?«

»Ich denke, ich betrinke mich noch ein bisschen.« Er hielt ihr das leere Glas hin, in dem die Eiswürfel klirrten. »Und werde morgen früh, sobald ich wieder nüchtern bin, nach Cumbers Landing fahren. Ich … Der Tag war turbulent. Ich … brauche ein bisschen Zeit für mich!«

»Cumbers Landing ist eine großartige Idee!«, stimmte Elly ihm sofort ungewöhnlich begeistert zu und drückte ihm das frisch gefüllte Glas in die Hand. Normalerweise gefiel es ihr nicht, wenn er sich zurückziehen wollte. Heckte sie wieder etwas aus? Sie zwirbelte an ihrer Haarsträhne.

»Du denkst an dein Versprechen?«, erinnerte er sie misstrauisch.

»Hoch und heilig verspreche ich, dass ich nicht mit Mel über dich sprechen werde, okay?« Sie sah ein bisschen zu unschuldig aus, oder bildete er sich das in seinem vom Alkohol schon leicht benebelten Hirn nur ein?

Er nahm noch einen großen Schluck, ließ sich auf dem Sofa zurücksinken und schloss die Augen. Horchte in sich hinein, fühlte den Schmerz. Am meisten schmerzte ihn das Gefühl, Mel unwissentlich verletzt zu haben. Er hatte sie schützen wollen, doch dass er selbst es war, vor dem er sie hätte beschützen sollen, war ihm nicht in den Sinn gekommen. Dieses Brennen in seinem Herzen war wieder da, das auch der Alkohol nicht betäuben konnte.

Kapitel 10

Melanie

Lynnwood Falls

Mel schlug mit den Fäusten auf ihr Bett, presste den Kopf ins Kissen, doch die erlösenden Tränen wollten nicht kommen, obwohl der Schmerz sie innerlich zu zerreißen drohte. Auch die Flüche, die sie in den Seemannskneipen ihres Großvaters gelernt hatte, halfen ihr nicht, sich leichter zu fühlen.

Jesse hatte sich in sie verliebt! Sie hätte singen und tanzen sollen vor Glück – wäre da nicht dieser eine Satz gewesen, der sich angefühlt hatte, als hätte er ihr ein Messer in die Brust gestoßen und einmal um dreihundertsechzig Grad herumgedreht. Wieso hatte sie vorher nie darüber nachgedacht? Irgendwie war sie davon ausgegangen, dass er das nicht mehr wollte.

Wieder war da dieser dumpfe Druck, der ihren Brustkorb zu sprengen drohte.

Immer wieder strich sie über die Maiglöckchen, die sie in ein Glas auf den Nachttisch gestellt hatte. Auch sie ließen solidarisch die Köpfe hängen, sie waren offenbar zu lange ohne Wasser gewesen. Ihr Duft erinnerte sie daran, wie Jesse damit vor ihr gestanden und ihr dann übers Gesicht gestrichen hatte – eine solch zärtliche Geste.

Die ganze Nacht wälzte Mel sich schlaflos in ihrem Bett herum. Schwitzte und fror gleichzeitig. Versuchte zu weinen und schaffte es nicht. Ein paarmal war sie nahe daran, Jesse anzurufen. Sie hatte ihm sehr wehgetan, das wusste sie. Doch besser jetzt als später, beruhigte sie sich dann gleich wieder. Momentan war alles zwischen ihnen noch frisch, da fiel ein Cut vielleicht leichter. Auch wenn es sich gegenwärtig überhaupt nicht danach anfühlte, dass es jemals besser werden würde.

Irgendwann in den frühen Morgenstunden schaffte Mel es endlich zu weinen. Sie weinte um alles, was sie in ihrem Leben verloren hatte. Der Brustkorb schmerzte nun auch vom Schluchzen.

Als ihr Wecker klingelte, hatte sie immer noch kein Auge zugetan, aber der Blick in den Spiegel sagte ihr, dass sie heute nicht zur Arbeit gehen konnte, so verquollen und fertig, wie sie aussah. Sie rief Mrs Dubois an und erzählte ihr, dass sie sich gar nicht wohlfühlte. Es war nicht einmal geschwindelt, sie war wirklich völlig erschöpft und kraftlos.

»Bleiben Sie zu Hause, Mel, und kommen Sie erst einmal zu Kräften.« Mrs Dubois' Stimme klang ungewöhnlich milde, regelrecht besorgt, was Mels Tränen erneut zum Laufen brachte. »Ich übernehme den Dienst heute und morgen.«

Zum Glück hatte die Bibliothek samstags nur den halben Tag geöffnet.

Als sie auflegte, fiel ihr auf, dass Mrs Dubois sie schon wieder nur »Mel« genannt hatte. Und abermals brach sie in Tränen aus. Sie wollte Lynnwood Falls nicht verlassen. Wieso war das Leben nur so kompliziert?

Irgendwann musste sie vor lauter Erschöpfung doch eingeschlafen sein. Sie zuckte zusammen, als es an ihrer Tür klopfte. Hatte Doris mitbekommen, dass sie nicht zur Arbeit gegangen war? Eigentlich verließ ihre Vermieterin aber morgens früher als sie das Haus.

Als sie nicht reagierte, klopfte es wieder. »Ich bin's: Hope! Bist du da, Mel?«

Sie erstarrte. Gestern hatte sie – versunken in ihrem Kummer – die Tür nicht abgeschlossen. Was würde Hope von ihr denken? Die Fensterläden am Mittag noch geschlossen. Der Mülleimer vor dem Bett halb mit Taschentüchern gefüllt. Sicher wusste auch Hope, dass Jesse sich in Lynnwood Falls aufhielt, und konnte eins und eins zusammenzählen.

»Ich komme jetzt rein, Mel!«, drohte Hope, und da öffnete sich die Tür auch schon. Das Licht flammte auf, Mel musste blinzeln.

Sie wollte rufen, sie solle ihr nicht zu nahe kommen, sie sei krank. Aber sie konnte und wollte einfach nicht mehr lügen.

»Oje, ich habe es geahnt.« Hope sah sie mitleidig an. Unaufgefordert ging sie zum Fenster, öffnete es weit und drückte die Läden auf. Frische Frühlingsluft und helles Sonnenlicht fluteten herein, das Mel abermals in den Augen stach.

Hope kam zu ihr und setzte sich auf die Bettkante. »Was ist passiert?«

»Ich fühle mich einfach nicht wohl …!« Mel biss sich auf die Unterlippe.

»Jesse kommt zu Elly und betrinkt sich dort frustriert, und du liegst weinend im Bett.« Hope wies mit dem Kopf auf den vollen Abfalleimer und hob die Augenbrauen. »Da wird wohl noch mehr passiert sein!«

»Musst du nicht arbeiten?«, lenkte Mel ab. *Betrinken!* Wieso hatte sie nicht daran gedacht? Wobei der Gedanke, nun mit einem Kater im Bett zu liegen, auch nicht wirklich attraktiv klang. Das Wissen, dass Jesse litt, löste sofort wieder ein Stechen in ihrer Brust aus.

»Ich habe Mittagspause. Und ich rühre mich nicht von der Stelle, bis du mir erzählt hast, was los ist.«

Abermals drohten diese heimtückischen Tränen, Mel zu verraten.

Hopes Züge wurden weich, und sie ergriff ihre Hand. »Ist es wegen … deinem Ex-Mann?"

Zum Glück konnte Mel nun wütend sein, damit konnte sie besser umgehen! Sie entzog Hope abrupt die Finger. »Wieso denken alle, es läge an Arthur? Ja, es war eine beschissene Zeit mit ihm, vor allem gegen Ende, aber ich kann sehr wohl differenzieren, dass Jesse nicht wie er ist!«

»Was ist es dann? Liebst du Jesse nicht?«

Der Kloß in Mels Hals schwoll an und drohte ihr die Luft abzuschnüren. Ihre Wut verpuffte. »Ich liebe ihn wie verrückt!«

Verwirrt schüttelte Hope den Kopf, dass die braunen Locken nur so flogen. »Aber ich dachte, er mag dich auch?«

»Das tut er«, wisperte sie und tupfte sich die Tränen weg.

»Was ist denn dann das Problem?« Hope strich ihr über die nackte Schulter, und erst jetzt merkte Mel, dass sie immer noch das Top trug. Nur die Jeans hatte sie irgendwann von sich gestrampelt.

»Ich … Er …« Mel knetete die Bettdecke. »Jesse möchte eine Familie haben.«

Hope zögerte. »Und du … fürchtest dich davor?«

Mel schüttelte den Kopf. Dieses Etwas in ihrem Hals drückte ihr die Stimmbänder ab.

Hope ließ ihr Zeit, streichelte unablässig ihre Schulter, bis Mel die Stimme wieder fand.

»Ich … Jesse hat so viel durchgemacht. Er hat es verdient, glücklich zu werden, seinen Traum zu leben. Und ich … kann ihm diesen Wunsch nach Kindern nicht erfüllen …« Nun musste sie auch noch haltlos schluchzen.

Erkenntnis trat in Hopes Blick »Ach, herrje!« Sie zog Mel an sich und drückte sie fest. Ließ sie weinen, bis Mel irgendwann das Gefühl hatte, keine Tränen mehr zu haben. Dann schob Hope sie sanft von sich. »Aber … hast du Jesse das gesagt?«

Mel schüttelte den Kopf. »Nein, natürlich nicht. Du weißt doch genau, was er antworten würde. Dass ihm das nichts ausmacht.«

»Hättest du dir denn eine Familie gewünscht?«

Wie sie diese Tränen hasste! Sie nickte.

Hope zog nachdenklich die Oberlippe durch die Zähne. »Jetzt spreche ich mal als Ärztin: Heutzutage ist die Forschung doch so weit, da lässt sich unglaublich viel machen. Was genau ist denn das medizinische Problem?«

»Keines der Kinder wollte mehr in meinem Bauch bleiben«, wisperte Mel, wischte sich über die Wangen und schnäuzte sich.

»Warte! Mal langsam! Du sprichst von den Fehlgeburten? Und nicht von einem nachgewiesen medizinischen Problem?«

Abermals wurde Mel wütend. »Das *war* für mich ein Problem!«

Hope schüttelte den Kopf. Sie schien es ihr nicht übel zu nehmen, dass sie sie gerade angefahren hatte. »Du standest unter einem unglaublichen seelischen Druck. Vielleicht hat dir dein Unterbewusstsein auch schon damals gesagt, dass du kein Kind mit diesem Arthur möchtest. Mal ganz im Ernst: Denkst du, er wäre ein guter Vater gewesen? Hätte er nicht vielleicht auch sein Kind so eingeengt und kontrolliert wie dich? Glaubst du, deine Tochter hätte ein freies Leben haben und später einmal eine Beziehung führen können? Oder hätte er sie nicht auch ganz für sich eingenommen? Warst du nicht manchmal starr vor Angst? Denkst du, das bietet einen guten Nährboden für ein Kind im Mutterleib? Und dieser ständige Zwang, der Druck, unbedingt schwanger zu werden …« Hope hatte sich richtig in Rage geredet.

Mel schluckte. Wieder musste die Bettdecke herhalten. »Ich sagte ja, ich war dumm …«

»Das hat damit nichts zu tun. Ich spreche von deiner Beziehung zu Jesse. Glaubst du nicht, dass du irgendwann, wenn du Vertrauen zu ihm gefasst hast …«

»Ich vertraue Jesse!«, fiel Mel ihr ins Wort.

Hope lächelte. »Das klingt doch schon mal nach einem guten Anfang.« Sie stand auf.

»Du schleppst mich aber nicht zu Jesse?« Mels Stimme klang vor Panik hoch, sie hörte es selbst.

»Nein, das tue ich nicht. Vertraust du mir?«

Widerwillig nickte Mel.

Hope lächelte. »Gut! Was hältst du davon, wenn wir dich erst mal untersuchen?«

»Was willst du?« Panik überrollte Mel.

»Keine Angst, ich würde nur einen Ultraschall machen, um etwas Klarheit zu bekommen.«

»Hältst du das für nötig?«

Hope stellte sich vor sie hin und stemmte die Hände in die Hüften. »Wenn Zeit bliebe, würde ich dich zu meinem Gynäkologen bringen, aber ich will jetzt nicht extra nach Portland mit dir fahren.«

»Was muss ich tun?«

»Du gehst jetzt unter die Dusche. Mit Verlaub: Du siehst furchtbar aus – vor allem dein Gesicht hat eine Wäsche nötig. Und dann ziehst dich an.«

Etwas an Hopes Miene sagte Mel, dass sie ihr jetzt einfach tatsächlich vertrauen musste.

Als sie kurz darauf, frisch geduscht und angezogen, vor Hope stand, fühlte sie sich tatsächlich etwas wohler.

»Meine Mom hatte übrigens auch einige Fehlgeburten«, erzählte Hope, während sie zu dem Haus der Archers fuhren. »Und trotzdem gibt es mich.« Sie grinste. »Vielleicht bin ich nicht perfekt, aber es hätte durchaus schlimmer kommen können.«

Damit gelang es ihr tatsächlich, Mel kurz zum Lachen zu bringen.

Als sie ankamen, führte Hope sie ins Erdgeschoss, zu den Behandlungszimmern. In der Praxis roch es schwach nach Desinfektionsmitteln und Tieren. Die apricotfarbenen Wände hatten etwas Beruhigendes.

»Mach deinen Bauch frei.«

»Denkst du, du findest etwas?«

»Ich bin keine Frauenärztin, doch ich habe schon unzählige Tiere untersucht. So viel unterscheiden die sich nicht von uns Menschen. Dann können wir zumindest anatomische Hindernisse ausschließen, okay?«

Mel fiel kein Gegenargument ein, das nicht albern geklungen hätte. So legte sie sich auf den Untersuchungstisch und ließ die Beine nach unten hängen, weil er zu kurz für sie war.

»Vorsicht, gleich wird's kalt!« Hope verrieb ein kühles Gel auf ihrem Bauch und starrte konzentriert auf den Schwarz-Weiß-Monitor. Zwischen ihren Augenbrauen bildete sich eine kleine steile Falte. Nach einer Weile, in der sie nur etwas Unverständliches vor sich hin gemurmelt hatte, fror sie das Bild ein und sagte: »Sieh mal her!«

Mel stützt sich auf die Unterarme und starrte auf den Monitor. Auf einmal merkte sie, dass sie aufgeregt war und Hopes Diagnose entgegenfieberte. Es machte natürlich Sinn, was die Freundin ihr über die Psyche gesagt hatte, darüber war sich Mel im Klaren. Trotzdem …

Hope deutete auf den Schwarz-Weiß-Monitor, vergrößerte das Bild. »Das ist dein rechter Eierstock. Damit ist alles in Ordnung, wie mir scheint: keine Verklebungen, nichts zu sehen.« Sie drückte auf einen Knopf und fuhr mit dem Schallkopf auf Mels Bauch weiter. »Links genau das Gleiche.« Wieder klickte und vergrößerte sie das Bild, bevor sie weiterwanderte. »Auch mit der Gebärmutter scheint alles okay zu sein, zumindest nach dem zu urteilen, was man von außen sieht. Die Schleimhaut wirkt gut durchblutet.« Sie zog einige Papiertücher aus einem bereitstehenden Karton und reichte sie Mel. »Du kannst deinen Bauch sauber machen.«

Hope setzte sich an ihrem Schreibtisch und deutete auf den Stuhl davor. »Natürlich liegen mir jetzt keine Bilder von einer vaginalen Untersuchung vor, aber aus dem zu schließen, was ich über die Untersuchung durch die Bauchdecke gesehen habe, scheint alles bei dir in Ordnung zu sein.« Sie legte ihre Hand auf Mels. »Am besten, wir machen dir schnellstmöglich einen Termin bei Doc Lessington in Portland aus. Doch ich bin eigentlich überzeugt, er teilt meine Meinung.«

Ein schwacher Hoffnungsfunke glomm auf. Mel blinzelte. »Aber … was ist, wenn es doch nicht funktioniert?« Sie merkte selbst, dass sich ihre Stimme dünn anhörte. »Wieder nicht …«

»Ich denke immer noch, dass es psychische Ursachen hatte. Auch ein Körper wehrt sich, wenn die Seele krankt. Aber falls es doch – wider Erwarten! – anders sein sollte, dann werdet ihr – du und Jesse – eine Lösung finden. Ich kenne ihn quasi mein Leben lang. Er ist der beste Kamerad, den man sich wünschen kann.« Sie grinste. »Abgesehen von Ryan natürlich.« Hope wurde wieder ernst und sah sie eindringlich an. »Schließe Jesse nicht aus. Lass ihn selbst entscheiden. Rede mit ihm! Ich bin überzeugt, ihr werdet eine Lösung für euch finden, egal, wie die Untersuchung ausfällt.«

Mel biss sich auf die Unterlippe. »Ich möchte nur nicht, dass Jesse leiden muss.«

»Er leidet *momentan!* Und jetzt liegt es in deiner Hand, das zu ändern.« Hope lächelte ihr aufmunternd zu. »Mach dich nicht selbst verrückt! Schaut doch erst mal, wie ihr miteinander zurechtkommt. Und der Rest wird sich weisen.«

»Ich habe schon verstanden. Dann …«, Mel stieß die Luft in einem Schwall aus, und ein kleines, zittriges Lächeln erschien auf ihrem Gesicht, »… mache ich mich mal auf die Socken zu seinem Haus.« Das Herz pochte ihr bis zum Hals.

»Da hast du leider Pech. Jesse ist in Cumbers Landing, im Ferienhaus seiner Eltern. Öffne mal die Navigation auf deinem Handy, ich zeige dir den Weg.« Hope markierte ihr die Strecke. »Willst du vorher noch was essen? Du hast doch sicherlich nichts zu dir genommen?«

Auf einmal merkte Mel, dass sie hungrig war. »Ich möchte aber keine Zeit verlieren.«

»Ich fahre dich wieder nach Hause. Unterwegs sehen wir kurz bei Annabella vorbei.«

»Gute Idee, dann könnte ich von dort etwas zu essen mitnehmen.«

Während sie gemeinsam zu *Annabella's Café* fuhren, rief Mel Mrs Dubois an. Sie sagte ihr, dass es ihr schon besser ginge, sie aber gern trotzdem die nächsten beiden Tage freinehmen wollte. Ihre Vorgängerin schien das nichts auszumachen – im Gegenteil. Sie übernahm den Dienst für Mel ganz offensichtlich gern.

Eilig folgte sie Hope ins Café. Mel ließ sich von Annabella ein Pulled-Pork-Sandwich und einen Bagel mit Tomate und Mozzarella einpacken. Und natürlich musste es für Jesse auch etwas Süßes sein – was konnte besser passen als Eclairs, die auch »Liebesknochen« genannt wurden?

Zum Abschied umarmte sie Jay, Annabella und Hope.

Nachdem Mel zu Hause auch frische Wäsche eingepackt hatte, ging sie kurz bei Doris im Laden vorbei, nahm noch einige Lebensmittelvorräte mit und meldete sich sicherheitshalber fürs Wochenende ab. Dann stieg sie in ihren alten silberfarbenen Mazda MX5, öffnete das Dach und machte sich auf den Weg.

Die teils schroffe Küste von Maine mit ihren vorgelagerten Inseln war einfach wunderschön. Doch Mel hatte heute keinen Blick dafür. Nicht einmal den Geruch nach Meer, den sie so liebte, nahm sie wirklich wahr. Zu groß war ihre Angst. Es war eine andere Furcht als die, die sie vor Arthur hatte fliehen lassen. Sie befürchtete, Jesse zutiefst verletzt zu haben. Was, wenn er sich wieder in sein emotionales Schneckenhaus zurückgezogen hatte?

Die letzten Meter nach Cumbers Landing ging es steil

bergab. Tiefblau strahlte das Meer. Der schneeweiße Sand war umsäumt von Dünengras. Das Ferienhaus der Johnsons – ein dunkelrotes Holzhaus mit weißen Sprossenfenstern und grünen Fensterläden – war ganz bezaubernd. Mels Herzschlag beschleunigte sich wieder, als sie Jesses grünen Defender dort stehen sah.

Sie parkte daneben. Auf einmal merkte sie, wie fest sie das Lenkrad umklammert hielt, ihre Fingerknöchel traten weiß hervor. Schnell ließ sie das Steuer los und griff zu der Dose Mountain Dew im Becherhalter, um ihren trockenen Mund zu befeuchten. Sie sah in die Kühltasche. Darin war es noch kalt genug, dass sie sich keine Sorgen um den Inhalt zu machen brauchte.

Nun gab es nichts mehr, mit dem sie das Aussteigen hinauszögern konnte. Im Haus blieb es still, selbst als sie die Autotür ins Schloss fallen ließ.

Da sah sie, wie sich vorn am Strand etwas bewegte. Ein Mensch. Sie schlüpfte aus den Turnschuhen und ließ sie einfach stehen. Der Sand fühlte sich herrlich weich unter ihren Fußsohlen an, als sie langsam den Strand entlangging. Doch bald wurde sie immer schneller.

Jesse musste sie gesehen haben. Er fing an zu laufen.

Auch sie rannte los, der Puls hämmerte in ihren Ohren. Und mit jedem Schritt war es, als würde ihr leichter ums Herz werden. Sie flog förmlich auf Jesse zu – in seine Arme.

Er fing sie auf und schwenkte sie im Kreis, bis sich alles um sie herum drehte. Auch er kam ins Taumeln, ließ sich rücklings in den Sand fallen und zog sie auf sich. Sie spürte, dass sein Herzschlag ebenfalls raste. Er schlang die Arme um sie und drückte ihren Kopf in seine Halsbeuge. Geborgenheit umhüllte sie. Er hielt sie, bis sich ihrer beider Atem wieder beruhigt hatte.

Dann rollte er sie auf den Rücken und stützte den Unterarm neben ihrem Kopf auf, streichelte ihr Gesicht mit den

Fingerkuppen. Unter seinem intensiven Blick wurde ihr ganz warm.

»Sag mir, dass ich nicht träume«, murmelte er heiser.

In ihrer Brust begann es zu ziehen. Sie legte die Hand auf seine Wange und lächelte. »Du könntest mich küssen und sehen, ob sich das real anfühlt.«

Mit einem Aufstöhnen zog er sie an sich, hauchte Küsse auf ihre Stirn, ihre Nase, ihre Wangen und strich dann wieder ganz langsam über ihre Lippen – so, als wollte er es auskosten. Er küsste sie mit einer Sehnsucht, die ihr tief unter die Haut ging.

Nach einer Weile schob er sie von sich und stützte sich wieder auf den Unterarm. »Sag mir, dass du nicht weggehst nach Long Island!«

Sie wusste nicht, ob es die Verzweiflung in seiner Stimme war oder dieser Blick, so voller Liebe, der ihr die Kehle zuschnürte. Deshalb schüttelte sie nur stumm den Kopf.

Abermals küsste er sie mit einer Innigkeit, die ihr bewusst machte, dass sie in ihrem ganzen Leben noch niemals so verliebt gewesen war. Das Kribbeln in ihrem Magen strahlte auf den gesamten Brust- und Bauchraum aus.

Eine ganze Weile später setzte Jesse sich auf, sah aufs Meer hinaus und ließ den Sand durch die Finger rieseln. Er schien mit sich zu kämpfen. Schließlich blickte er sie ernst an. »Ich … möchte nicht, dass etwas zwischen uns steht, Mel. Irgendetwas von dem, was ich gesagt habe, hat dich verletzt. Und das darf nie wieder passieren. Erklärst du mir, was es war? Hatte es etwas mit Beth zu tun?«

Sein Blick hatte sich nicht verdunkelt, als er über seine Frau gesprochen hatte. Er schien tatsächlich seinen Frieden mit ihr gemacht zu haben.

Mel lächelte. »Nein, wirklich nicht. Vermutlich liebe ich dich ja genau dafür, weil du so bist, wie du bist. Weil du die

Vergangenheit nicht einfach hinter dir lässt, sondern weiter mit dir trägst. Das ist völlig in Ordnung!«

Jesses Augen verdunkelten sich. »Kannst du das noch einmal sagen?«

»Was?« Sie blinzelte verwirrt, bis ihr aufging, was er meinte. »Ich … liebe dich, Jesse. Und zwar so sehr, dass mein Herz schmerzt, wenn ich nur an dich denke.«

Sein zärtliches Lächeln ließ ihre Magennerven Kapriolen schlagen. »Ich möchte nicht, dass es schmerzt. Es soll lachen vor Freude.«

»Das tut es auch!«

Er nahm ihre Hand und küsste jede ihrer Fingerspitzen. »Du wolltest mir sagen, was es war …«, erinnerte er sie heiser.

Nun war es an ihr, den warmen Sand durch die Finger rieseln zu lassen. Die weichen Körner kitzelten auf ihrer Haut. »Unsere … Familie war nie so richtig vollständig. Mark, mein Bruder, war immer da. Deshalb hängen wir vielleicht auch so aneinander, auch wenn wir uns nicht oft sehen. Mein Vater hat uns früh verlassen, meine Mutter starb. Und mein Grandpa war viel auf See. Ich … habe auch immer davon geträumt, eine richtige Familie zu haben …«

Jesse schien ein Licht aufzugehen. »Ich bin solch ein Trottel, oder? Ich bin so was von brachial mit der Tür ins Haus gefallen, dabei hast du ja wirklich viel, was du …«

Sie hob die Hand. »Es ging nicht um meine Gefühle. Ich hatte Angst, dich enttäuschen zu müssen. Dass ich körperlich nicht in der Lage bin …« Bedrückt senkte sie den Kopf.

Jesse zog sie an sich, presste die Wange gegen ihre Schläfe. »Oh, Mann!« Er strich ihr sanft über die Haare. »Mal davon abgesehen, dass das vor dem ersten Date eigentlich kein Thema sein sollte: Es tut mir leid, dass ich das aufgebracht habe, doch ich war offen gestanden gestern etwas durcheinander. Aber wenn wir schon einmal dabei sind: Wenn sich unsere Gefühle tatsächlich als alltagstauglich erweisen – wovon ich ausgehe – und es nicht klappt mit eigenen Kindern, dann adoptieren wir eben welche. Es gibt so viele arme Würmchen, die ein gutes Zuhause suchen. Dazu können wir uns auch einen oder mehrere Hunde anschaffen.«

Mel riss die Augen auf. Es schien Jesses Ernst zu sein. »Vielleicht lag es wirklich damals am … Stress. Aber wenn es so sein sollte, dass ich keine Kinder mehr bekommen kann, würde es dich nicht stören? Würde dir nichts fehlen?«

Jesse zuckte mit den Schultern. »Darüber machen wir uns jetzt noch keine Gedanken. Wir finden zusammen eine Lösung.« Er nahm ihr Gesicht in seine Hände. »Ich möchte, dass du meine Kameradin bist, Mel. Ich würde gern nach Hause kommen und mich mit dir aufs Sofa kuscheln. Mich mit dir unterhalten – über Bücher oder Wale oder das Leben in Lynnwood Falls. Ich will mit dir Filme anschauen und gemeinsam lachen oder mitfiebern. Ich möchte gern mit dir aufs Meer hinausfahren, dir das Tauchen beibringen – du hast Talent.«

Er zwinkerte ihr lächelnd zu. »Vielleicht kaufen wir uns ein Boot. Wenn wir das früher oder später mit ein paar kleinen Matrosen füllen, ist das wunderbar. Doch damit lassen wir uns wirklich noch Zeit.« Er küsste sie so leidenschaftlich, wie er die Worte hervorgestoßen hatte.

Wärme breitete sich in ihr aus. Sie schlang die Arme um seinen Hals. Zusammen sanken sie wieder auf den weichen Sand. Die Sonne schien auf sie, die Wellen rauschten an den Strand, es roch nach Meer. Irgendwo schrien ein paar Möwen – und Jesse und sie küssten sich selbstvergessen, wie es Frischverliebte so taten.

»Das klingt alles zu schön, um wahr zu sein!« Mel schmiegte sich verträumt in seine Arme. »Ich dachte, damals auf den Bahamas hätte ich das Paradies gefunden. Als wir beide zusammen vor der Thunderball Cave gepicknickt haben. Aber das hier hat echt auch Potenzial.«

Jesse brummte genießerisch. »Das war ein wundervoller Tag. Doch apropos Picknick: Ich merke gerade, dass ich Hunger habe. Mir war heute noch nicht nach Essen.« Als wollte er das bekräftigen, knurrte in dem Moment sein Magen laut und grimmig.

»Mir auch nicht. Und stell dir vor: Ich habe ein Picknick im Auto. Und ein Nachtisch ist auch dabei.« Mel zuckte mit den Augenbrauen.

Jesse zog eine Grimasse. »Du machst mir ein bisschen Angst, weißt du das? Nicht, dass ich dich zu perfekt finden könnte.«

Mel kicherte. »Das ist der Plan!«

Lachend sprang Jesse auf und zog sie an der Hand mit hoch. Arm in Arm schlenderten sie den Strand entlang, blieben immer wieder stehen, um sich zu küssen.

»Ein Hund wäre wirklich toll«, sagte Mel schwärmerisch.

»Meinetwegen gern. Sobald ich wieder dauerhaft zurück in Lynnwood Falls bin. Elly oder meine Mom nehmen ihn sicherlich gern, wenn wir mal unterwegs sind.«

»Ich schaue mich schon mal um.« Ein Bearded Collie erschien vor Mels geistigem Auge, der freudig hechelnd irgendwo auf sie wartete. Glücklich schmiegte sie sich an Jesse.

Auf einmal blieb er stehen. »Wer hat dir eigentlich erzählt, dass ich hier bin?«

»Freust du dich nicht? Soll ich wieder fahren?«, neckte sie ihn.

»Untersteh dich! Ich bin bloß neugierig!«

»Hope, warum?«

Er fing an zu lachen. »Oh, Elly, dieses Luder! Sie hat nicht mit dir gesprochen, oder?«

»Nein, ich habe sie gar nicht gesehen, nur Hope!«

Er schüttelte den Kopf. »Meine Schwester ist echt durchtrieben. Ich hatte ihr nämlich das Versprechen abgenommen, nicht mit dir zu reden.«

»Na, das Versprechen hat sie ja wohl gehalten!« Mel lachte.

»Quasi, ja!« Er grinste.

»Sie hat es nur gut gemeint.«

»Das hat sie. Und ich bin ihr auch dankbar. Sehr!« Lachend zückte er sein Handy. »Komm, küss mich, wir schicken ihr ein Foto.«

Er versandte es direkt, und Elly antwortete prompt.

Ich freue mich sooooo!!! Das Gif eines jubelnden Smileys folgte.

Mel biss sich auf die Unterlippe. »Ich war so durcheinander, dass ich mir überhaupt keine Gedanken darüber gemacht hatte, woher Hope wusste, dass ich zu Hause war. Warum wolltest du nicht, dass Elly mit mir spricht?«

Er strich ihr über die Wangen. »Weil ich mir gewünscht habe, dass du von dir aus zu mir kommst, ohne überredet zu werden.«

»Das bin ich! Ich wäre nicht hergekommen, wenn es nicht mein Wunsch gewesen wäre.«

Jesse küsste sie, bevor er verschmitzt grinste. »Außerdem war ich gerade dabei, eine Strategie auszuarbeiten, wie ich dich überzeugen könnte, dass ich *Mr Right* für dich bin.« Er schluckte und streichelte sie abermals. »Ohne, dass du dich von mir unter Druck gesetzt fühlst.«

Auf einmal wurde es Mel ganz warm ums Herz. Nicht, dass sie je daran gezweifelt hätte, aber ihr wurde schlagartig klar, warum sie so glücklich war: Jesse würde ihr niemals absichtlich wehtun. Er war rücksichtsvoll. Ein Freund, für den sie auf Augenhöhe war. Der ganz sicher nicht über sie herrschen wollte – er suchte eine Frau, die gleichberechtigt an seiner Seite stand. Sie schmiegte sich an ihn und sog das Gefühl der Geborgenheit in sich ein. Sie gingen erst weiter, als sein Magen wieder knurrte.

Neben ihrem MX5 blieb Jesse stehen und grinste. »Warum wundert es mich nicht, dass du so eine heiße Kiste fährst?«

»Weil ich eine heiße Frau bin vielleicht?«, gab sie augenzwinkernd zurück.

Leidenschaft trat in Jesses Blick, als er sie hochhob, auf den Kotflügel seines Geländewagens setzte und sich zwischen ihre Beine stellte. Dieser Kuss war anders. Nicht mehr voll stiller Sehnsucht, voller Zärtlichkeit, sondern so, wie ein Mann eine Frau küsste, die er begehrte. Und Jesse löste eine Hitze in ihr aus, die sie innerlich zu verzehren drohte.

In dem Moment erklang ein lautes Knurren, das sie in die Gegenwart zurückkatapultierte.

»Halt die Klappe, Bauch«, brummte Jesse, doch sie hob sanft seinen Kopf an und musste lachen.

»Das war ein Zeichen. Kann das sein, dass du schon wieder ungeduldig bist und den Nachtisch vor dem Hauptgericht vernaschen willst?«

Jesse stöhnte auf. »Ja, das will ich!«

Sie umfasste mit den Händen seine Wangen. »Das Dessert gibt es noch – später!«, versprach sie mit verheißungsvoller Stimme. »Aber zuerst schauen wir, dass du zu Kräften kommst – nicht, dass du mir noch vor Schwäche umfällst«, neckte sie ihn.

»Was wie Sorge klingt, ist Bevormundung! Diese Frau ist grausam zu mir!«, beschwerte er sich, doch in seinen Augen funkelte es amüsiert. »Hört mich jemand? Zu Hilfe!«, rief er gespielt hilflos in Richtung Strand.

Eine Möwe, die sich soeben dort niedergelassen hatte, stob erschrocken auf und flog kreischend davon.

Mel rutschte von der Motorhaube hinunter und ließ sich dabei bewusst an seinem Körper entlanggleiten. »Hier kommt dir niemand zu Hilfe. Du bist mir ausgeliefert!« Sie zog sein Shirt nach oben, um seinen festen Bauch zu küssen.

Nun war es an Jesse, ihr Gesicht in seine Hände zu nehmen. »Wenn du weitermachst, kriegen wir wirklich nichts mehr zu essen.«

»Okay, lass uns mal Prioritäten setzen.« Sie lachte. Das wohlige Prickeln auf ihrer Haut ließ nicht nach. Und plötzlich verspürte sie eine angenehme Vorfreude. So gern sie sofort weitergemacht hätte, so genoss sie es auch, diese richtiggehend auszukosten.

Sie nahmen die Kühltasche mit an den Strand und kuschelten sich aneinander. Teilten sich das Sandwich und den Bagel, tranken eisgekühltes Mountain Dew dazu und küssten sich immer wieder. Hinterher zog Jesse sie an sich. »Gibt es jetzt das Dessert?« Er zuckte vielsagend mit den Augenbrauen.

»Ja, Liebe!«

»Oh, das klingt gut!« Er wollte sie abermals küssen.

Mel kicherte. »Ich meinte: Liebesknochen! Für die, die anständig bleiben!« Sie zog die Eclairs aus der Tüte, fuhr ihm damit unter der Nase vorbei und steckte sie dann wieder zurück.

Jesse stöhnte auf. »Oh, du weißt, wie du einen Mann in den Wahnsinn treiben kannst!«

Mel drückte ihn auf den Rücken. »Denkst du?«

Sie schob sein T-Shirt nach oben, küsste seine Brust, seinen Bauch und saugte sanft an seinen Brustwarzen.

»Hast du schon mal was von Gleichberechtigung gehört?«, brummte er.

Sofort schoss Hitze in Mels Leib. Sie ließ es zu, dass er die Hand unter ihr Shirt schob und sie streichelte. Dann wedelte sie wieder mit der Eclair-Tüte.

Jesse fing an zu lachen. Er lachte aus vollem Hals. Dann zog er sie an sich. »Weißt du, was?«, raunte er ihr ins Ohr. »Ich wusste irgendwie schon, dass es mit dir total schön sein wird und wir unglaublich viel Spaß miteinander haben werden. Aber die Wirklichkeit übertrifft meine kühnsten Träume!«

Ihr Herz hüpfte, und das Glücksgefühl dehnte sich aus, sodass sie sich am liebsten wohlig geräkelt hätte.

Er küsste sie auf die Wangen. »Du hast die süßesten Grübchen der Welt.« Dabei langte er hinter sie und eroberte die Tüte.

»Oh, du Schurke! Du hast mich ausgetrickst!«

Abermals brach er in Lachen aus.

Sie teilten sich beide Liebesknochen, bissen jeder von einer Seite ab, bis sich ihre Lippen in der Mitte trafen.

»Deine Küsse sind so süß.«

Er lachte. »Aber jetzt bin ich klebrig.« In seine Augen trat ein Funkeln. »Wie wäre es, wenn wir eine Runde schwimmen gehen?«

»Oh, Mist! Ich habe meinen Badeanzug vergessen.«

Jesses Grinsen wurde breiter. »Hier ist niemand! Nur wir beide!«

Die Hitze in ihr kehrte zurück, und dennoch lauerte da auch die Unsicherheit.

Jesse legte die Hand auf ihre Wange. »Du kannst mir vertrauen.«

»Das tue ich – ich vertraue dir vollkommen!«

Sein glückseliges Strahlen ließ ihr Herz hüpfen.

Jesse zwinkerte ihr zu.

»Ich bin ein Gentleman, ich schaue nicht hin!« Er deutete auf die Badetücher, auf denen sie gelegen hatten. »Die nehmen wir mit.«

Sie zog sich unter dem Badetuch aus und ging darin eingewickelt zum Ufer. Das Wasser, das um ihre Füße schwappte, fühlte sich eisig an wie ein Gletscherbach. »Ach, du grüne Neune!«

Auch Jesse schnappte nach Luft. Er sah sie an. »Sollen wir es lassen?«

»Willst du etwa kneifen?«

»Das lasse ich mir nicht zwei Mal sagen. Bei drei? Handtuch weg, Augen zu und rein?«

»Okay!« Sie nickte, drückte seine Hand und versuchte, selbst nicht hinzusehen, als auch er bei »drei« sein Handtuch abwarf. Das Wasser spritzte hoch, als sie ins Meer rannten. Wie Nadelstiche. Eiskalt. Wieder fing ihre Haut an zu prickeln, doch anders als vorher. Jesse war ein bisschen schneller, sie konnte den Blick auf seine knackige Kehrseite erhaschen. Kurz vergaß sie, wie kalt das Wasser war, dann taucht er in die Fluten. Sie folgte ihm.

»Ich will wieder zurück auf die Bahamas!«, japste sie, als sie prustend wieder auftauchten.

»Wir kehren noch mal zusammen dorthin zurück«, versprach er, und sein Lächeln war voller Wärme, als er sie küsste. Vorsichtig, ohne dass ihre Körper sich berührten.

Dann ergriff er ihre Hand. Und sie liefen wieder an den Strand. Sofort wickelte er sie in das sonnengewärmte Badetuch, rubbelte ihre Arme warm, bevor er nach seinem hangelte. Zähneklappernd bemerkte er: »Ich hatte gehofft, du sagst, das wäre eine Scheißidee!«

Mel warf lachend den Kopf in den Nacken, obwohl auch ihr nach Zähneklappern zumute war. »Du glaubst doch nicht allen Ernstes, ich würde einer Herausforderung widerstehen?«

Jesse zog sie in die Arme. Trotz der Kälte fühlte sie sich sofort geborgen. »Mein Weg zu dir war vielleicht ein bisschen steinig, aber ich bin heilfroh, dass ich ihn gewagt habe. Du bist unglaublich. Es … ist einfach wunderbar mit dir. Ich liebe dich«, raunte er ihr ins Ohr. »Und zwar wie wahnsinnig!«

Und auf einmal wurde ihr klar: Neben allem anderen konnten sie auch allerbeste Freunde sein! Zusammen durch Dick und Dünn gehen. Sie würden eine Lösung finden, für welches Problem auch immer – gemeinsam! Jesse würde immer achtsam mit ihr umgehen.

Sie sah ihn an, nahm jedes Detail von ihm wie durch ein

Vergrößerungsglas auf. Die Wärme in seinen braungrünen Augen. Das verliebte Lächeln, das um seine Mundwinkel spielte. Die weichen Bartstoppeln, die ihm so etwas Männlich-Verwegenes verliehen. Die Züge, die kantig und zugleich weich sein konnten. »Ich liebe dich auch wie verrückt!«, wisperte sie.

Sie hob die Arme und schlang sie um seinen Hals, strich mit den Lippen über seine. Dabei öffnete sich ihr Handtuch vorn ein Stück. Jesse fing es auf, befestigte es wieder sorgsam. Seine Finger hinterließen eine glühende Spur auf ihrer Haut, die nicht von der Kälte herrührte. Mel fuhr sich mit der Zunge über die Lippen.

Ein spitzbübisches Funkeln trat in seine Augen: »Kommt jetzt das Dessert?« Zärtlich strich er mit den Lippen über ihren Hals und küsste ihr Ohrläppchen.

»Der Vorgeschmack ist schon mal köstlich!«, murmelte sie.

Sein kehliges Lachen ging ihr unter die Haut, als er sie langsam, ganz vorsichtig nach hinten sinken ließ, sich auf den Unterarm stützte und sie sanft küsste.

Bislang hatte sie den Gedanken an »mehr« bewusst vermieden, doch auf einmal wollte sie alles sein, was er noch im Sinn hatte. Sie presste sich an ihn, um ihn mit ihrem ganzen Körper zu spüren. Nur das Handtuch trennte sie noch voneinander. Sie sog scharf die Luft ein, als sie sein Begehren spürte.

Jesses Atem beschleunigte sich nochmals um ein paar Takte, als er die Hand unter das Handtuch schob und ihren nackten Rücken streichelte. Sie bog ihren Oberkörper ganz langsam nach hinten, sodass seine Hand an ihre Taille rutschte. Das Handtuch lag nun lose auf ihr. Zwischen halb geschlossenen Lidern musterte Jesse sie, dann beugte er sich vor und küsste ihren Hals. Seine Lippen hinterließen eine brennende Spur.

Mel spürte den lauen Wind über ihre nackte Haut streichen, den sonnengewärmten Sand in ihrem Rücken und Jesses warmen, weichen Mund auf ihrem Schlüsselbein. Sie schloss die Augen. Hinter den Lidern zeigten sich goldene Kringel.

Obwohl sein Atem schnell ging, ließ Jesse sich Zeit, jeden Millimeter ihres Dekolletés mit den Lippen zu erkunden. Sie bewegte sich unruhig, stieß gegen seine Vorderseite, spürte, dass er sie genauso sehr wollte wie sie ihn. Eine noch nie so empfundene Begierde nahm von ihr Besitz, als Jesse mit der Zunge am oberen Rand des Handtuchs entlangstrich. Mel vergrub die Hände in seinen noch feuchten Haaren, während er ganz vorsichtig den Stoff mit den Lippen ein winziges Stück nach unten schob.

»Deine Haut ist so unglaublich weich!« Er hielt inne und hob den Kopf. »Ich will jeden Millimeter davon küssen!« In seinen vor Leidenschaft dunklen Augen lag eine Frage.

Sie löste den Handtuchknoten über ihrer Brust.

Er nahm ihr Gesicht in seine Hände, abermals verschleierte sich sein Blick vor Leidenschaft.

Der folgende Kuss war voller Intensität. Bis Jesse mit einem genüsslichen Aufstöhnen den Kopf hob. Er verdeckte für einen Moment die Sonne. Dann senkte er sich wieder über sie, schob sanft das Handtuch über ihrer Brust beiseite und streichelte sie mit den Lippen. Ganz langsam, aufreizend. »Wir haben alle Zeit der Welt, Mel. Ich liebe es, mein Dessert in Ruhe zu genießen«, raunte er mit heiserer Stimme, die ihr eine wohlige Gänsehaut bescherte.

Wenn es das perfekte Glück gibt, habe ich es genau jetzt, in diesem Augenblick, mit Jesse gefunden, ging es Mel durch den Kopf, bevor alles Denken aussetzte.

Dankeschön

Vielen Dank, dass ihr uns in das zauberhafte Städtchen Lynnwood Falls und auf Mels und Jesses Reise begleitet habt! Ich hoffe, ihr hattet dort eine wundervolle Zeit – mir hat das Schreiben sehr viel Freude bereitet. Ich danke euch für eure Unterstützung, die Rückmeldungen und Rezensionen. Sagt es auch gern weiter, wenn es euch gefallen hat, damit wir noch viele gemeinsame Reisen nach Lynnwood Falls unternehmen können. Ich freue mich darüber!

Kontaktiert mich gern unter *helen_paris@freenet.de* oder folgt mir auf Facebook und Instagram, ich freue mich immer über persönlichen Austausch mit euch. Auch vielen lieben Dank an all die Bloggerinnen und Leserunden-Teilnehmerinnen für das wundervolle Feedback zu den vorigen Bänden – mein Autorinnenherz lacht!

An der Entstehung eines Buches sind zahlreiche Personen beteiligt, und mich begleiten zum Glück ganz wundervolle Menschen. Mein allerherzlichster Dank gilt: meiner fantastischen Agentin Anna Mechler von der Literaturagentur Lesen & Hören dafür, dass sie immer für mich da ist und mir dieses großartige Projekt vermittelt hat. Der wunderbaren Anna-Lena Meyhöfer und dem tollen Team von be-ebooks/Bastei Lübbe für die Realisierung dieser schönen Reihe und den herzlichen Kontakt. Meine fabelhafte Lektorin Dorothee Cabras findet immer genau die richtigen Worte für das, was ich eigentlich sagen wollte, und stöbert zielsicher Schwachstellen auf. So schön, dass es dich gibt.

Auch meine testlesenden Autorenkolleginnen möchte ich nicht missen: Sylvia Kaml fürs kritische Lesen und die kompetente Unterstützung auf allen Ebenen. Julia K. Rodeit für die detaillierte Textkritik und das Immer-für-mich-da-Sein. Sabine Fischer fürs Lesen und kritische Hinterfragen. Karin Seemayer für den Austausch – ich sage nur: »Yoda.« Und meiner amerikanische Freundin Barbara Gladney, die so (un-)geduldig wartet, bis sie endlich meine Bücher lesen kann, und mir stets prompt hilft, wenn ich Rückfragen habe.

Last, but not least danke ich meiner Familie, weil ich euch liebe, genau so, wie ihr seid. Und weil ihr so tapfer all meine Bücher lest. Doch mein allergrößter Dank gilt meinem geliebten Mann und ersten Testleser Hajot, der meinen Traum mit mir lebt, mich auffängt, wenn ich zweifle, und mich in allen Lagen unterstützt.

Wo die Liebe auf dich wartet

Helen Paris
LYNNWOOD FALLS –
SOMMER DER LIEBE

336 Seiten
ISBN 978-3-404-18385-2

Die erfolgreiche Tierärztin Hope kehrt in ihre Heimat Lynnwood Falls zurück, um vorübergehend in der Tierarztpraxis ihrer Eltern auszuhelfen. In der beschaulichen Kleinstadt fühlt Hope sich seit langem erstmals wieder geborgen. Wäre da nicht Ryan, ihre erste große Liebe! Ryan arbeitet ebenfalls als Tierarzt, und immer wieder geraten er und Hope aneinander. Hope will so schnell wie möglich zurück nach New York. Doch dann bringt ausgerechnet Ryan ihre ganzen Vorsätze zum Schmelzen ...
Der erste Band der romantischen Reihe rund um die Kleinstadt Lynnwood Falls, in der verlorene Herzen ein Zuhause finden.

Lübbe

Wo dein Herz schlägt

Helen Paris
LYNNWOOD FALLS –
UND DANN KAMST DU
Roman

336 Seiten
ISBN 978-3-404-18462-0

Annabella ist auf Will nicht gut zu sprechen. Schließlich hat er sie damals beim Abschlussball sitzengelassen. Das kann sie ihm auch nach so vielen Jahren nicht verzeihen. Doch als sie in einer kalten Winternacht mit ihrem Auto liegenbleibt, eilt ihr ausgerechnet Will zur Hilfe. Sie erfährt die wahren Gründe für sein damaliges Verhalten, was sie in ein tiefes Gefühlschaos stürzt. Als sie ihn später bei einer Feier küsst, ist es um Annabella geschehen: Sie ist verliebt. Doch Will hat sich geschworen, niemals wieder eine feste Bindung einzugehen ...

Lübbe

Ein Single Dad zum Verlieben.

Melanie Harlow
ONLY US –
UNWIDERSTEHLICH
Roman
Aus dem amerikanischen
Englisch
ISBN 978-3-404-18448-4

Mack ist erfolgreich, gutaussehend und alleinerziehender Vater von drei kleinen Töchtern. Jeden Tag versucht er, seine Familie und seinen Job als CFO eines Hotels unter einen Hut zu bringen. Das gelingt ihm vor allem dank Frannie Sawyer. Sie kümmert sich liebevoll um seine Töchter und hilft Mack, wo sie kann. Schon seit Jahren knistert es spürbar zwischen den beiden. Das Problem: Frannie ist die Tochter von Macks Boss. Doch wie lange können sie noch gegen die unüberwindbare Anziehung ankämpfen?

Lübbe

Wie Tag und Nacht

Amy Baxter
KING'S LEGACY -
HALT MICH FEST
Roman
DEU
304 Seiten
ISBN 978-3-404-17966-4

Sawyer Lee ist knallhart – und das muss er auch sein. Als erfolgreicher Anwalt kennt er alle Tricks und gilt als gnadenlos. Er ist ein Kämpfer und absoluter Gewinner, aber als Mensch ist er gebrochen. Er musste einen Schlag zu viel einstecken, einen Verlust zu viel erleiden. Doch dann trifft er auf Alice. Sie ist anders als alle, die er bisher kennengelernt hat. Ein bisschen so, wie er früher war. Wird sie die harte Schale durchbrechen können? Oder ist er für die wahre Liebe für immer verloren?

Lübbe

Die Community für alle, die Bücher lieben

In der Lesejury kannst du

- ★ Bücher lesen und rezensieren, die noch nicht erschienen sind
- ★ Gemeinsam mit anderen buchbegeisterten Menschen in Leserunden diskutieren
- ★ Autoren persönlich kennenlernen
- ★ An exklusiven Gewinnspielen und Aktionen teilnehmen
- ★ Bonuspunkte sammeln und diese gegen tolle Prämien eintauschen

Jetzt kostenlos registrieren: www.lesejury.de

Folge uns auf Instagram & Facebook:
www.instagram.com/lesejury
www.facebook.com/lesejury